Goldmann Science Fiction

Von Robert A. Heinlein
ist außerdem im Goldmann Verlag lieferbar:

Tür in die Zukunft. 23351

ROBERT A. HEINLEIN

# Revolte im Jahre 2100

REVOLT IN 2100

Science Fiction Stories

Wilhelm Goldmann Verlag

Aus dem Amerikanischen übertragen von
Tony Westermayr

Herausgegeben von Dr. Herbert W. Franke

1. Auflage März 1964 · 1.–20. Tsd.
2. Auflage Februar 1980 · 21.–30. Tsd.

Made in Germany

Der Band erschien 1964 im Goldmann Verlag als Taschenbuch unter
der Verlagsnummer 030

Umschlagentwurf: Atelier Adolf & Angelika Bachmann, München
Umschlagfoto: Agt. Schlück, Garbsen
Gesamtherstellung: Mohndruck Graphische Betriebe GmbH, Gütersloh
Verlagsnummer 23352
Lektorat: Melanie Berens · Herstellung: Peter Papenbrok
ISBN 3-442-23352-6

## *Inhalt*

# *Revolte im Jahre 2100*

## I

Es war kalt auf dem Festungswall. Ich klatschte in die erstarrten Hände, hörte aber erschrocken auf, aus Angst, den Propheten zu stören. In dieser Nacht hatte ich vor seinen Privatgemächern Posten zu stehen – verdient war dieses Privileg durch mehr als strammes Auftreten beim Wachappell ... aber jetzt hatte ich keineswegs den Wunsch, aufzufallen.

Ich war jung damals und nicht besonders klug – frischgebackener Legat aus West Point und Gardist in der Legion des Propheten, seiner persönlichen Wachtruppe. Schon bei meiner Geburt hatte mich meine Mutter der Kirche geweiht, und Onkel Absalom, einem Senior-Laienzensor, war es gelungen, beim Ältestenrat meine Aufnahme in die Militärakademie zu erwirken, als ich achtzehn wurde.

West Point hatte mir gefallen. Na ja, an dem üblichen Gemurre in den Klassen, dem beinahe rituellen Gemecker, wie es dem Militärleben eigentümlich ist, beteiligte ich mich zwar – aber ich genoß die mönchische Lebenshaltung: Aufstehen um fünf, zwei Stunden Gebet und Meditieren, dann Unterricht und Vorträge über die zahllosen Themen einer Militärerziehung, Strategie und Taktik, Theologie, Mob-Psychologie, Grundmirakel. An den Nachmittagen übten wir mit Wirbelpistolen und Strahlern, wurden an Panzern ausgebildet und stählten unsere Körper.

Ich gehörte nicht zu den Besten meiner Klasse und hatte eigentlich mit einer Zuteilung zur Legion gar nicht gerechnet, obwohl ich mich bewarb. Aber in Frömmigkeit war ich immer besonders gut benotet worden, und auch in den praktischen Fächern hatte ich ordentlich abgeschnitten; man nahm mich. Mein Stolz war beinahe sündhaft – das Heiligste Regiment der Heerscharen des Propheten, in dem selbst die untersten Ränge Offiziere waren, befehligt vom Schwert des Propheten, dem Chefoberst und Marschall aller Heerscharen. Am Tag der Verleihung von Schild und Speer – schimmernde Waffen, getragen nur von den Legionären – legte ich das Gelübde ab, sofort nach Ernennung zum Hauptmann Antrag auf Zulassung zur Predigerschaft zu stellen.

Aber in dieser Nacht, Monate danach, trug mein Herz einen Flekken, mochte auch mein Schild so hell leuchten wie am ersten Tag. Irgendwie war das Leben in New Jerusalem nicht so, wie ich es mir in West Point vorgestellt hatte. Palast und Tempel waren Brutstätten für Intrigen und kleinliche Politik, Prediger und Diakone, Staatsminister und Palastfunktionäre kämpften bedenkenlos um Macht und Gunst aus der Hand des Propheten. Sogar die Offiziere meiner eigenen Einheit schienen davon angesteckt. Unser stolzes Motto ›Non sibi, sed dei‹ hinterließ einen schlechten Geschmack im Mund.

Auch ich war freilich nicht ohne Sünde. Zwar hatte ich mich nicht am Kampf um weltlichen Vorrang beteiligt, aber meine Tat schien mir noch strafwürdiger zu sein: Ich hatte eine Geweihte mit Verlangen angesehen.

Man möge mich besser verstehen, als ich mich selbst begriff. Ich war körperlich ein erwachsener Mann, der Erfahrung nach aber ein Kind. Meine eigene Mutter war die einzige Frau, die ich gut gekannt hatte. Im Juniorseminar, vor dem Eintritt in die Militärakademie, hatte ich mich vor Mädchen beinahe gefürchtet; in meine Zeit teilten sich Schule, meine Mutter und die Cherubabteilung unseres Sprengels, bei der ich Truppführer und eifriger Gewinner von Verdienstmedaillen auf allen Gebieten war: vom Basteln bis zum Auswendiglernen der Schrift. Hätte es eine Auszeichnung im Fach ›Mädchen‹ gegeben – aber natürlich gab es das nicht.

In der Militärakademie sah ich nie Frauen; außerdem hatte ich auch an bösen Gedanken nicht allzuviel zu beichten. Meine Gefühle hatten sich noch nicht entfaltet, und die seltenen wirren Träume betrachtete ich als Versuchung des Teufels. Aber New Jerusalem ist nicht West Point, und den Legionären waren weder Heirat noch anständige und gesetzte Beziehungen zu Frauen verboten. Gewiß, die meisten meiner Kameraden beantragten keine Heiratserlaubnis, weil das die Versetzung zu einem der regulären Regimenter bedeutete und viele nach der Militärpredigerschaft trachteten – aber verboten war es nicht.

Auch die Laienschwestern, die Palast und Tempel besorgten, durften heiraten. Die meisten waren jedoch alte Frauen, die mich an meine Tanten erinnerten und kaum als Ziel für romantische Gedanken dienen konnten. Ich unterhielt mich in den Gängen gelegentlich mit ihnen, das war zulässig. Auch die wenigen jüngeren Schwestern bedeuteten mir nichts, bis ich Schwester Judith begegnete.

Ich hatte genau an dieser Stelle vor über einem Monat Posten gestanden, das erstemal vor den Gemächern des Propheten, nervös, aber nicht mehr als üblich auf den Rundgang des Wachhabenden harrend.

In jener Nacht war tief im inneren Korridor, meinem Standplatz gegenüber, ein Licht aufgeflammt, und ich hatte Leute gehen hören; ein Blick auf den Chrono – ja, das mußten die Jungfrauen sein, auf dem Wege zum Dienst am Propheten . . . das ging mich nichts an. Jede Nacht um zehn Uhr fand dort Wachablösung statt – so nannte ich das, obwohl ich die Zeremonie nie gesehen hatte und auch nie sehen würde. Was ich darüber wußte, war eigentlich nur, daß die für die nächsten vierundzwanzig Stunden Eingeteilten Lose zogen um das Vorrecht, in der geheiligten Gegenwart des Propheten dienen zu dürfen.

Ich hatte kurz hingehört und mich dann abgewandt. Etwa eine Viertelstunde später war eine zierliche Gestalt, umwallt von einem schwarzen Umhang, an mir vorbei zur Brüstung gehuscht, um dort zu den Sternen hinaufzusehen. Ich hatte sofort den Strahler gezogen, ihn aber verlegen wieder eingesteckt, als ich eine Schwester erkannte.

Ich hatte sie für eine Laienschwester gehalten; ich schwöre, daß ich nicht auf den Gedanken kam, eine geweihte Schwester vor mir zu haben. In meiner Dienstvorschrift stand nichts davon, daß ich sie zurückschicken mußte, aber ich hatte auch noch nie gehört, daß eine dieser Frauen den Palast verließ.

Sie hatte mich wohl nicht gesehen, bevor ich sie ansprach.

»Friede sei mit Euch, Schwester.«

Sie war zusammengezuckt, hatte einen Aufschrei unterdrückt, um dann würdevoll zu erwidern: »Und mit Euch, kleiner Bruder.«

Erst dann sah ich das Siegel Salomons auf ihrer Stirn, das Zeichen der engeren Familie des Propheten. »Verzeiht, Schwester. Ich habe nicht aufgepaßt.«

»Ich bin nicht verärgert.« Es schien mir so, als wünsche sie ein Gespräch. Ich wußte, daß wir uns eigentlich nicht unterhalten durften; ihr sterbliches Wesen war dem Propheten ebenso geweiht wie ihre Seele dem Herrn, aber ich war jung und einsam – und sie war jung und überaus hübsch.

»Dient Ihr heute nacht dem Großen Propheten, Schwester?«

Sie hatte den Kopf geschüttelt. »Nein, die Ehre ging an mir vorüber. Mein Los wurde nicht gezogen.«

»Es muß ein großartiges und einmaliges Vorrecht sein, ihm selbst dienen zu dürfen.«

»Zweifellos, wenn ich das auch nicht aus eigener Erfahrung sagen kann. Das Los ist noch nie auf mich gefallen.« Impulsiv fügte sie hinzu: »Es macht mich ein bißchen nervös. Ich bin nämlich noch nicht lange hier, wißt Ihr.«

Obgleich sie einen höheren Rang einnahm als ich, rührte mich ihre weibliche Schwäche. »Ich bin sicher, daß Ihr Euch würdevoll betragen werdet.«

»Danke.«

Wir unterhielten uns längere Zeit. Sie war, wie ich erfuhr, noch nicht einmal so lange in New Jerusalem wie ich. Aufgezogen auf einer Farm im Staat New York, war sie im Seminar von Albany dem Propheten geweiht worden. Ich erzählte ihr dafür, daß ich im Mittelwesten geboren sei, keine fünfzig Meilen von der Quelle der Wahrheit entfernt, wo der Erste Prophet erstanden war. Dann sagte ich ihr meinen Namen, John Lyle, und sie erwiderte, daß man sie Schwester Judith nenne.

Ich hatte den Wachhabenden völlig vergessen und hätte mich am liebsten die ganze Nacht verplaudert, als mein Chrono die Viertelstunde schlug.

»Ach du meine Güte!« rief Schwester Judith. »Ich hätte sofort in meine Zelle zurückgehen müssen.« Sie hastete davon, blieb aber plötzlich stehen. »Ihr verratet mich nicht . . . John Lyle?«

»Ich? O niemals, niemals!«

Die ganze Nacht hindurch hatte ich an sie denken müssen. Als der Wachhabende seine Runde machte, war ich eine Spur zu wenig aufmerksam. Ich konnte Schwester Judith nicht vergessen. Im folgenden Monat sah ich sie fünf- oder sechsmal. Einmal begegnete ich ihr auf einer Rolltreppe; wir sprachen nicht einmal miteinander, aber sie hatte mich erkannt und lächelte. Im Traum fuhr ich die ganze Nacht auf der Rolltreppe, aber ich konnte nicht abspringen und mit ihr reden. Die anderen Begegnungen waren genauso trivial. Einmal hörte ich sie sagen: »Seid gegrüßt, John Lyle.« Als ich mich umdrehte, huschte eine verhüllte Gestalt an mir vorbei durch die Tür. Ein andermal sah ich sie im Festungsgraben Schwäne füttern; ich wagte nicht, mich ihr zu nähern, aber ich glaube, daß sie mich gesehen hatte.

Der ›Tempel-Herold‹ druckte die Diensteinteilung für mein Korps ebenso wie für ihre Gemeinschaft ab; die Jungfrauen losten einmal in der Woche. Unsere Wache fiel also knapp einen Monat später wieder in dieselbe Zeit. Ich las ihren Namen – und nahm mir vor, beim Appell besonders zu glänzen, um den Ehrenposten vor den Gemächern des Propheten wieder zugeteilt zu bekommen. Ich hatte keinerlei Grund zu der Annahme, Judith werde mich auf dem Wall wieder aufsuchen – trotzdem war ich überzeugt davon. Nicht einmal in West Point hatte ich mehr Schweiß und Politur vergeudet; meinen Schild hätte ich als Rasierspiegel benützen können.

Aber jetzt war es schon halb elf, und Judith ließ sich nicht blicken, obwohl ich pünktlich um zehn die Jungfrauen am oberen Ende des Korridors sich hatte versammeln hören. Meine Bemühungen wurden nur von dem bescheidenen Vorrecht aufgewogen, an der kältesten Stelle im Palast Wache halten zu dürfen.

Wahrscheinlich flirtet sie mit jedem Posten, wenn sie Gelegenheit dazu hat, dachte ich verbittert. Bedrückt rief ich mir ins Gedächtnis zurück, daß alle Weiber Gefäße der Unreinheit sind und das seit der Vertreibung aus dem Paradies immer waren.

Ich hörte Schritte und war im Nu überglücklich, aber der Wachhabende machte nur seine Runde. Ich zog die Pistole und rief ihn an. Seine Stimme tönte aus dem Dunkel: »Wache, was bringt die Nacht?«

Mechanisch erwiderte ich: »Friede auf Erden«, und fügte hinzu: »Es ist kalt.«

»Der Herbst liegt in der Luft«, meinte er zustimmend. »Sogar im Tempel ist es kühl.« Er ging vorbei, mit Pistole und einem Gurt voll Paralysebomben, der rhythmisch gegen sein Bein klatschte. Er war ein netter, alter Knabe und blieb gewöhnlich stehen, um sich ein bißchen zu unterhalten; heute hatte er es sicher eilig, die Wärme der Wachstube zu erreichen. Ich widmete mich wieder meinen trüben Gedanken.

»Guten Abend, John Lyle.«

Ich wäre vor Schreck beinahe aus den Stiefeln gerutscht. Im Dunkel des Bogenganges stand Schwester Judith. Ich stammelte: »G-guten Abend, Schwester Judith«, als sie herankam.

»Psst!« warnte sie. »Jemand könnte uns hören. John . . . John Lyle – es ist geschehen. Man hat mein Los gezogen!«

»Was?« sagte ich, um dann lahm hinzuzufügen: »Glückwünsche,

Schwester. Möget Ihr ihm wohlgefallen.«

»Ja, ja, danke«, sagte sie hastig. »Aber John ... Ich hatte mir vorgenommen, ein paar Minuten mit Euch zu reden. Aber das geht nicht – ich muß sofort zum Einkleidungsraum, zu Unterweisung und Gebet. Ich muß laufen.«

»Ihr solltet Euch beeilen«, meinte ich. Ich war enttäuscht, daß sie nicht bleiben konnte, glücklich für sie, daß es geschehen war, und außer mir vor Freude, daß sie mich nicht vergessen hatte. »Gott mit Euch.«

»Aber ich mußte Euch einfach sagen, daß ich bestimmt worden bin.« Ihre Augen schimmerten in entrückter Freude, wie ich annahm, aber ihre nächsten Worte erstaunten mich. »Ich habe Angst, John Lyle.«

»Was? Angst?« Plötzlich fiel mir ein, was ich gefühlt hatte, wie unsicher meine Stimme geklungen hatte, als ich zum erstenmal eine Abteilung befehligte. »Werft sie ab. Ihr werdet Euch bewähren.«

»Oh, ich hoffe es! Betet für mich, John.« Und sie war fort, verschwunden im dunklen Korridor.

Ich betete für sie und versuchte mir vorzustellen, wo sie sich befand. Da ich aber ebensowenig über die Vorgänge in den Gemächern des Propheten unterrichtet war wie eine Kuh über Tanzschritte, gab ich es bald auf und dachte nur noch an Judith. Später, nach einer Stunde, wurde ich von einem gellenden Schrei aus dem Innern des Palastes aufgeschreckt, gefolgt vom Lärm und hastigen Schritten. Ich raste den Korridor hinunter und stieß am Portal zu den Gemächern des Propheten auf eine Gruppe von Frauen. Zwei oder drei trugen jemand zum Portal hinaus; sie blieben im Korridor stehen und ließen ihre Last zu Boden gleiten.

»Was ist geschehen?« fragte ich und zog meine Waffe.

Eine ältere Schwester trat vor mich hin. »Nichts. Kehrt an Euren Posten zurück, Legat.«

»Ich habe einen Schrei gehört.«

»Das kümmert Euch nicht. Eine der Schwestern wurde ohnmächtig, als der Prophet ihre Dienste in Anspruch nehmen wollte.«

»Wer war es?«

»Ihr seid recht neugierig, kleiner Bruder.« Sie hob die Schultern. »Schwester Judith, wenn Ihr es unbedingt wissen wollt.«

Ohne zu überlegen fauchte ich: »Ich muß ihr helfen!« und trat vor. Sie versperrte mir den Weg.

»Habt Ihr den Verstand verloren? Die Schwestern werden sie in ihre Zelle zurückbringen. Seit wann kümmert sich die Legion um nervöse Jungfrauen?«

Ich hätte sie mit einem kleinen Finger beiseite schieben können, aber sie hatte ja recht. Widerstrebend kehrte ich an meinen Posten zurück.

Die nächsten Tage konnte ich den Gedanken an Schwester Judith nicht loswerden. In den freien Stunden lief ich durch die Räume und Gänge des Palastes, die ich betreten durfte, in der Hoffnung, sie zu sehen. Sie mochte krank oder in ihre Zelle verbannt worden sein, um eines sicherlich unerhörten Verstoßes gegen die Disziplin willen. Aber ich sah sie nicht.

Mein Zimmerkamerad, Zebediah Jones, bemerkte meine Mißstimmung und versuchte mich abzulenken. Zeb war mir um drei Klassen voraus, und ich hatte in West Point zu seinen drei Kadetten gehört. Jetzt war er mein engster Freund und einziger Vertrauter.

»Johnnie, altes Haus, du siehst aus wie eine Leiche. Was hast du denn?«

»Was? O nichts! Ein bißchen Magendrücken vielleicht.«

»So? Komm, machen wir einen kleinen Spaziergang. Die Luft wird dir guttun.«

Ich ließ mich hinausführen. Er gab nichts als Banalitäten von sich, bis wir auf der breiten Terrasse am Südturm standen, wo wir von den allgegenwärtigen Augen und Ohren nichts zu fürchten hatten. Als wir ganz allein waren, sagte er leise: »Los, heraus mit der Sprache.«

»Quatsch, Zeb, ich kann doch niemand damit belasten.«

»Warum nicht? Wozu hat man denn Freunde?«

»Äh – du wärst schockiert.«

»Kaum. Das letztemal war ich es, als ich beim Pokern ein viertes As erwischte. Das hat mir den Glauben an Wunder wiedergegeben, und seither bin ich relativ immun. Na, komm schon – wir wollen das als vertrauliche Mitteilung behandeln – älterer Berater und dergleichen Unsinn mehr!«

Ich ließ mich überreden. Zu meiner Überraschung zeigte Zeb keinerlei Erstaunen darüber, daß ich mich für eine geweihte Schwester interessierte. Ich erzählte ihm die ganze Geschichte, hielt auch mit meinen Zweifeln und Ängsten nicht hinter dem Berg und brachte alle Bedenken zur Sprache, die mich seit meinem Dienstantritt in

New Jerusalem quälten.

Er nickte gleichmütig. »Ich kann mir vorstellen, wie dich das getroffen hat, so wie ich dich kenne. Du hast doch bei der Beichte nichts davon erwähnt, wie?«

»Nein«, gestand ich verlegen.

»Dann tu's auch nicht. Major Bagby ist sehr weitherzig, ihn kannst du nicht schockieren – aber er hält es vielleicht für nötig, das an seine Vorgesetzten weiterzumelden. Du wirst der Inquisition nicht gegenübertreten wollen, selbst wenn du die Unschuld in Person wärst. Vor allem dann nicht – und du bist es, verstehst du. Jeder hat gelegentlich unfromme Gedanken. Aber der Inquisitor rechnet damit, Sünde zu finden; entdeckt er sie nicht, dann gräbt er weiter.«

Bei dem Hinweis auf die Befragung krampfte sich mein Magen zusammen. Ich versuchte, mir das nicht anmerken zu lassen, denn Zeb fuhr gelassen fort: »Johnnie, mein Junge, ich bewundere deine Frömmigkeit, aber ich beneide dich nicht darum. Manchmal ist zuviel Frömmigkeit hinderlicher als zuwenig. Du bist schockiert bei der Vorstellung, daß man ein großes Land nicht nur mit Psalmengesang, sondern auch mit Politik regieren muß. Nimm mich, mir fielen die gleichen Dinge auf, als ich neu ankam, aber ich hatte nichts anderes erwartet und war also auch nicht entsetzt.«

»Aber –« Ich verstummte. Seine Bemerkungen klangen verdächtig nach Ketzerei; ich wechselte das Thema. »Zeb, was kann es wohl gewesen sein, das Judith so erschreckte, daß sie in der Nacht beim Propheten ohnmächtig wurde?«

»Wie? Woher soll ich das wissen?« Er sah mich kurz an und wandte sich ab.

»Nun, ich dachte, du wüßtest es vielleicht. Du hörst doch immer alles, was im Palast geflüstert wird.«

»Na ja . . . ach, lassen wir's. Es ist nicht wichtig.«

»Dann weißt du also doch Bescheid?«

»Das habe ich nicht gesagt. Vielleicht könnte ich es ziemlich genau erraten, aber du kannst keine Vermutungen brauchen, also vergessen wir's.«

Ich blieb stehen, trat zu ihm und sah ihm ins Gesicht. »Zeb, ich will wissen, was du weißt – oder erraten kannst. Es ist sehr wichtig für mich.«

»Nur mit der Ruhe! Du hattest Angst, mich zu schockieren. Es könnte sein, daß ich dir einen Schock ersparen will.«

»Wie meinst du das? Ich will Bescheid wissen!«

»Reg dich nicht auf. Wir machen einen Spaziergang, unbeschwert, wie wir sind, vergiß das nicht, unterhalten uns über unsere Schmetterlingssammlung und überlegen uns, ob es heute abend wieder gekochtes Rindfleisch zu essen gibt.«

Aufgebracht ließ ich mich weiterführen. Er sagte leiser: »John, du bist eindeutig nicht der Mensch, der auf dem laufenden bleibt, indem er das Ohr am Boden hat – und die Inneren Mysterien hast du nicht studiert – nicht wahr?«

»Das weißt du ja. Der Psycho-Offizier hat mich nicht zum Lehrgang zugelassen. Den Grund kenne ich nicht.«

»Ich hätte dir einen Teil des Materials zum Lesen geben sollen, als ich den Text büffelte. Nein, das war ja vor deiner Ankunft. Schade, darin werden die Dinge in weitaus zarterer Weise ausgedrückt – und alles findet seine Rechtfertigung, wenn man für die Dialektik religiöser Theorie etwas übrig hat. John, was stellst du dir unter den Pflichten der Jungfrauen vor?«

»Na ja, sie bedienen ihn, kochen sein Essen, und so weiter.«

»Das tun sie allerdings. Und so weiter. Diese Schwester Judith – ein unschuldiges kleines Mädchen vom Land, wie du sie beschreibst. Sie ist doch wohl recht andächtig, nicht wahr?«

Ich erwiderte etwas steif, daß mich gerade ihre Andächtigkeit angezogen habe. Vielleicht glaubte ich das wirklich.

»Nun, es könnte sein, daß sie nur schockiert war, weil sie eine ziemlich weltliche und zynische Diskussion zwischen dem Propheten und – oh, sagen wir, dem Großschatzmeister belauschte – Steuern, Zehnter, und die beste Weise, sie aus den Bauern herauszuquetschen. Dergleichen mag es gewesen sein, obwohl man für eine Konferenz dieser Art nicht eine grasgrüne Jungfrau als Schriftführerin nimmt. Nein, es war sicherlich das ›Und so weiter‹.«

»Was? Ich komme nicht mit.«

Zeb seufzte. »Du bist wirklich ein Unschuldslamm! Heiliger Strohsack, ich dachte, du wüßtest Bescheid und wärst nur zu engstirnig, es zuzugeben, Mensch, sogar die Legionäre treiben es manchmal mit den Jungfrauen, wenn der Prophet mit ihnen fertig ist. Gar nicht zu reden von den Predigern und Diakonen. Ich erinnere mich an eine Gelegenheit, als –« Er brach plötzlich ab, als er mein Gesicht sah. »Nimm dich zusammen!« fuhr er mich an. »Soll man uns vielleicht auf die Schliche kommen?«

Ich nahm mich zusammen, während schreckliche Gedanken durch mein Gehirn tobten.

Zeb fuhr leise fort: »Ich vermute, wenn dir das ein Balsam ist, daß deine Freundin Judith noch den Titel ›Jungfrau‹ sowohl im rein physischen Sinn als auch im geistigen verdient. Vielleicht bleibt es sogar dabei, wenn der Prophet so wütend auf sie ist, wie man vermuten muß. Wahrscheinlich ist sie genauso begriffsstutzig wie du und verstand die symbolischen Erläuterungen nicht – als dann für Mißverständnisse kein Platz mehr war, kippte sie um, und er warf sie hinaus. Kein Wunder!«

Ich blieb wieder stehen und murmelte allerlei biblische Ausdrücke in meinen Bart, die ich gar nicht in mir vermutet hätte. Zeb blieb ebenfalls stehen und betrachtete mich mit einem Lächeln zynischer Toleranz.

»Zeb«, sagte ich beinahe flehend, »das sind furchtbare Dinge! Furchtbar! Erzähl mir nicht, daß du sie bejahst.«

»Ob ich sie bejahe? Mensch, das ist doch alles Teil des Plans. Tut mir leid, daß man dich zu höheren Studien nicht zugelassen hat. Paß auf, ich will dir eine Zusammenfassung geben. Gott vergeudet nicht. Stimmt's?«

»Das ist fundierte Doktrin.«

»Gott verlangt nichts vom Menschen, was außerhalb seiner Kraft liegt. Stimmt's? – »Ja, aber –«

»Halt den Mund. Gott befiehlt den Menschen, fruchtbar zu sein. Der Prophet, als überragendes Wesen, muß es also ganz besonders sein. Das ist der Sinn. Die Einzelheiten kannst du beim Studium erfahren. Wenn sich der Prophet also inzwischen im Fleisch erniedrigt, um seine Pflicht zu tun, welches Recht hast du dann, dich hier aufzuregen? Sag mir das.«

Ich konnte natürlich nichts erwidern, und wir setzten unseren Spaziergang fort. Ich mußte zugeben, daß seine Sätze logisch waren und die Folgerungen auf geoffenbarten Lehrsätzen beruhten. Das Dumme war nur, daß ich die Folgerungen beseitigen und sie wie Gift ausspeien wollte.

Ich beruhigte mich nach einer Weile bei dem Gedanken, daß Judith nach Zebs unerschütterlicher Meinung nichts passiert war. Ich erholte mich langsam und sagte mir vor, daß Zeb recht hatte, daß es nicht meine Sache, bestimmt nicht meine Sache war, über den Großen Propheten moralische Werturteile zu fällen.

Zeb blieb plötzlich stehen. »Was war denn das?«

Wir eilten zur Brüstung der Terrasse und starrten die Mauer hinunter. Die Südmauer liegt der Stadt ziemlich nahe. Ein Haufen von fünfzig oder sechzig Personen stürmte den zu den Palastmauern führenden Abhang hinauf. Vor ihnen, mit abgewandtem Kopf, ein Mann im Gabardinegewand. Er lief auf das Freistatt-Tor zu.

Zebediah sah hinunter und gab sich selbst die Antwort: »Daher also die Aufregung – der Mob steinigt einen Paria. Wahrscheinlich war er so unvorsichtig, sich nach fünf Uhr außerhalb seines Besitzes blicken zu lassen.« Er starrte hinunter und schüttelte den Kopf. »Ich glaube nicht, daß er es schaffen wird.«

Zebs Voraussage fand sofort ihre Bestätigung. Ein großer Steinbrocken traf den Mann zwischen den Schulterblättern, er taumelte und stürzte. Sie fielen sofort über ihn her. Er raffte sich auf, wurde von einem Dutzend Steine getroffen, brach zusammen. Er stieß einen abgehackten, schrillen Schrei aus, dann zog er eine Falte des Stoffes über die dunklen Augen und die kräftige römische Nase.

Augenblicklich später war nichts mehr zu sehen als ein Haufen von Steinen und wild schreiende und gestikulierende Menschen.

Ich wandte mich angeekelt ab. Zebediah sah mein Gesicht.

»Warum beharren diese Parias auf ihrer Ketzerei?« fragte ich zu meiner Verteidigung. »Sie scheinen doch sonst harmlose Leute zu sein.«

Er zog eine Braue hoch. »Vielleicht ist es für sie keine Ketzerei. Hast du nicht gesehen, wie sich dieser Mann seinem Gott hingab?«

»Aber das ist doch nicht der wahre!«

»Er scheint anderer Meinung gewesen zu sein.«

»Aber sie wissen doch Bescheid. Wir haben es ihnen oft genug gesagt.«

Er lächelte so aufreizend, daß ich herausplatzte: »Ich verstehe dich nicht, Zeb – wirklich nicht! Vor zehn Minuten hast du mich in der wahren Lehre unterrichtet, jetzt scheinst du die Ketzerei zu verteidigen. Wie reimt sich das zusammen?«

»Oh, ich kann den Anwalt des Teufels spielen«, meinte er achselzuckend. »Ich war in West Point beim Diskussionsteam, erinnerst du dich? Eines Tages werde ich ein berühmter Theologe sein – wenn mich der Inquisitor nicht rechtzeitig erwischt.«

»Na . . . hör mal, du hältst es doch für richtig, die Gottlosen zu steinigen? Nicht wahr?«

Abrupt wechselte er das Thema. »Ist dir aufgefallen, wer den ersten Stein geworfen hat?« Ich verneinte. Ich konnte mich nur erinnern, daß es ein Mann in ländlicher Kleidung gewesen war.

»Snotty Fassett«, sagte Zeb verächtlich.

Ich erinnerte mich nur allzugut an Fassett; er war mir um zwei Klassen voraus und hatte mein Kadettenjahr zu einem Alptraum gemacht.

»So war das also«, murmelte ich. »Zeb, ich glaube nicht, daß ich die Arbeit im Geheimdienst ertragen könnte.«

»Ganz bestimmt nicht als Agent provocateur«, sagte er. »Trotzdem braucht der Rat wohl ab und zu diese Zwischenfälle. Die Gerüchte um die Bruderschaft und . . .«

Beim letzten Satz hakte ich ein. »Zeb, glaubst du wirklich, daß an dieser Bruderschaft etwas ist? Ich kann nicht glauben, daß es organisierten Widerstand gegen den Propheten gibt.«

»Tja, draußen an der Westküste scheint es immerhin einige Schwierigkeiten gegeben zu haben. Vergessen wir's lieber.«

## 2

Aber man ließ nicht zu, daß wir es vergaßen; zwei Tage später wurde die innere Wache verdoppelt. Ich verstand nicht, woher die Gefahr kommen sollte, weil der Palast die massivste Festung ist, die je gebaut wurde, und die am tiefsten liegenden Räume sogar gegen Atombomben gefeit sind. Außerdem wird jeder, der den Palast betritt, auch wenn er vom Tempel kommt, mindestens ein dutzendmal angehalten und überprüft, bevor er den Legaten vor den Gemächern des Propheten erreicht. Trotzdem wurden die Leute an der Spitze nervös; an der Sache mußte also doch etwas sein.

Erfreut stellte ich fest, daß ich als Zebediahs Partner eingeteilt worden war. Die doppelte Anzahl von Wachstunden abdienen zu müssen, wurde beinahe völlig durch die Möglichkeit aufgewogen, sich mit ihm zu unterhalten – für mich wenigstens. Was den armen Zeb angeht, so schwatzte ich ihm während der langen Nachtwachen die Ohren voll, über Judith, und daß ich mit dem Lauf der Dinge in New Jerusalem so unzufrieden war. Schließlich brauste er auf. »Hör zu, du Trottel«, fauchte er, »liebst du sie?«

Ich machte Ausflüchte. Ich hatte noch nicht einmal vor mir selbst zugegeben, daß sich mein Interesse auf mehr als ihr Wohlbefinden erstreckte. Er unterbrach mich.

»Entweder liebst du sie, oder nicht. Entscheide dich. Wenn du sie liebst, besprechen wir praktische Dinge. Wenn nicht, dann reden wir nicht mehr von ihr.«

Ich atmete tief ein und wagte den Absprung. »Ich glaube, ich liebe sie, Zeb. Es klingt unmöglich und ist ganz sicher eine Sünde, aber ich kann mir nicht helfen.«

»Und Unsinn ist es auch. Aber mit der Vernunft kommt man bei dir ja nicht durch. Na schön, du liebst sie also. Und weiter?«

»Was?«

»Was willst du tun? Sie heiraten?«

Ich dachte so angestrengt nach, daß ich die Hände vors Gesicht schlug. »Natürlich will ich das«, gab ich zu. »Aber ich kann doch nicht.«

»Genau. Du kannst nicht. Du kannst nicht heiraten, ohne von hier versetzt zu werden; in ihrem Fach kann man überhaupt nicht heiraten. Es gibt auch keine Möglichkeit für sie, ihre Gelübde zu brechen, weil sie schon geweiht ist. Aber wenn du den nackten Tatsachen, ohne rot zu werden, ins Gesicht zu sehen vermagst, kannst du allerhand tun. Ihr zwei könntet es sehr angenehm haben – wenn du endlich deine infernalische Sittenstrenge aufgeben würdest.«

Eine Woche zuvor hätte ich noch gar nicht begriffen, worauf er hinauswollte. Aber jetzt kannte ich mich aus. Ich konnte nicht einmal zornig auf ihn sein, bei diesem unmöglichen und sündhaften Vorschlag; er meinte es gut – und auch in mir war nicht mehr alles heil. Ich schüttelte den Kopf. »Das hättest du nicht sagen sollen, Zeb. Judith gehört nicht zu dieser Sorte Frauen.«

»Gut. Dann vergiß es. Und sie. Aber sprich nicht mehr von ihr.«

Ich seufzte müde. »Sei nicht so grob, Zeb. Ich werde einfach nicht allein damit fertig.« Ich sah nach oben und nach unten und setzte mich auf die Brüstung. Wir hatten nicht vor den Gemächern des Propheten Wache zu stehen, sondern an der Ostmauer. Unser Wachhabender, Captain Peter van Doorn, war zu dick, um in einer Nacht öfter als einmal bis hierher zu gelangen, also nahm ich dieses Risiko auf mich. Ich war zu Tode erschöpft, weil ich die letzte Zeit kaum geschlafen hatte.

»Entschuldige.«

»Sei nicht zornig, Zeb. Solche Dinge sind nichts für mich, und schon gar nicht für Judith – für Schwester Judith.« Ich wußte, was ich mir für uns beide vorstellte: eine kleine Farm, an die fünfzig Hektar, wie jene, wo ich geboren worden war. Barfüßige Kinder mit glücklichen, schmutzigen Gesichtern, Judith mit aufleuchtender Miene, wenn ich vom Feld hereinkam . . . Keine engeren Beziehungen zur Kirche und zum Propheten als die sonntägliche Versammlung und der Zehnte.

Aber das konnte nicht sein, konnte niemals sein. Ich verbannte diesen Gedanken. »Zeb«, fuhr ich fort, »nur aus Neugier: Du hast angedeutet, daß so etwas die ganze Zeit geschieht. Wieso? Wir leben doch hier in einem Glaskasten. Man hält das kaum für möglich.«

Er grinste mich so zynisch an, daß ich ihm am liebsten eine Ohrfeige gegeben hätte, aber seine Stimme klang ganz sachlich. »Na, nehmen wir zum Beispiel nur deinen Fall –«

»Ausgeschlossen!«

»Nur als Beispiel, habe ich gesagt. Schwester Judith ist zur Zeit nicht erreichbar; sie darf ihre Zelle nicht verlassen. Aber –«

»Was? Sie ist verhaftet?« Ich dachte entsetzt an die Befragung und an die Worte Zebs über die Inquisitoren.

»Nein, nein! Sie ist nicht einmal eingesperrt. Man hat sie angewiesen, in der Zelle zu bleiben, mit Gebeten und Brot und Wasser als Gesellschaft. Man reinigt ihr Herz und unterweist sie in ihren geistigen Pflichten. Sobald sie die Dinge im wahren Licht sieht, wird ihr Los wieder gezogen – und diesmal wird sie nicht in Ohnmacht fallen, sondern tun, was von ihr verlangt wird.«

Ich drängte die ursprüngliche Reaktion zurück und versuchte gelassen daran zu denken. »Nein«, sagte ich. »Das wird Judith nie tun. Nicht einmal, wenn sie für immer in ihrer Zelle bleiben müßte.«

»So? Davon bin ich nicht so überzeugt. Man hat da so seine Methoden. Möchtest du etwa, daß man in Schichten für dich betet? Aber nehmen wir einmal an, daß sie vernünftig wird, damit ich meine Geschichte zu Ende bringe.«

»Zeb, woher weißt du das alles?«

»Lieber Freund! Ich bin jetzt beinahe drei Jahre hier. Glaubst du, daß ich da nicht alles höre, was passiert? Du hast dir Sorgen um sie gemacht – und dich zum Narren, wenn ich ehrlich sein soll. Also horchte ich herum. Aber weiter. Sie begreift endich, ihr Los wird gezogen, sie leistet ihren Dienst beim Propheten. Danach wird sie, wie alle anderen auch, einmal in der Woche gerufen, und das Los fällt vielleicht einmal im Monat oder noch seltener auf sie. Innerhalb eines Jahres – wenn der Prophet nicht eine außergewöhnliche Schönheit in ihrer Seele entdeckt – erscheint ihr Name überhaupt nicht mehr auf den Losen. Aber man braucht nicht einmal so lange zu warten, wenn es auch diskreter ist.«

»Das Ganze ist beschämend!«

»Wirklich? Ich stelle mir vor, daß auch König Salomon ein ähnliches System brauchte; er hatte mehr Frauen am Hals als der Prophet. Wenn du danach mit der betreffenden Jungfrau zu einem beiderseitigen Übereinkommen gelangen kannst, handelt es sich nur noch um die Befolgung allgemein bekannter Gebräuche. Man macht der ältesten Schwester ein Geschenk, was von Zeit zu Zeit zu wiederholen ist. Man muß ein paar Hände füllen – ich kann dir sagen, welche. Und dieser große Steinhaufen hier hat eine Menge dunkler Hintertreppen. Bei Beachtung aller gebotenen Vorsicht sehe ich keinen Grund, warum dich nicht beinahe jede Nacht, in der ich Wache habe und du nicht, etwas Warmes, Sanftes in deinem Bett erwarten sollte.«

Ich wollte mich eben über seine abgebrühte Art entrüsten, als mir etwas anderes einfiel. »Zeb – jetzt hast du etwas Unwahres gesagt. Irgendwo in unserem Zimmer gibt es ein Auge und ein Ohr. Selbst wenn ich die Geräte finden könnte und sie zu unterbrechen versuchte, würde drei Minuten später die Geheimwache an die Tür hämmern.«

»Na und? In jedem Raum gibt es ein Auge und ein Ohr. Das ignoriert man einfach.«

Ich sah ihn mit offenem Mund an.

»Man ignoriert es«, wiederholte er. »Hör zu, John, solche Dinge sind keine Gefahr. Gefahren sind nur Verrat und Ketzerei. Man trägt einen entsprechenden Vermerk in deine Akte ein, ohne daß ein Wort darüber verloren wird – außer man ertappt dich später bei gefährlicheren Dingen. Dann kann es sein, daß man dich damit hängt, statt die wahren Beschuldigungen zu erheben. Man hat gern solche Dinge in den Akten, verstehst du; damit steigt die Sicherheit. Man traut dir nicht ganz. Du bist zu vollkommen. Solche Leute sind gefährlich. Aus diesem Grund hat man dich wahrscheinlich nicht zum höheren Studium zugelassen.«

Ich versuchte, die komplizierten Widersprüche aufzulösen, gab es aber bald auf. »Ich komme einfach nicht mit. Paß auf, Zeb, das

Ganze hat doch nichts mit mir zu tun ... oder mit Judith. Aber ich weiß, was ich tun muß. Ich muß sie auf irgendeine Weise hier herausholen.«

»Hmmm ... das ist viel verlangt.«

»Ich muß.«

»Tja ... ich möchte dir helfen. Ich könnte ihr wahrscheinlich eine Nachricht zukommen lassen«, meinte er zweifelnd.

Ich packte ihn beim Arm. »Würdest du das tun, Zeb?«

Er seufzte. »Mir wäre lieber, wenn du warten könntest. Nein, das nützt nichts, bei deinen romantischen Einbildungen. Aber zur Zeit ist es riskant. Sehr riskant sogar, seit sie auf Anweisung des Propheten zurechtgebogen wird. Du würdest komisch aussehen am Tisch des Kriegsgerichts, vor deinem eigenen Speer.«

»Sogar das riskiere ich. Ja, auch die Befragung.«

Er erinnerte mich nicht daran, daß er noch mehr riskierte als ich. Er sagte einfach: »Na schön, was soll ich bestellen?«

Ich überlegte einen Augenblick. Die Nachricht mußte kurz sein. »Sag ihr, daß der Legat, mit dem sie in der bewußten Nacht sprach, sich Sorgen um sie macht.«

»Sonst noch etwas?«

»Ja! Sag ihr, daß ich ihr ganz zur Verfügung stehe!«

In der Erinnerung klingt das sehr überschwenglich. Sicher war es das auch – aber genauso fühlte ich.

Am nächsten Tage fand ich beim Mittagessen einen kleinen Zettel in meiner Serviette. Ich schlang hastig das Essen hinunter und schlüpfte hinaus, um ihn zu lesen.

›Ich brauche Eure Hilfe‹, stand da, ›und ich bin so dankbar. Könnt Ihr Euch heute nacht mit mir treffen?‹ Eine Unterschrift fehlte, und der Text war in der Schrift eines gewöhnlichen Sprechschreibers abgefaßt, wie man sie im Palast und überall anderswo benützte. Als Zeb in unser Zimmer zurückkam, zeigte ich ihm den Zettel. Er warf einen Blick darauf und meinte lässig: »Ich muß ein bißchen Luft schnappen. Zuviel gegessen.«

Als wir auf der Freitreppe standen, unbeobachtet, unbelauscht, beschimpfte er mich leise, aber nachdrücklich. »Du wirst nie zu einem Verschwörer taugen. Das halbe Kasino muß gemerkt haben, daß du in deiner Serviette etwas gefunden hast. Warum, in Dreiteufelsnamen, hast du das Essen hinuntergewürgt und bist hinausgerannt? Und dann drückst du mir den Zettel oben auch noch in die

Hand. Das Auge kann ihn sehr wohl gelesen und als Beweismaterial fotografisch kopiert haben. Wo bist du eigentlich gewesen, als die Gehirne verteilt wurden?«

Ich protestierte, aber er schnitt mir das Wort ab. »Schon gut! Ich weiß ja, daß du uns nicht ans Messer liefern wolltest – aber gute Vorsätze nützen nichts, wenn der Richter die Anklage liest. Zwäng dir das endlich in den Schädel: Das erste Prinzip bei geheimen Machenschaften ist, sich nie bei ungewöhnlichen Dingen beobachten zu lassen, so harmlos sie auch aussehen mögen. Du würdest nicht glauben, welch geringe Abweichungen von der Norm einem guten Analytiker bedeutsam erscheinen. Du hättest die übliche Zeit im Refektorium bleiben, herumstehen und quatschen und warten sollen, bis du den Zettel unbeobachtet lesen konntest. Wo ist er denn jetzt?«

»In meiner Tasche«, erwiderte ich geknickt. »Mach dir keine Sorgen, ich werde ihn zerkauen und verschlucken.«

»Nicht so hastig. Warte hier.« Zeb verschwand und erschien nach ein paar Minuten wieder. »Ich habe hier ein Stück Papier von gleicher Größe und Form. Ich stecke es dir heimlich zu. Tausch die beiden Zettel aus, dann kannst du den echten essen – aber laß dich weder beim Tausch noch beim Kauen erwischen.«

»Na schön. Was steht auf dem zweiten Zettel?«

»Tips über ein Gewinnsystem beim Würfeln.«

»Was? Aber so etwas ist doch auch verboten!«

»Natürlich, du Tolpatsch. Wenn sie dir Beteiligung an Glücksspielen nachweisen können, werden sie dich keiner schlimmeren Sünde verdächtigen. Schlimmstenfalls macht dich der Alte fertig, du zahlst ein paar Tage Sold und mußt einige Stunden Buße tun. Merk dir, John: Wenn man dich irgendeiner Tat verdächtigt, dann versuche, das Beweismaterial auf ein geringeres Vergehen hinweisen zu lassen. Nie die reine Unschuld spielen wollen. Angesichts der menschlichen Natur hat man im ersteren Fall weitaus größere Chancen, davonzukommen.«

Zeb hatte recht. Meine Taschen mußten durchsucht und der Zettel unmittelbar nach dem Uniformwechsel vor der Parade fotografiert worden sein, denn eine halbe Stunde später hatte ich mich im Büro des leitenden Offiziers zu melden. Er bat mich, die Augen offenzuhalten und Anzeichen von Glücksspielen unter den Junioroffizieren zu melden. Das sei eine Sünde, meinte er, vor der er seine jüngeren Offiziere bewahren wolle. Als ich ging, klopfte er mir auf die Schulter. »Ihr seid ein guter Junge, John Lyle. Ein Wort zur rechten Zeit, nicht wahr?«

Zeb und ich hatten in dieser Nacht die Wache am Südportal des Palastes. Die Hälfte der Zeit verging ohne ein Zeichen von Judith, und ich konnte mich vor Nervosität kaum retten, obwohl Zeb versuchte, mich durch strikte Routine zu beruhigen. Endlich hörte ich leise Schritte im inneren Korridor, und im Bogengang erschien eine Gestalt. Zebediah bedeutete mir durch eine Geste, den Rundgang fortzusetzen, und machte sich auf den Weg, um nachzusehen. Er kam sofort zurück, legte den Finger an die Lippen und winkte mich heran. Zitternd ging ich hinein. Es war nicht Judith, sondern eine fremde Frau, die uns im Dunkeln erwartete. Ich wollte etwas sagen, aber Zeb legte mir die Hand auf den Mund.

Die Frau nahm mich beim Arm und zog mich den Korridor entlang. Ich schaute mich um und sah Zebs Silhouette im Portal, der unseren Rückzug deckte. Meine Führerin blieb stehen und schob mich in eine stockdunkle Nische, dann nahm sie aus den Falten ihres Gewandes einen kleinen Gegenstand, den ich für ein Taschenspürgerät hielt, nach der kleinen, rötlich schimmernden Skala zu schließen. Sie bewegte das Gerät auf und ab und im Kreis herum, schaltete es aus und steckte es wieder ein.

»Jetzt könnt Ihr sprechen«, sagte sie leise. »Es ist ungefährlich.« Sie huschte davon.

Ich spürte eine sanfte Berührung an meinem Ärmel. »Judith?« flüsterte ich.

»Ja«, erwiderte sie so leise, daß ich sie kaum hören konnte.

Ich riß sie an mich. Sie stieß einen leisen, überraschten Aufschrei aus, dann schlang sie die Arme um meinen Hals, und ich spürte ihren Atem im Gesicht. Wir küßten uns ungeschickt, aber mit wilder Gier.

Was wir dann besprachen, geht keinen Menschen etwas an. Ich könnte es auch nicht genau wiedergeben.

Wir beruhigten uns nach einer Weile und unterhielten uns vernünftiger. Als sie mir von der Nacht erzählen wollte, in der das Los auf sie gefallen war, begann sie zu weinen. Ich schüttelte sie und sagte: »Hör auf, Liebes. Du brauchst mir nichts davon zu erzählen. Ich weiß Bescheid.«

Sie schluckte, dann sagte sie: »Du weißt doch gar nichts. Du kannst es nicht wissen. Ich ... er ...«

Ich schüttelte sie wieder. »Hör auf. Hör sofort auf damit. Keine Tränen mehr. Ich weiß genau Bescheid. Und ich weiß auch, was dir noch blüht, wenn wir dich hier nicht herausholen. Wir haben keine Zeit für Tränen und Nervenzusammenbrüche. Wir müssen uns einen Plan ausdenken.«

Sie schwieg unerträglich lange, dann sagte sie: »Du meinst ... ich soll desertieren? Ich habe auch schon daran gedacht. Mein Gott, und wie ich daran gedacht habe! Aber wie soll das gehen?«

»Ich weiß es nicht – noch nicht. Aber wir finden einen Weg. Wir müssen ihn finden.« Wir besprachen die Möglichkeiten. Kanada war knappe fünfhundert Kilometer entfernt, und sie kannte die Gegend im oberen Staat New York. Aber die Grenze dort war schärfer bewacht als anderswo, Patrouillenboote und Radarmauern im Wasser, Stacheldraht und Wachen an Land ... und Wachhunde. Ich hatte Erfahrung mit solchen Hunden. Nicht meinen schlimmsten Feind hatte ich gegen sie antreten lassen.

Aber Mexiko war einfach zu weit weg. Wandte sie sich nach Süden, so würde man sie wahrscheinlich binnen vierundzwanzig Stunden verhaften. Niemand war bereit, einer unverschleierten Jungfrau mit Wissen und Willen Obdach zu gewähren; nach den Vorschriften wäre ein guter Samariter ebenso des persönlichen Verrats gegenüber dem Propheten schuldig wie sie und müßte denselben Tod sterben. Der Weg nach Norden war zumindest kürzer, obwohl man auch nur nachts vorankommen konnte, sich tagsüber verbergen, Nahrung stehlen oder hungern mußte. In der Nähe Albanys wohnte eine Tante Judiths; sie war überzeugt davon, dort Unterschlupf finden zu können, bis sich ein Weg über die Grenze entdekken ließ. »Sie wird uns aufnehmen. Ich weiß es.«

»Uns?« Ich muß sehr albern ausgesehen haben. Bis sie diesen Punkt berührte, war ich mit der Nase so nahe auf dem Problem ihrer Flucht gewesen, daß ich nicht auf die Idee gekommen war, sie würde eine gemeinsame Flucht wünschen.

»Wolltest du mich alleine fortschicken?«

»Na ja ... ich glaube, ich habe mir eine andere Möglichkeit gar nicht vorgestellt.« – »Nein!«

»Aber – hör doch zu, Judith, das Dringende, das Unaufschiebbare ist doch, dich hier herauszuholen. Zwei Leute, die sich verstecken müssen, fallen viel mehr auf als nur einer. Es hat einfach keinen Sinn, sich –«

»Nein! Ich gehe nicht alleine.«

Ich überlegte hastig. Mir war immer noch nicht klargeworden, daß A auch B nach sich zieht und daß ich innerlich ebenso ein Deserteur war wie sie selbst.

»Wir schaffen zuerst dich hinaus«, sagte ich, »das ist das Wichtigste. Du erklärst mir, wo deine Tante wohnt – dann wartest du dort auf mich.« – »Ich gehe nicht ohne dich.«

»Du mußt aber. Der Prophet –«

»Das wäre immer noch besser, als dich jetzt zu verlieren!«

Damals verstand ich die Frauen nicht – und heute geht es mir nicht besser. Zwei Minuten zuvor hatte sie den Tod der Hingabe an den Propheten vorgezogen. Jetzt wollte sie lieber das hinnehmen, als auch nur einer vorübergehenden Trennung zuzustimmen. Ich verstehe die Frauen nicht. Manchmal habe ich das Gefühl, daß sie von Logik überhaupt nichts halten.

»Hör zu, Liebes«, sagte ich, »wir haben uns noch nicht einmal ausgedacht, wie wir dich aus dem Palast holen. Wahrscheinlich ist es sogar ganz unmöglich, daß wir beide zum selben Zeitpunkt fliehen. Das siehst du doch ein, nicht wahr?«

»Vielleicht«, meinte sie eigensinnig. »Aber mir gefällt das nicht. Nun, wie komme ich heraus? Und wann?«

Ich mußte wieder eingestehen, daß ich es nicht wußte. Ich gedachte Zeb zu konsultieren, aber sonst fiel mir nichts ein.

Judith dagegen hatte einen Vorschlag. »John, kennst du die Jungfrau, die dich hierher geführt hat? Nein? Schwester Magdalene. Ich weiß, daß wir sie einweihen können. Sie wird uns vielleicht helfen. Sie ist sehr klug.«

Ich wollte meine Zweifel darlegen, aber wir wurden von Schwester Magdalene selbst unterbrochen.

»Schnell!« zischte sie, als sie zu uns hereinschlüpfte. »Zurück zum Wall!«

Ich raste hinaus und kam gerade noch zurecht, um nicht vom Wachhabenden entdeckt zu werden, der auf seiner Runde vorbeikam. Er ließ sich die Parole zurufen – dann wollte sich der alte Narr unterhalten. Er setzte sich auf die Stufen zum Portal und berichtete prahlend von einem Fechtsieg in der vergangenen Woche. Ich bemühte mich gequält, Zeb bei einem Schwatz zu unterstützen, wie er bei gelangweilten Posten üblich ist.

Endlich stand er auf. »Ich bin schon über Vierzig und ein bißchen schwer. Ich muß ehrlich zugeben, daß es mir Vergnügen macht, mit euch beim Fechten noch konkurrieren zu können.« Er richtete seinen Degen gerade und fügte hinzu: »Ich werde mir wohl lieber einmal den Palast von innen ansehen. Heutzutage kann man nicht vorsichtig genug sein. Die Bruderschaft soll ja angeblich wieder aktiv geworden sein.« Er nahm die Stablampe aus der Tasche und leuchtete in den Korridor.

Ich erstarrte. Wenn er den Gang untersuchte, brauchten wir gar nicht zu hoffen, daß er die zwei in einem Alkoven kauernden Frauen übersehen würde.

Aber Zebediah meinte ruhig und gelassen: »Einen Augenblick, Bruder. Würdet Ihr mir den Gegenstoß zeigen, mit dem Ihr den letzten Kampf gewonnen habt? Es ging so schnell, daß ich gar nicht richtig mitkam.«

Er schluckte den Köder. »Aber gern, mein Sohn!« Er kam die Stufen herunter. »Zieht Euren Degen. En garde! Klingen kreuzen. Greift mich an. Da! Bleibt so, und ich zeige Euch das Ganze langsam. Während sich die Spitze meiner Brust näherte« – was hieß hier Brust! Captain van Doorn hatte einen Spitzbauch wie ein Känguruh! –, »fange ich sie mit der Stärke meiner Klinge auf und zwinge sie im zweiten Gegenstoß zurück. Genau nach Vorschrift, bisher. Aber ich vollende den Gegenstoß nicht. Statt dessen schlage ich beim Niedersinken der Spitze Eure Klinge zur Seite« – er führte es vor, Stahl klirrte auf – » und greife Euch an, wo es mir beliebt, vom Kinn bis zum Knöchel. Los, versucht es!«

Zeb tat es, und sie fochten die Phase durch. Der Captain trat einen Schritt zurück. Zeb bat um nochmalige Vorführung, um es genau zu lernen. Sie wiederholten es mehrmals, jedesmal schneller, wobei der Captain Zebs ungeschützter Degenspitze jeweils nur um Haaresbreite entkam. Es verstieß einwandfrei gegen die Vorschriften, mit echten Degen und ohne Maske und Plastron zu fechten, aber der Captain war wirklich ausgezeichnet . . . ein so geschickter Fechter, daß er darauf vertrauen durfte, weder von Zeb verletzt zu werden, noch ihm eine Wunde beizubringen. Ich sah wie gebannt zu; es war die großartige Vorführung einer einstmals nützlichen militärischen Kunst. Zeb setzte hart nach.

Sie endeten fünfzig Meter vom Portal entfernt, und um dieselbe Entfernung näher der Wachstube. Ich konnte den Captain keuchen hören.

»Großartig, Jones«, stieß er hervor. »Ihr habt es schnell erfaßt.« Er atmete tief ein und fügte hinzu: »Zum Glück dauert ein normaler Kampf nicht so lange. Ich glaube, ich lasse Euch lieber den Korridor inspizieren.« Er setzte sich in Richtung Wachstube in Bewegung und rief fröhlich: »Gott mit Euch.«

»Und mit Euch, Sir«, erwiderte Zeb und salutierte.

Kaum war der Captain hinter der Ecke verschwunden, als Zeb wieder seinen Posten bezog und ich zum Alkoven zurückeilte. Die Frauen waren noch da, an die Mauer gepreßt.

»Er ist fort, eine Weile haben wir nichts zu befürchten.«

Judith hatte Schwester Magdalene von unserem Dilemma erzählt, und wir besprachen uns flüsternd. Sie riet uns, nicht sofort auf eine Entscheidung zu drängen. »Ich beaufsichtige Judiths Buße und kann sie vielleicht noch eine Woche hinausschieben, bevor sie wieder losen muß.«

»Vorher müssen wir also handeln!« sagte ich.

Judith schien ihre Angst überwunden zu haben, seit sie Schwester Magdalene ihre Sorgen anvertraut hatte. »Mach dir keine Sorgen, John«, sagte sie leise, »mein Los wird sicher nicht so bald gezogen werden. Wir müssen tun, was sie uns rät.«

Schwester Magdalene schnaubte verächtlich. »Da täuschst du dich, Judith. Dein Los wird gezogen, sobald du den Dienst wieder antrittst, darauf kannst du dich verlassen. Nicht, daß du das nicht überleben würdest – wir haben es auch geschafft. Wenn es sicherer erscheint –« Sie verstummte plötzlich und lauschte. »Psst! Kein Wort.« Sie schlüpfte geräuschlos hinaus.

Ein schmaler Lichtstrahl zuckte auf, fiel auf eine Gestalt, die vor dem Alkoven kauerte. Ich schnellte nach vorn und erreichte sie, bevor sie sich erheben konnte. Schwester Magdalene hatte ebenso schnell reagiert; sie landete auf den Schultern des Mannes. Er wurde sofort ohnmächtig.

Zebediah kam hereingerannt. »John! Maggie!« flüsterte er. »Was ist los?«

»Wir haben einen Spion erwischt, Zeb«, erwiderte ich atemlos. »Was sollen wir mit ihm anfangen?«

Zeb ließ seine Stablampe aufleuchten. »Ihr habt ihn k.o. geschlagen?«

»Er wird nicht mehr zu sich kommen«, tönte Magdalenes ruhige

Stimme aus dem Dunkel. »Ich habe ihm ein Vibromesser in die Rippen gestoßen.«

»Mein Gott!«

»Zeb, ich mußte. Sei froh, daß ich keinen Dolch genommen und den Boden mit Blut verunreinigt habe. Was tun wir jetzt?«

Zeb beschimpfte sie, und sie ließ es sich gefallen.

»Dreh ihn um, John. Sehen wir ihn uns an.« Ich tat es, und er leuchtete ihn an. »Mensch, Johnnie, es ist – es ist Snotty Fassett!« Er verstummte, und ich konnte beinahe hören, wie angestrengt er nachdachte. »Nun, über den brauchen wir keine Tränen zu vergießen, John!«

»Ja, Zeb?«

»Stell dich draußen auf. Wenn jemand kommt, inspiziere ich den Korridor. Ich muß die Leiche irgendwo abladen.«

Judith brach das Schweigen. »Im nächsten Stockwerk befindet sich ein Verbrennungsschacht. Ich helfe Euch.«

»Fein. Los, John.«

Ich wollte einwenden, daß das keine Arbeit für eine Frau sei, aber ich hielt den Mund und ging. Zeb nahm ihn bei den Schultern, die beiden Frauen je an einem Bein. Sie waren nach wenigen Minuten zurück, obwohl mir eine Ewigkeit vergangen zu sein schien. Ohne Zweifel war Fassetts Leiche zu Atomen zerstoben, bevor sie wieder im Korridor eintrafen – wir konnten vielleicht ungestraft davonkommen. Schon damals erschien mir das Ganze nicht als Mord, und ich empfinde auch heute nicht anders. Wir taten, was getan werden mußte, angetrieben von den Ereignissen.

»Jetzt sind wir soweit«, sagte Zeb kurz. »Die Ablösung kommt in zehn Minuten. Wir müssen bis dahin längst einen Entschluß gefaßt haben. Nun?«

Unsere Vorschläge waren bis zur Lächerlichkeit unpraktisch, aber Zeb hörte sie sich an – dann kam er zur Sache.

»Hört zu, es geht nicht nur mehr darum, dir und Judith aus einer Patsche herauszuhelfen. Sobald Snotty vermißt wird, sind wir – alle vier – von der Befragung bedroht. Stimmt's?«

»Stimmt«, gab ich widerwillig zu.

»Aber niemand hat einen Plan?«

Keiner sagte etwas. Zeb fuhr fort: »Dann brauchen wir Hilfe ... und es gibt nur eine Mögichkeit. Die Bruderschaft.«

# 3

»Die Bruderschaft?« wiederholte ich verständnislos. Judiths Augen weiteten sich vor Entsetzen.

»Aber . . . aber, das geht doch nicht! Sie verehren den Teufel!«

»Das glaube ich nicht«, sagte Zeb.

Sie starrte ihn an. »Gehört Ihr zur Bruderschaft?«

»Nein.«

»Woher wißt Ihr dann Bescheid?«

»Und wie kannst du sie um Hilfe bitten?«

»Ich bin Mitglied«, sagte Magdalene, »wie Zeb weiß.«

Judith wich vor ihr zurück, aber Magdalene packte sie beim Arm. »Hör mir zu, Judith. Ich weiß, was du denkst – und ich war einmal genauso entsetzt wie du bei dem Gedanken, gegen den Propheten vorzugehen. Dann wurde mir klar – wie du begreifen wirst –, was wirklich hinter den Dingen steckt, an die zu glauben man uns erzogen hat.« Sie legte den Arm um Judith. »Wir sind keine Teufelsanbeter, wir kämpfen nicht gegen Gott. Wir wenden uns nur gegen diesen selbsternannten Propheten, der sich als die Stimme Gottes ausgibt. Komm zu uns, hilf uns, ihn zu bekämpfen – und wir werden dir helfen. Im anderen Fall können wir das Risiko nicht eingehen.«

Judith sah sie forschend an. »Schwörst du mir, daß das wahr ist? Die Bruderschaft kämpft nur gegen den Propheten, nicht gegen den Herrn?«

»Ich schwöre es dir, Judith.«

Judith atmete tief ein. »Gott möge mich leiten«, flüsterte sie. »Ich gehe mit der Bruderschaft.«

Magdalene gab ihr einen Kuß, dann sah sie uns an. »Nun!«

»Ich mache mit, wenn Judith dazu bereit ist«, erwiderte ich sofort, dann flüsterte ich vor mich hin: »Herr, vergib mir den Eid.«

Magdalene starrte Zeb an. Er trat von einem Bein aufs andere. Schließlich sagte er zornig: »Ich habe ja den Vorschlag gemacht, oder? Aber wir sind alle Narren, und der Inquisitor wird uns die Knochen brechen.«

Bis zum nächsten Tag hatten wir keine Gelegenheit mehr, uns zu unterhalten. Ich erwachte aus bösen Träumen, in denen ich der Befragung, ja Schlimmerem unterworfen worden war, und hörte Zebs Rasierapparat im Badezimmer surren. Er kam herein, zog mir die Bettdecke weg und schwatzte dummes Zeug. Ich lasse mir die

Bettdecke nicht gerne wegziehen, selbst wenn ich guter Stimmung bin, und Fröhlichkeit vor dem Frühstück kann ich nicht ertragen. Ich deckte mich wieder zu und drehte mich auf die andere Seite, aber er packte mich beim Handgelenk. »Raus mit dir, alter Knabe! Die Sonne scheint. Ein herrlicher Tag. Wie wär's mit zwei Spurts um den Palast, und dann unter die kalte Dusche?«

Ich versuchte seine Hand abzuschütteln und belegte ihn mit einem Schimpfwort, das meine Note in Frömmigkeit verschlechtern mußte, falls das ›Ohr‹ es weitergab. Er ließ nicht locker, und sein Zeigefinger tippte nervös gegen mein Handgelenk. Ich begann mich zu fragen, ob Zeb unter der Belastung die Nerven verlor. Dann begriff ich, daß er Morsezeichen gab:

»G-I-B – D-I-C-H – N-A-T-Ü-R-L-I-C-H«, sagten mir die Zeichen, »keine Überraschung zeigen – wir werden heute nachmittag während der Freizeit zur Examinierung aufgerufen.«

Ich hoffe, keine Überraschung gezeigt zu haben. Auf sein fröhliches Geschnatter, das er die ganze Zeit über von sich gab, reagierte ich mit mürrischen Antworten, dann stand ich auf und wandte mich den Alltagsdingen zu. Nach einer Weile fand ich Gelegenheit, eine Hand auf seine Schulter zu legen und Antwort zu geben: »O-K – V-E-R-S-T-A-N-D-E-N.«

Der Tag war eine einzige Qual. Ich beging beim Uniformappell einen Fehler, der mir seit der Kadettenzeit nicht mehr passiert war. Nach den Dienststunden kehrte ich in unser Zimmer zurück, wo Zeb vor einem Kreuzworträtsel saß.

»Johnnie, mein Kleiner«, fragte er, »kennst du ein Wort mit sechs Buchstaben für ›reinen Herzens‹?«

»Das brauchst du doch nie«, knurrte ich und setzte mich hin, um meine Rüstung abzunehmen.

»Wieso? Glaubst du denn, daß ich nicht in den Himmel komme?«

»Vielleicht nach zehntausend Jahren Fegefeuer.«

Ein lautes Klopfen an unserer Tür schreckte mich auf. Sie wurde geöffnet, und Timothy Klyce, Seniorlegat im Kasino und Brevierleiter, steckte den Kopf herein. Er schnaubte und meinte: »Na, wie wär's mit einem Spaziergang?«

Eine ungünstigere Zeit hätte er sich meiner Ansicht nach nicht aussuchen können. Tim war schwer abzuschütteln und gehörte zu den andächtigen Leuten in der Legion. Ich versuchte mich herauszuwinden, als Zeb sich zu Wort meldete. »Warum nicht, wenn wir Richtung Stadt gehen? Ich muß einkaufen.«

Zebs Antwort verwirrte mich, und ich versuchte, unter einem Vorwand zurückzubleiben, aber Zeb schnitt mir das Wort ab.

»Nieder mit der Büffelei! Ich helfe dir heute abend. Los.«

Ich ging mit und fragte mich, ob er schon kalte Füße bekommen hätte und aussteigen wollte.

Wir verließen die Festung durch die unteren Tunnels. Ich wanderte stumm dahin und überlegte, ob Zeb vielleicht die Absicht hatte, Klyce in der Stadt abzuschütteln, um eilig zurückzukehren. Wir hatten eben eine kleine Nische im Tunnel erreicht, als Tim die Hand hob, um irgendeinen Satz zu unterstreichen. Sie geriet in die Nähe meines Gesichts, ein feiner Sprühregen traf meine Augen – und ich war blind.

Bevor ich aufschreien konnte, während ich den Drang dazu noch unterdrückte, packte er mich beim Oberarm und sprach seinen Satz zu Ende. Sein Griff führte mich nach links, obwohl mir mein Gedächtnis sagte, daß der Weg nach rechts abbog. Aber wir stießen nicht gegen die Wand, und nach wenigen Augenblicken gewann ich das Sehvermögen wieder. Wir schienen im selben Tunnel zu marschieren, Tim in der Mitte, uns an den Armen haltend. Er sagte nichts, und wir blieben gleichfalls stumm. Kurze Zeit später kamen wir zu einer Tür. Klyce klopfte einmal und lauschte.

Ich konnte nichts hören, aber er antwortete: »Zwei Pilger, gut geleitet.«

Die Tür ging auf. Er führte uns hinein, schloß sie leise hinter uns, wir standen einer maskierten und geharnischten Wache gegenüber, die einen Strahler auf uns gerichtet hielt. Sie griff nach hinten und klopfte einmal an eine Innentür; sofort erschien ein zweiter Mann, bewaffnet und maskiert wie der erste, und trat uns gegenüber. Er fragte mich und Zeb einzeln: »Erklärt ihr auf Ehrenwort, unbeeinflußt von Freunden und unlauteren Motiven, daß ihr euch dem Dienst an dieser Organisation aus freiem Willen verschreibt?«

Wir antworteten: »Ja.«

»Dann bereitet sie vor.«

Lederhelme, die Nase und Mund aussparten, wurden über unsere Köpfe gestülpt und unter dem Kinn befestigt. Wir mußten uns ausziehen. Ich spürte den Stich einer Injektionsnadel, dann wurde alles verschwommen und traumhaft, und alle Nervosität fiel von mir ab.

Etwas Kaltes preßte sich gegen meine Rippen, und ich begriff, daß es sich nur um das Heft eines Vibromessers handeln konnte. Es bedurfte nur eines Knopfdruckes, um mir den Garaus zu machen – aber ich hatte keine Angst. Dann gab es Fragen, viele Fragen, die ich automatisch beantwortete, ohne lügen oder ausweichen zu können, selbst wenn ich das gewollt hätte.

Lange Zeit stand ich frierend auf den eisigen Fliesen, während rings um mich her eine angeregte Diskussion ablief; es ging um meine Motive für den Eintritt in die Bruderschaft. Ich konnte alles hören und wußte, daß mein Leben davon abhing, daß es nur eines einzigen Wortes bedurfte, mir die Vibroklinge ins Herz zucken zu lassen. Und ich wußte, daß sich die Schale zu meinen Ungunsten neigte.

Dann erhob sich eine Frauenstimme. Ich erkannte Schwester Magdalene und wußte, daß sie für mich einstand, aber in meiner Betäubung war mir das gleichgültig. Nach einiger Zeit wurde das Vibromesser abgezogen, und wieder spürte ich den Stich einer Nadel. Die Droge holte mich schnell aus meiner Betäubung, und ich hörte eine Baßstimme sagen:

»Fahrt fort.«

Ich wurde im Raum herumgeführt und von neuem befragt. Aber diesmal handelte es sich nur um symbolische Fragen, die mein Führer beantwortete. Ich durfte schließlich stehenbleiben und wurde gefragt, ob ich bereit sei, einen Eid zu leisten, wobei man mir versicherte, daß er in keiner Weise gegen meine Pflichten gegenüber Gott, Heimatland oder Mitmenschen verstoße.

Ich bejahte.

Ich sprach den Eid laut und deutlich nach, dann wurde mir die Maske abgenommen.

Es ist nicht nötig und auch nicht zulässig, die übrigen Anleitungen mitzuteilen, die mir als neuem Mitglied gegeben wurden. Von Blasphemie und Teufelsverehrung, die man uns allgemein zuschreibt, konnte jedenfalls keine Rede sein.

Etwas muß ich jedoch erwähnen. Als man mir die Haube abnahm, sah ich als ersten, mit einem Ausdruck beinahe unmenschlicher Würde, Captain Peter van Doorn vor mir stehen, den dicken Wachhabenden – als Führer dieser Gruppe!

Nach der Aufnahme hielten wir Kriegsrat. Ich erfuhr, daß die älteren Mitglieder bereits beschlossen hatten, Judith zunächst nicht in die Organisation aufzunehmen, wenngleich man bereit war, ihr zu helfen. Sie sollte nach Mexiko gebracht werden, und man zog es vor, ihr keine Geheimnisse anzuvertrauen, die sie nicht unbedingt kennen mußte. Zeb und ich, die wir zur Palastwache gehörten, konnten dagegen wirklich nützlich sein, deswegen hatte man uns aufgenommen.

Judith hatte unter Hypnose Anweisungen erhalten, die, wie man hoffte, es ihr ermöglichen würden, auch das Wenige zu verschweigen, sollte man sie der Befragung unterziehen. Ich erhielt Befehl, abzuwarten und mir keine Sorgen zu machen. Die Senioren unter den Mitgliedern würden Judith außerdem aus dem Gefahrenbereich schaffen, bevor sie neuerlich losen mußte. Damit hatte ich mich zufriedenzugeben.

Drei Tage hintereinander meldeten Zeb und ich uns während der nachmittäglichen Freizeit zur Instruktionsstunde, wobei wir jedesmal einen anderen Weg geführt und anderen Vorsichtsmaßregeln unterworfen wurden. Es ergab sich ganz klar, daß der Architekt des Palastes einer von uns gewesen sein mußte. Das riesenhafte Gebäude verfügte über Falltüren, Geheimgänge und -türen, die in den amtlichen Plänen nicht verzeichnet waren.

Am Ende des dritten Tages galten wir als vollgültige Senioren, qualifiziert mit einer Geschwindigkeit, die der herrschenden Krise entsprach. Die Anstrengung wäre mir beinahe zuviel geworden. Noch nie in meinem Leben hatte ich härter an mir arbeiten müssen. Vor allem gab es sehr viel zu merken – was vielleicht ganz gut war, denn dadurch vergaß ich – für den Augenblick wenigstens – meine Sorgen. Das Verschwinden Fassetts hatte keinerlei Wirkungen gezeitigt, was weitaus gefährlicher war als eine formelle Untersuchung.

Ein Geheimdienstmann verschwindet nicht einfach ohne aufzufallen. Es bestand die Möglichkeit, daß er nach eigenem Gutdünken gearbeitet hatte und seinem Vorgesetzten nicht täglich Meldung zu erstatten brauchte, aber weit mehr sprach dafür, daß er uns belauscht hatte, weil einer von uns verdächtigt wurde und beschattet werden sollte. In diesem Fall konnte das ominöse Schweigen nur bedeuten, daß uns der Chef des Geheimdienstes die Zügel schießen ließ, während seine Psychotechniker unser Verhalten analysierten – und jede Abwesenheit von Zeb und mir in unserer Freizeit auf einem Diagramm vermerkten. Angenommen, das ganze Regiment stand auf gleichem Verdächtigungsniveau, dann schnellten unsere persönlichen Kurven jeden Tag höher.

Ich selbst wäre mit jedem Tag mehr erleichtert gewesen, hätte man das Problem nicht ständig in unserem Geheimraum besprochen. Ich kannte nicht einmal den Namen des Moralprüfers, noch auch den Ort seines Geheimdienstbüros – das durften wir gar nicht wissen. Ich wußte, daß es ihn gab und daß er dem Inquisitor und vielleicht auch dem Propheten direkt verantwortlich war, aber das war alles. Meine Kameraden wußten kaum mehr als ich – im Stab des Moralprüfers hatte niemand von uns Fuß fassen können. Der Grund war klar: Die Bruderschaft untersuchte Charakter, Person und psychologische Eigenheiten eines Neulings genauso gründlich wie die Legion einen künftigen Geheimdienstoffizier – und die beiden Typen waren grundverschieden. Der Prüfer hätte niemals einen Mann akzeptiert, der sich von den Idealen der Bruderschaft angezogen fühlte; unsere Leute dagegen hätten nie einen Mann wie, nun, wie Fassett, zugelassen.

Am vierten Tag sollten wir uns nicht im Konferenzraum einfinden. Man hatte uns angewiesen, unsere Gesichter dort zu zeigen, wo sie auffallen würden, damit unsere gewohnte Abwesenheit ausgeglichen war. Ich verbrachte meine Freizeit im Aufenthaltsraum neben dem Kasino und blätterte in Magazinen, als Timothy Klyce hereinkam. Er warf mir einen Blick zu, nickte und nahm sich ein paar Zeitschriften vor. Nach einer Weile sagte er: »Diese alten Dinger gehören in ein Wartezimmer. Hat denn keiner von euch die neue ›Time‹ gesehen?«

Er wandte sich an das ganze Zimmer. Niemand gab ihm Antwort. Er wandte sich an mich.

»John, ich glaube, du sitzt drauf; steh mal auf.«

Ich brummte etwas und erhob mich. Als er nach dem Magazin griff, kam er nahe heran und flüsterte: »Melde dich beim Chef.«

Ich hatte wenigstens etwas gelernt, also las ich weiter. Nach ein paar Minuten legte ich das Magazin weg, streckte mich und gähnte, dann stand ich auf und ging zur Toilette. Aber ich marschierte vorbei und betrat nach kurzer Zeit den Konferenzraum. Zeb hatte sich bereits eingefunden, abgesehen von einigen anderen Mitgliedern. Sie waren um van Doorn und Schwester Magdalene versammelt.

»Sie haben mich rufen lassen, Mr. van Doorn?« sagte ich.

Er sah mich an, wandte sich wieder Magdalene zu.

»Judith ist verhaftet worden«, sagte sie langsam.

Meine Knie wurden weich, und ich konnte mich kaum aufrecht halten.

»Die Inquisition«, stieß ich hervor.

Ihre Augen sahen mich mitleidig an. »Wir glauben schon. Man hat sie heute früh abgeholt und seitdem nichts von ihr gehört.«

»Ist Anklage erhoben worden?« erkundigte sich Zeb.

»Nicht öffentlich.«

»Hmm – das sieht schlecht aus.«

»Und auch wieder gut«, widersprach van Doorn. »Wenn es um das geht, was wir vermuten, nämlich Fassett, und irgendwelche Spuren auf euch gewiesen hätten, wärt ihr alle vier längst verhaftet. So wenigstens hat man es bisher gehalten.«

»Was können wir bloß tun?« rief ich.

Van Doorn schwieg.

»Sie können gar nichts tun, John«, sagte Magdalene beruhigend. »Sie würden nicht einmal in ihre Nähe kommen.«

»Aber wir können doch nicht einfach warten!«

»Nur ruhig«, sagte van Doorn. »Maggie ist die einzige von uns, die Zugang zu diesem Teil des Palastes hat. Wir müssen uns auf sie stützen.«

Ich wandte mich ihr zu. Sie seufzte und sagte: »Ja, aber ich kann wahrscheinlich kaum etwas unternehmen.« Dann ging sie.

Wir warteten. Zeb schlug vor, daß er und ich den Raum verlassen und uns an den üblichen Orten sehen lassen sollten, aber zu meiner Erleichterung widersprach van Doorn. »Nein. Wir können nicht sicher sein, daß Judiths Hypnoseschutz ausreicht, sie die Tortur durchstehen zu lassen. Zum Glück seid ihr beiden und Magdalene die einzigen, die sie gefährden kann – aber ich will euch hier in Sicherheit haben, bis Magdalene etwas erfahren hat. Oder bis sie ausbleibt –«, fügte er nachdenklich hinzu.

»Judith wird uns nie verraten!« sagte ich hitzig.

Er schüttelte traurig den Kopf. »Jeder wird in der Befragung alles verraten, mein Sohn – wenn er nicht unter ausreichendem Hypnoseschutz steht. Wir werden sehen.«

Ich kümmerte mich nicht um Zeb, weil ich mit meinen eigenen Gedanken genug zu tun hatte. Er überraschte mich, als er zornig auffuhr: »Van Doorn, Sie halten uns hier fest – aber gerade haben Sie Maggie zurückgeschickt, möglicherweise in eine Falle. Wenn nun

Judith wirklich zusammengebrochen ist? Man wird Maggie auf der Stelle festnehmen.«

Van Doorn nickte. »Selbstverständlich. Dieses Risiko müssen wir eingehen. Sie ist der einzige Spion, der uns zur Verfügung steht. Aber machen Sie sich keine Sorgen um sie. Man wird sie nie verhaften – sie begeht rechtzeitig Selbstmord.«

Diese Erklärung versetzte mir keinen Schock. Die Gefahr für Judith hatte mich betäubt. Aber Zeb rief: »Unfaßbar! Sie hätten sie nicht fortschicken dürfen!«

»Mehr Disziplin«, sagte van Doorn ruhig. »Nehmen Sie sich zusammen. Wir haben Krieg, und sie ist Soldat.« Er wandte sich ab.

Wir warteten . . . und warteten. Es ist sehr schwer, einem Menschen, der nie unter dem Schatten der Inquisition leben mußte, klarzumachen, wie wir fühlten. Wir kannten keine Einzelheiten, aber wir sahen manchmal die Wesen, die unglücklich genug gewesen waren, das zu überleben.

Nach einer Weile wies van Doorn seinen Stellvertreter an, unsere Fortschritte in der Beherrschung des notwendigen Wissens zu prüfen. Zeb und ich gehorchten mürrisch. Man zwang uns sanft zur Konzentration. Irgendwie vergingen nahezu zwei Stunden.

Endlich wurde dreimal an die Tür geklopft, und man ließ Magdalene herein. Ich sprang auf und eilte auf sie zu.

»Nun?« fauchte ich. »Nun?«

»Geduld, John«, sagte sie müde. »Ich habe sie gesehen.«

»Wie geht es ihr? Ist sie unverletzt?«

»Besser, als wir erwarten durften. Ihr Verstand ist noch intakt, und anscheinend hat sie uns nicht verraten. Im übrigen mögen vielleicht ein oder zwei Narben bleiben – aber sie ist jung und gesund. Sie wird es überstehen.«

Ich wollte Näheres wissen, aber van Doorn fuhr dazwischen.

»Dann hat man sie also schon der Befragung unterzogen. Wie sind Sie zu ihr gekommen?«

»Ach das!« Magdalene machte eine wegwerfende Handbewegung. »Der Inquisitor, der ihren Fall betreibt, erwies sich als alter Bekannter. Wir tauschten Gefälligkeiten aus.«

Zeb wollte etwas sagen. Van Doorn zischte: »Ruhig!« und fügte mit scharfer Stimme hinzu: »Der Chefinquisitor behandelt die Sache nicht selbst? Dann vermutet man also nicht, daß es sich um die Bruderschaft handeln könnte?«

Maggie runzelte die Stirn. »Ich weiß nicht. Anscheinend verlor Judith sehr bald das Bewußtsein. Vielleicht hatte man keine Gelegenheit, dieser Frage nachzuspüren. Jedenfalls habe ich bis morgen eine Galgenfrist für sie herausgeholt. Als Vorwand dient die Behauptung, daß sie ihre Kraft wiedergewinnen müßte, um dem nächsten Verhör gewachsen zu sein. Morgen in aller Frühe nimmt man sie wieder vor.«

Van Doorn schlug mit der Faust in die Handfläche. »Dazu darf es nicht kommen – wir können das Risiko nicht eingehen! Verschwindet alle, bis auf George und Maggie!«

Ich ging. Eigentlich hätte ich Maggie noch sagen wollen, daß sie in Zukunft von mir verlangen konnte, was sie wollte.

Das Abendessen war eine Tortur. Nach dem Tischgebet versuchte ich ein paar Bissen hinunterzubringen und mich an der Unterhaltung zu beteiligen, aber ich hatte einen Klumpen im Hals, der sich nicht schlucken ließ. Neben mir saß Grace Bearpaw, halb Schotte, halb Indianer. Grace war mein Klassenkamerad, aber nicht mit mir befreundet. Wir unterhielten uns kaum, und an diesem Abend war er so schweigsam wie immer.

Während des Essens berührte er mich mit der Stiefelspitze. Ich zog den Fuß zurück, aber kurz danach berührte er mich wieder und begann auf meinen Fuß zu tippen:

»Halt dich doch still, du Trottel –«, gab er mir zu verstehen. »Du bist bestimmt – heute abend, bei deiner Wache – Einzelheiten später – iß und unterhalte dich – nimm zur Wache einen langen Streifen Klebeband mit – zwölf mal dreißig Zentimeter – wiederholen.«

Irgendwie gelang es mir, die Nachricht zu wiederholen, während ich so tat, als könne ich etwas essen.

## 4

Wir lösten die Wache um Mitternacht ab. Als die anderen davonmarschiert waren, erzählte ich Zeb, was Grace mir beim Essen mitgeteilt hatte, und fragte ihn, ob er die restlichen Anweisungen wisse. Er verneinte. Ich wollte mich unterhalten, aber er winkte ab. Anscheinend war er noch nervöser als ich.

Ich machte also meinen Rundgang und versuchte wachsam zu erscheinen. Wir bewachten in dieser Nacht das Nordende des westlichen Walles; unser Weg führte auch an einem der Palasteingänge vorbei. Etwa eine Stunde war vergangen, als ich aus dem dunklen Bogengang ein Zischen hörte. Ich näherte mich vorsichtig der Stelle und erkannte eine weibliche Gestalt. Sie war zu klein für Magdalene, und ich erfuhr nie, wer sie war, denn sie steckte mir nur einen Umschlag zu und verlor sich wieder in der Dunkelheit.

Ich kehrte zu Zeb zurück. »Was soll ich tun? Ihn mit der Stablampe lesen? Das kommt mir riskant vor.«

»Mach ihn auf.«

Ich tat es, und der Brief war mit dünnen Schriftzeichen bedeckt, die im Dunkeln erglommen. Ich konnte den Text lesen, aber er war nicht hell genug, um von einem Elektronenauge aufgefangen werden zu können.

›Nach der Hälfte der Wache, genau zum Stundenschlag, betreten Sie den Palast durch den Zugang, wo man Ihnen den Brief gegeben hat. Nach vierzig Schritt wenden Sie sich zur Treppe linker Hand. Zwei Stockwerke emporsteigen. Dann fünfzig Schritt nach Norden. Der erhellte Eingang zur Rechten führt zu den Quartieren der Jungfrauen; an dieser Tür wird eine Wache stehen. Sie leistet keinen Widerstand, aber Sie müssen eine Paralysebombe verwenden, um dem Mann ein Alibi zu verschaffen. Die gesuchte Zelle befindet sich am Ende des mittleren, von Osten nach Westen führenden Korridors. Über der Tür brennt eine Lampe. Eine Jungfrau hält Wache. Sie gehört nicht zu uns. Sie müssen sie kampfunfähig machen, dürfen sie aber weder verletzen noch töten. Benützen Sie das Klebeband als Knebel und Augenbinde, und fesseln Sie sie mit ihrer Kleidung. Nehmen Sie ihre Schlüssel, betreten Sie die Zelle und holen Sie Judith heraus. Sie wird vermutlich bewußtlos sein. Tragen Sie sie zu Ihrem Posten und übergeben Sie sie dem Wachhabenden.

Höchste Eile ist geboten, sobald Sie die Wache gelähmt haben, da ein Auge Sie erkennen kann, wenn Sie an dem erleuchteten Eingang vorbeikommen, wodurch augenblicklich Alarm ausgelöst werden würde.

Diesen Zettel nicht verschlucken; die Tinte ist giftig. Werfen Sie ihn in den Verbrennungsschacht oben an der Treppe.

Viel Glück!‹

*

Zeb las über meine Schulter mit. »Was du brauchst, sind nur ein paar Wunder«, meinte er. »Hast du Angst?«

»Ja.«

»Soll ich mitkommen?«

»Nein. Wir sollten uns lieber an die Anweisungen halten.«

»Allerdings. Außerdem könnte es sein, daß ich jemand umbringen muß, während du fort bist. Ich halte dir den Rücken frei.«

»In Ordnung.«

»Dann sei jetzt ruhig. Machen wir weiter.« Wir setzten unseren Rundgang fort.

Bei den zwei gedämpften Schlägen zur Halbmarke unserer Wache lehnte ich meinen Speer an die Wand, schnallte Degen und Helm und allen übrigen zeremonienhaften Prunk ab, den wir tragen mußten, der mich jetzt aber nur behindern würde. Zeb drückte mir fest die Hand. Dann machte ich mich auf den Weg.

Zwei – vier – sechs – vierzig Schritt. Ich tastete mich im Dunkeln an der Wand entlang, fand die Öffnung, streckte den Fuß vor. Ah, da waren die Stufen! Ich befand mich in einem Teil des Palastes, den ich zuvor noch nie betreten hatte, und verließ mich darauf, daß die Person, von der die Anweisungen stammten, das auch genügend berücksichtigt hatte. Ein Stockwerk, das zweite – ich wäre beinahe hingefallen, als ich auf eine ›oberste‹ Stufe trat, die es nicht gab.

Wo war der Müllschacht? Er mußte in Handhöhe sein, und der Brief hatte ›oben an der Treppe‹ vermerkt. Ich überlegte fieberhaft, ob ich die Lampe einschalten oder den Brief bei mir behalten sollte, als meine linke Hand den Deckel berührte. Erleichtert übergab ich den Beweis, der so viele andere belastete, der Vernichtung. Ich wollte meinen Weg fortsetzen, wurde aber plötzlich von panischer Angst ergriffen. War das wirklich ein Verbrennungsschacht? Konnte es nicht auch der Deckel eines Speiseaufzugs gewesen sein? Ich tastete danach, öffnete ihn und steckte die Hand hinein.

Die sengende Hitze war sogar durch den Handschuh zu spüren. Ich riß die Hand erleichtert zurück und beschloß, den Anweisungen künftig mehr Vertrauen zu schenken und meine Zweifel zu verbannen. Aber nach vierzig Schritt Richtung Norden gab es eine Biegung im Korridor, von der im Brief nichts gestanden hatte; ich blieb stehen, duckte mich und wagte einen vorsichtigen Blick um die Ecke.

Fünfundzwanzig Schritt entfernt waren Wache und Eingang. Der Mann gehörte angeblich zu uns, aber ich ließ mich auf kein Risiko ein. Ich zog eine Bombe aus dem Gürtel, stellte sie auf Minimalwirkung ein, entfernte die Zündnadel und wartete fünf Sekunden. Dann warf ich die Bombe und zog mich hinter die Biegung zurück, um vor der Strahlung Schutz zu finden.

Ich wartete weitere fünf Sekunden, bis ich erneut einen Blick riskierte. Der Mann lag ausgestreckt am Boden; er blutete an der Stirn, wo ihn ein Splitter der Bombe getroffen hatte. Ich hastete weiter, stieg über den Bewußtlosen, versuchte zu laufen und Lärm zu vermeiden. Der Zentralkorridor im Wohnbereich der Jungfrauen war nur schwach erleuchtet von bläulichen Lampen, aber ich sah genug und erreichte das Ende des Ganges sehr schnell – nur, um erschrokken zurückzufahren. Die weibliche Wache an der Zelle machte keinen Rundgang, wie ich angenommen hatte, sondern saß auf dem Boden, mit dem Rücken zur Tür.

Wahrscheinlich döste sie vor sich hin, denn sie blickte nicht sofort auf. Als sie es tat, sah sie mich, und mir blieb keine Zeit mehr für Pläne; ich handelte blitzschnell. Sanftheit konnte ich mir jetzt nicht leisten. Die Person kam gar nicht zum Widerstand. Die eine Hälfte des Klebebandes über ihren Mund, die andere quer über die Augen, dann die Kleidung zerrissen, um die Wache zu fesseln – und schnell, schnell, schnell; denn schon mochte ein Geheimdienstmann das ›Auge‹ kontrolliert haben, das ganz sicher am Haupteingang angebracht war und die bewußtlose Wache bereits entdeckt haben mochte. Ich fand die Schlüssel an einer Kette um ihre Hüften und richtete mich auf.

Ich suchte den passenden Schlüssel heraus, stieß die Zellentür auf – und Judith war in meinen Armen.

Sie schlief tief, wenn auch unruhig. Sie stöhnte, als ich sie aufhob, erwachte aber nicht. Ihr Kleid verrutschte ein wenig, und ich sah zum Teil, was man ihr angetan hatte. Noch während der Flucht schwor ich mir, das siebenfach zurückzuzahlen, falls der Verantwortliche so lange am Leben bleiben sollte.

Der Wächter lag noch, wo ich ihn zurückgelassen hatte. Ich glaubte, unbemerkt davongekommen zu sein, und stieg gerade über ihn hinweg, als ich hinter mir einen Schreckensruf hörte. Warum sind Frauen nachts so unruhig? Wäre dieses Wesen nicht auf den Gang hinausgetreten, hätte man mich vielleicht nie entdeckt.

Es war zu spät, sie zum Schweigen bringen zu wollen, ich rannte einfach los. Hinter der Biegung war ich im Dunkeln, aber ich hastete an der Treppe vorbei, mußte umkehren und danach suchen – um mich schließlich Stufe für Stufe hinunterzutasten. Irgendwo hinter mir klangen Rufe und schrille Stimmen auf.

Als ich unten angekommen war und das Portal sich gegen den Nachthimmel abzeichnete, flammten alle Lichter auf, begannen sämtliche Alarmanlagen zu rasseln. Ich raste die letzten Meter kopfüber dahin und fiel beinahe in die Arme von Captain van Doorn. Er riß mir Judith wortlos aus den Armen und trabte davon.

Ich starrte ihm verdattert nach, als mich Zeb wachrüttelte.

»Nimm dich zusammen, Mensch!« zischte er. »Der Großalarm gilt uns. Du sollst doch auf Wache sein.«

Er gürtete mir den Degen um, während ich den Helm aufsetzte und den Speer ergriff. Dann standen wir Rücken an Rücken vor dem Portal, die Pistolen im Anschlag. Ohne weitere Befehle durften wir nichts anderes tun, da der Alarm nicht in unserem Postengebiet gegeben worden war.

Mehrere Minuten standen wir wie Statuen. Wir hörten schnelle Schritte, laute Befehle klangen auf. Der Tagoffizier rannte an uns vorbei in den Palast, noch im Schlafanzug. Bevor er meinen Anruf beantwortete, hätte ich ihn beinahe niedergeschossen. Einige Zeit später marschierte unsere Ablösung vorbei.

Langsam legte sich die Unruhe; die Lichter brannten immer noch, aber man schaltete die Alarmanlagen ab. Zeb wagte ein Flüstern.

»Was, zum Teufel, ist passiert? Hast du gepfuscht?«

»Ja und nein.« Ich erzählte ihm von der Nachtwandlerin.

»Pff! Na, vielleicht ist dir das eine Lehre, dich im Dienst nicht mit Weibern abzugeben.«

»Wieso denn, ich habe mich doch gar nicht mit ihr abgegeben. Sie kam plötzlich aus ihrer Zelle.«

»Ich meine ja auch nicht heute«, sagte er tonlos.

Ungefähr eine halbe Stunde danach, lange vor dem Ende unserer Wache, marschierte die Ablösung heran. Der Befehlshaber ließ halten, unsere Ersatzleute traten aus dem Glied, und wir nahmen ihre Plätze ein. Wir marschierten zur Wachstube zurück, wobei wir unterwegs noch zweimal hielten und Posten ablösten.

# 5

Wir mußten der Wachstubentür gegenüber in Habt-Acht-Stellung verharren. Dort blieben wir fünfzig endlose Minuten lang, während der Tagoffizier uns in Augenschein nahm. Einmal verlagerte ein Mann im zweiten Glied sein Gewicht. Beim Uniformappell, selbst in Anwesenheit des Propheten, wäre das unbemerkt geblieben, aber jetzt fauchte ihn der Tagoffizier sofort an, und Captain van Doorn notierte seinen Namen.

Van Doorn sah genauso wütend aus, wie sein Vorgesetzter zweifellos war. Er verteilte noch ein paar Rügen, blieb sogar vor mir stehen und ließ mich wegen ›ungeputzter Stiefel‹ aufschreiben – was völlig unberechtigt war. Ich wagte nicht, den Blick zu senken, sondern starrte ihm in die Augen, während er mich kalt ansah.

Aber sein Benehmen rief mir Zebs Lektion über geheime Machenschaften ins Gedächtnis. Van Doorns Verhalten entsprach in jeder Hinsicht dem eines rangniedrigen Offiziers, den seine Leute blamiert haben. Was hätte ich gefühlt, wäre ich gänzlich unschuldig gewesen?

Zorn, dachte ich – Zorn und Hochmut. Zuerst interessiert und angeregt durch die Aufregung, dann zornig, weil man uns wie Kadetten strammstehen ließ. Man versuchte, uns durch die lange Wartezeit weich zu machen; was hätte ich mir vor, nun, sagen wir, zwei Monaten dabei gedacht? Überzeugt von meiner makellosen Tugend wäre ich mir beleidigt und gedemütigt vorgekommen.

Bis der Legionskommandeur nahezu eine ganze Stunde später erschien, bebte ich vor Wut. Die Methode war künstlich, das Ergebnis echt. Ich hatte unseren Kommandeur nie leiden können – einen kleinen, ironischen Mann mit kaltem und durchbohrendem Blick. Er stand vor uns, die Predigerrobe über die Schulter geworfen, die Daumen in den Degengürtel gehakt.

Er starrte uns grimmig an. »Nun?« brüllte er.

Niemand rührte sich.

»Mund auf!« fuhr er uns an. »Einige von euch wissen etwas. Antwort! Oder wollt ihr alle zur Befragung?«

Ein Murmeln lief durch die Reihen – aber keiner meldete sich.

Er ließ den Blick an uns entlanggleiten. Bei mir kam er zum Stehen, und ich starrte ihn mürrisch an.

»Lyle!« – »Ja, Sir.«

»Was weißt du von der Sache?«

»Ich weiß nur, daß ich mich hinsetzen möchte, Sir!«

Er machte ein finsteres Gesicht, dann blitzte ein Funke kalten Vergnügens in seinen Augen auf.

»Besser vor mir stehen, als vor dem Inquisitor sitzen, mein Sohn!« Aber er ließ mich in Ruhe und wandte sich an den nächsten Mann.

Er behämmerte uns unablässig, aber Zeb und ich wurden nicht mehr belästigt als die anderen auch. Endlich schien er aufzugeben und wies den Tagoffizier an, uns wegtreten zu lassen. Ich gab mich keiner Täuschung hin. Es stand fest, daß jedes gesprochene Wort aufgezeichnet, jeder Gesichtsausdruck gefilmt worden war und daß Analytiker bereits die einzelnen Reaktionen mit unserem früheren Benehmen in Vergleich setzten, bevor wir noch unsere Quartiere erreichten.

Aber Zeb war unschlagbar. Er plauderte über die nächtlichen Ereignisse und überlegte harmlos, was sich abgespielt haben mochte, bevor wir noch in unserem Zimmer waren. Ich gab mir Mühe, möglichst normal zu reagieren, und beschwerte mich über diese Behandlung.

»Wir sind schließlich Offiziere«, schimpfte ich. »Wenn er glaubt, daß wir etwas verbrochen haben, dann soll er doch Anklage erheben.«

Ich ging murrend zu Bett, dann lag ich wach und machte mir schwere Sorgen. Ich versuchte mir vorzusagen, daß Judith einen sicheren Ort erreicht haben mußte, sonst wäre man sich höheren Orts nicht mehr im unklaren gewesen. Ich schlief ein, geplagt von schrecklichen Vorstellungen.

Ich fühlte eine Berührung und war augenblicklich wach. Als ich begriff, daß meine Hand im Erkennungsgriff unserer Organisation gefaßt wurde, atmete ich auf.

»Still!« flüsterte mir eine unbekannte Stimme ins Ohr. »Ich muß Sie zu Ihrem Schutz behandeln.« Ich spürte den Stich einer Injektionsnadel im Arm; nach wenigen Sekunden war ich ganz ruhig. Die Stimme flüsterte: »Sie haben heute bei der Wache nichts Ungewöhnliches bemerkt. Bis der Alarm ertönte, lief die Wache ohne Zwischenfall ab –« Ich weiß nicht, wie lange die Stimme auf mich einsprach.

Ich wurde ein zweitesmal geweckt. Jemand schüttelte mich heftig. Ich bohrte mich in mein Kissen und sagte: »Verschwinde! Ich mag kein Frühstück.«

Jemand schlug mir die Faust in den Rücken. Ich drehte mich um und setzte mich blinzelnd auf. Vier bewaffnete Männer standen im Zimmer, die Strahler auf mich gerichtet.

»Mitkommen!« befahl der erste.

Sie trugen die Uniform der Legion, aber ohne Einheitsbezeichnung. Alle Köpfe waren von schwarzen Masken verhüllt, die nur die Augen freiließen – und ich erkannte sie daran: die Männer der Inquisition.

Ich hätte es niemals geglaubt, daß mir so etwas zustoßen würde. Nicht mir ... nicht John Lyle, der sich immer ordentlich führte, der Stolz des Sprengels und seiner Mutter. Nein! Die Inquisition war ein Klabautermann, aber einer für Sünder – nicht für John Lyle.

Aber als ich diese Masken sah, wußte ich bereits, daß ich ein toter Mann war, daß meine Zeit gekommen war und es aus diesem Alptraum kein Erwachen geben würde.

Aber noch lebte ich. Aus irgendeiner Quelle bezog ich die Kraft, Zorn vorzutäuschen. »Was wollt Ihr denn hier?«

»Mitkommen«, wiederholte der Gesichtslose.

»Zeigt mir Euren Befehl. Ihr könnt nicht einfach einen Offizier aus dem Bett holen, wenn Ihr gerade –«

Der Anführer gestikulierte mit seiner Waffe. Zwei Männer ergriffen mich bei den Armen und trieben mich zur Tür, während sich der vierte von hinten anschloß. Ich bin ziemlich stark und machte es ihnen schwer, während ich protestierte: »Ihr müßt mir Gelegenheit geben, mich anzuziehen. Ihr habt kein Recht, mich halbnackt davonzuschleppen, gleichgültig, wie dringend es sein mag. Ich habe ein Recht darauf, in der Uniform aufzutreten.«

Zu meiner Überraschung wirkte das. Der Anführer blieb stehen. »Also gut. Aber schnell!«

Ich verzögerte, solange ich konnte, obwohl ich mich nach außenhin beeilte – ich fingerte an Reißverschlüssen und Knöpfen. Wie konnte ich Zeb eine Nachricht hinterlassen? Irgendein Zeichen, an der die Organisation erkennen konnte, was mit mir geschehen war?

Endlich fiel mir etwas ein, nichts besonders Gutes, aber besser als gar nichts. Ich zerrte einige Sachen aus meinem Schrank, manche, die ich brauchte, andere, die ich nicht benötigte, unter anderem einen Pullover. Während ich das Erforderliche heraussuchte, legte ich die Pulloverärmel so übereinander, daß sie dem dringenden Hilferuf eines Mitglieds der Bruderschaft entsprachen. Ich nahm lose herumliegende Sachen und begann sie in den Schrank zurückzulegen, aber der Anführer stieß mir sofort den Strahler in die Rippen und sagte: »Laßt das. Ihr seid angezogen.«

Ich gab es auf und ließ die Sachen fallen. Der Pullover blieb ausgebreitet liegen, als Symbol für den, der es lesen konnte. Als man mich wegführte, konnte ich nur hoffen, daß unser Bursche nicht erschien und aufräumte, bevor Zeb hereinkam.

Man verband mir die Augen, sobald wir den inneren Palast erreicht hatten. Wir stiegen sechs Treppen hinunter, vier davon unter dem Erdboden, rechnete ich mir aus, und erreichten einen Raum, der von der atemlosen Stille eines Grabgewölbes erfüllt war. Man nahm mir die Binde ab. Ich blinzelte.

»Setz dich, mein Junge, setz dich und mach es dir bequem.« Ich stand vor dem Chefinquisitor selbst, sah sein freundliches Lächeln und die milden Augen.

Mit sanfter Stimme fuhr er fort: »Es tut mir leid, daß wir dich so unsanft aus dem Bett reißen mußten, aber wir brauchen gewisse Informationen. Sag mir, mein Sohn, fürchtest du den Herrn? Oh, natürlich tust du das. Deine Frömmigkeit ist wohlbekannt. Du wirst mir also gerne helfen, auch wenn du zu deinem Frühstück zu spät kommst.« Er wandte sich an die maskierten und schwarzgekleideten Gehilfen, die hinter ihm warteten. »Bereitet ihn vor – aber geht sanft mit ihm um.«

Ich wurde hastig und grob verarztet. Man behandelte mich wie leblose Materie. Ich wurde bis auf die Hüften ausgezogen; dann befestigte man allerlei Dinge an mir, ein Gummiband an meinen rechten Arm, Elektroden in den Fäusten, mit Heftpflaster angeklebt, andere Elektroden an den Handgelenken, ein drittes Paar an den Schläfen, einen winzigen Spiegel an der Halsschlagader. Jemand machte sich an einer Schalttafel an der linken Wand zu schaffen, und auf der gegenüberliegenden Wand zeigte sich ein Schatten meiner inneren Reaktionen.

Ein winziges Licht tanzte im Takt meines Herzschlags, eine wellenförmige Linie auf einem Ikonoskop zeigte Steigen und Fallen meines Blutdrucks, eine andere spiegelte meine Atmung, und es gab noch andere, die ich nicht kannte. Ich wandte den Kopf ab und versuchte, mich auf die natürlichen Logarithmen von eins bis zehn zu konzentrieren.

»Du siehst unsere Methoden, mein Sohn. Genauigkeit und Güte, das ist unser Motto. Nun sag mir – wo hast du sie hingeschafft?«

Ich brach beim Logarithmus von acht ab. »Wen?«

»Warum hast du es getan?«

»Verzeiht, Hochwürdiger Sir. Ich weiß nicht, was ich getan haben soll.«

Jemand schlug zu, von hinten. Die Lichter an der Wand tanzten, und der Inquisitor studierte sie nachdenklich. Dann wandte er sich an einen Gehilfen. »Gebt ihm die Spritze.«

Wieder wurde meine Haut von einer Kanüle durchstoßen. Man ließ mich ausruhen, bis die Droge wirkte. Ich wurde müde und gleichgültig, spürte eine sanfte Neugier, hatte aber keine Angst. Dann brach der Chefinquisitor das Schweigen mit einer Frage. Ich kann mich nicht mehr an sie erinnern, bin aber sicher, daß ich erwiderte, was mir gerade in den Sinn kam.

Wie lange das dauerte, läßt sich nicht sagen. Nach einer Weile holte man mich mit einer zweiten Injektion in die brutale Wirklichkeit zurück. Der Inquisitor untersuchte einen kleinen Erguß und einen purpurroten Punkt an meinem rechten Unterarm. Er hob den Kopf.

»Woher stammt das, mein Sohn?«

»Ich weiß es nicht, Hochwürden Sir.« In diesem Augenblick traf das sogar zu.

Er schüttelte bedauernd den Kopf. »Sei nicht naiv, mein Sohn – und halte auch mich nicht dafür. Ich will dir etwas erklären. Was ihr Sünder nie begreift, ist, daß der Herr immer überwindet. Unsere Methoden beruhen auf der Güte, aber sie laufen mit der absoluten Sicherheit eines fallenden Steins ab. Das Ergebnis steht von vornherein fest.

Zuerst bitten wir den Sünder, sich Gott anzuvertrauen und unsere Fragen zu beantworten. Schlägt dieser Versuch fehl, wie bei dir, dann benützen wir die Fähigkeiten, die uns der Herr gegeben hat, das Unbewußte zu öffnen. Weiter braucht die Befragung meist nicht zu gehen – falls uns nicht ein Werkzeug des Teufels zuvorgekommen ist und sich am heiligen Gefäß des Verstandes vergriffen hat.

Ich bin eben von einem Spaziergang durch dein Gehirn zurückgekehrt. Dort habe ich viel Lobenswertes gefunden, aber in trüber Dunkelheit auch eine Mauer, die von einem anderen Sünder errichtet worden ist. Was ich suche – was die Kirche durch mich sucht –, liegt hinter dieser Mauer.«

Vielleicht ließ ich innere Befriedigung erkennen, vielleicht verrieten mich die zuckenden Lichter, denn er lächelte traurig und sagte: »Keine Mauer des Teufels kann uns aufhalten. Finden wir ein solches Hindernis, dann gibt es zwei Dinge: Bei genügend Zeit könnte ich die Mauer sanft und langsam, Stein um Stein, abtragen, ohne dein Gehirn zu beschädigen. Hätte ich nur Zeit dazu, ich würde es tun, denn du bist immer im Innern ein guter Junge gewesen, John Lyle, und du gehörst nicht zu den Sündern.

Die Ewigkeit ist zwar lang, die Zeit jedoch kurz. Es gibt den zweiten Weg. Wir können die falsche Barriere im Unterbewußtsein ignorieren und uns direkt mit dem bewußten Verstand befassen, angeführt von den Bannern des Herrn.« Er wandte den Blick ab. »Bereitet ihn vor.«

Seine maskierten Gehilfen setzten mir einen Metallhelm auf, und man machte sich am Kontrollpult zu schaffen.

»Paß auf, John Lyle.« Er deutete auf ein Diagramm an der Wand. »Du weißt vielleicht, daß das menschliche Nervensystem zum Teil auf elektrischen Prozessen beruht. Dort befindet sich ein Schema des Gehirns, der untere Teil ist der Thalamus, darüber die Großhirnrinde. Jedes Sinneszentrum ist deutlich bezeichnet, wie du siehst. Deine elektrodynamischen Eigenheiten sind längst analysiert. Es tut mir leid, dir sagen zu müssen, daß es sich als nötig erwiesen hat, deine normalen Sinne zu überlagern.«

Er begann sich abzuwenden, kehrte mir wieder sein Gesicht zu. »Übrigens habe ich mir bei dir selbst die Mühe genommen, weil meine Assistenten infolge ihrer geringeren Erfahrung in diesem Stadium oft Eifer mit Geschicklichkeit verwechseln und den Sünder unerwartet seiner Belohnung zuführen. Das soll bei dir nicht geschehen. Du bist vom rechten Weg abgewichen, aber ich möchte dich retten.«

»Danke, Hochwürdiger«, sagte ich.

»Danke nicht mir, sondern dem Herrn, dem ich diene. Jedoch«, er runzelte die Stirn, »der Angriff auf den Verstand ist zwar unvermeidbar, aber schmerzhaft. Vergibst du mir das?«

Ich zögerte nur einen Augenblick. »Ich vergebe Euch, Sir.«

Er warf einen Blick auf die Lichter und sagte ironisch: »Eine Lüge. Aber sie ist dir verziehen.« Er nickte seinen stummen Helfern zu. »Beginnt.«

Ein Licht blendete mich, eine Explosion schlug gegen meine Ohren. Mein rechtes Bein zuckte vor Schmerz, bog sich in endlosem Krampf. Mein Hals schnürte sich zusammen; ich glaubte, ersticken zu müssen, und versuchte, mich zu erbrechen. Irgend etwas traf mich in den Magen. Ich sackte zusammen und bekam keine Luft mehr. »Wohin hast du sie gebracht?« Ein Laut begann leise und tief, stieg höher und höher, wurde lauter und schriller, bis ich tausend stumpfe Sägen, Millionen kratzender Griffel hörte, steigerte sich zu einem gellenden, kreischenden Heulen, das die dünne Wand der Vernunft abzutragen schien. »Wer hat dir geholfen?« Brennende Hitze überflutete mich. Ich vermochte ihr nicht zu entkommen. »Warum hast du es getan?« Mein Körper juckte unerträglich, überall, ich versuchte, mir die Haut abzukratzen, aber meine Arme rührten sich nicht. Das Jucken war schlimmer als alle Schmerzen. Ich hätte jede Qual dafür eingetauscht.

»Wo ist sie?«

Licht ... Lärm ... Schmerz ... Hitze ... Krämpfe ... Kälte ... Fallen ... Licht und Schmerz ... Kälte und Fallen ... endlose Übelkeit und Lärm. »Liebst du den Herrn?« Peinigende Hitze, entsetzliche Kälte ... Schmerz, und ein Hämmern im Schädel, das mir tierische Schreie entlockte. »Wo hast du sie hingebracht? Wer war noch dabei? Gib es auf und rette deine unsterbliche Seele.« Schmerzen, unerträgliche Schmerzen, Sturz ins Nichts.

Ich bin wohl ohnmächtig geworden.

Jemand schlug mir ins Gesicht. »Wach auf, John Lyle, und gestehe! Zebediah Jones hat dich verraten!«

Ich blinzelte und schwieg. Es war nicht nötig, Betäubung zu simulieren, ich hätte es auch gar nicht fertiggebracht. Aber die Worte hatten mir einen ungeheuren Schock versetzt, und meine Gedanken jagten durcheinander, versuchten, Ordnung ins Chaos zu bringen. Zeb? Der alte Zeb? Der arme, alte Zeb! Hatte man keine Zeit mehr gehabt, ihm Hypnoseschutz zu gewähren? Sicher war er tot.

Wieder schlug man mir ins Gesicht. »Wach auf! Du kannst mich hören – Jones hat deine Sünden preisgegeben.«

»Was preisgegeben?«

Der Chefinquisitor winkte seine Gehilfen beiseite und beugte sich über mich, besorgt und mitfühlend. »Bitte, mein Sohn, tue es für den Herrn – und für mich. Du bist sehr tapfer gewesen, als du deine Mitsünder vor ihrem gerechten Untergang bewahren wolltest, aber sie haben dich verraten. Gestehe, und laß den Tod zu dir kommen, als reuiger Sünder.« – »Ihr wollt mich also umbringen?«

Er machte ein verärgertes Gesicht. »Das habe ich nicht gesagt. Ich weiß, daß du den Tod nicht fürchtest. Was du fürchten solltest, ist die Begegnung mit deinem Schöpfer als schuldbeladene Seele. Öffne dein Herz und gestehe.«

»Hochwürdigster, ich habe nichts zu gestehen.«

Er wandte sich ab und gab mit leiser Stimme Anweisungen.

»Die mechanischen Geräte diesmal. Ich will sein Gehirn nicht ausbrennen.«

Es hat keinen Sinn, zu beschreiben, was er meinte. Seine Methoden unterschieden sich nicht grundlegend von den Torturen des Mittelalters – nur war sein Wissen um das menschliche Nervensystem weitaus größer. Außerdem benahmen er und seine Gehilfen sich so, als fehle ihnen jede sadistische Freude an ihrem Tun.

Lassen wir die Einzelheiten beiseite.

Ich weiß nicht, wie lange es gedauert hat. Ich muß wiederholt das Bewußtsein verloren haben; denn ich erinnere mich dunkel daran, immer wieder eiskaltes Wasser ins Gesicht geschüttet bekommen zu haben, jeweils gefolgt von einer Spritze. Ich glaube nicht, daß ich etwas Wichtiges erzählt habe, solange ich wach war, und die Hypnoseanweisungen mochten mich geschützt haben, solange ich nicht bei mir war.

Einmal kam ich halb zu mir und hörte eine Stimme sagen: »Er hält noch mehr aus. Er hat ein starkes Herz.«

Ich war lange Zeit angenehm tot, erwachte aber schließlich, wie aus langem Schlaf. Ich war verkrampft; als ich mich im Bett umzudrehen versuchte, tat mir alles weh. Ich öffnete die Augen und sah mich um. Ich lag in einem kleinen, fensterlosen, aber hellen Raum. Eine hübsche, junge Frau in Schwesterntracht trat schnell an mein Bett und fühlte meinen Puls.

»Hallo.«

»Hallo«, sagte sie. »Wie geht es uns denn jetzt? Besser?«

»Was ist passiert?« fragte ich. »Ist es vorbei? Oder soll ich mich nur ausruhen?«

»Still«, sagte sie. »Sie sind noch zu schwach zum Reden – aber es ist vorbei – Sie sind in Sicherheit, bei der Bruderschaft.«

»Man hat mich herausgeholt?«

»Ja. Jetzt sind wir aber schön ruhig.« Sie hielt mir den Kopf und gab mir etwas zu trinken. Ich schlief wieder ein.

Es dauerte Tage, bis ich mich erholt und über die vorangegangenen Ereignisse informiert hatte. Das Lazarett gehörte zu einer Reihe von Tiefkellern unter dem eigentlichen Keller eines Kaufhauses in New Jerusalem; zwischen ihm und dem Versteck unter dem Palast gab es einen unterirdischen Verbindungsweg. Näheres wußte ich nicht; ich war nie dort gewesen. Bei Bewußtsein, meine ich.

Zeb kam sofort, als ich wieder Besuch empfangen durfte. Ich versuchte, mich aufzusetzen.

»Zeb! Zeb, alter Junge – ich dachte, du bist tot!«

»Wer? Ich?« Er kam heran und drückte mir die Linke. »Wie kommst du denn darauf?«

Ich erzählte ihm von dem Trick des Inquisitors. Er schüttelte den Kopf. »Ich bin nicht einmal verhaftet worden. Das verdanke ich dir, Johnny. Ich werde mich hüten, dich noch einmal dumm zu nennen. Wenn du nicht den Einfall gehabt hättest, den Pullover so auszulegen, daß ich gewarnt war, hätte man uns wahrscheinlich alle beide kassiert, und wir wären nicht lebend davongekommen. Statt dessen ging ich sofort zu van Doorn. Er befahl mir, mich im Konferenzraum zu verstecken, während er die Rettungsaktion ankurbelte.«

Ich wollte mich nach den Einzelheiten erkundigen, aber mir fiel etwas Wichtigeres ein.

»Zeb, wo ist Judith? Kannst du sie nicht herbringen? Meine Krankenschwester lächelt nur immer und meint, ich soll mich erholen.«

Er sah mich überrascht an. »Hat man dir denn nicht Bescheid gesagt?«

»Worüber? Nein, ich habe außer dem Arzt und der Schwester keinen Menschen gesehen, und die beiden behandeln mich wie einen Schwachsinnigen. Mach's nicht so spannend. Zeb. Ist etwas schiefgegangen? Es geht ihr doch gut – oder nicht?«

»Natürlich! Aber sie ist schon in Mexiko – wir haben die Nachricht vor zwei Tagen bekommen.«

Ich war noch so schwach, daß ich beinahe in Tränen ausgebrochen wäre. »Sie ist fort? Diese gemeinen Kerle! Warum hat man nicht gewartet, bis es mir so gut ging, daß ich ihr Lebewohl sagen konnte?«

»Hör mal, du Trottel«, fuhr Zeb auf, »nein, das nehme ich zurück, du bist keiner. Paß auf, alter Knabe, du bringst alles durcheinander.

Sie war schon auf dem Weg, bevor man dich retten konnte, bevor man überhaupt wußte, ob man dich herausholen würde. Du glaubst doch wohl nicht, daß man sie zurückbringt, nur damit ihr beide miteinander turteln könnt?«

Ich dachte darüber nach und beruhigte mich; ich war bitter enttäuscht, aber gegen die Logik dieser Überlegungen ließ sich nichts einwenden.

»Wie fühlst du dich?« fragte er.

»Recht gut.«

»Wie ich höre, wird morgen der Beingips abgenommen.«

»So? Mir erzählt niemand etwas.« Ich rutschte etwas tiefer, um bequemer zu liegen. »Noch lieber wäre ich dieses Korsett los, aber der Arzt meint, daß ich es noch ein paar Wochen tragen müßte.«

»Und was ist mit deiner Hand? Kannst du die Finger bewegen?«

Ich versuchte es. »Schon ganz gut. Wahrscheinlich muß ich aber eine Weile mit der linken Hand schreiben.«

»Na ja, Unkraut verdirbt nicht, das sieht man an dir. Wenn es dir übrigens ein Trost ist, der Bursche, dem Judith in die Hände geraten war, kam bei dem Überfall zu deiner Rettung ums Leben.«

»So? Das tut mir leid. Ich hätte lieber selbst mit ihm abgerechnet.«

»Kann ich mir denken, aber du hättest dich ganz hinten anstellen müssen, wenn er am Leben geblieben wäre. Hinter ihm waren viele Leute her. Ich, zum Beispiel.«

»Aber ich hatte mir etwas Besonderes für ihn ausgedacht – ich wollte ihn dazu zwingen, an seinen Nägeln zu beißen.«

»Was?«

»Bis zu den Ellenbogen, verstehst du?«

»Ach so«, meinte er mit schwachem Grinsen. »Nicht besonders phantasievoll. Aber er ist tot, wir können ihm nichts mehr tun.«

»Er kann froh sein, Zeb, warum hast du nicht dafür gesorgt, daß du mit ihm abrechnen konntest?«

»Ich? Ich war an dem Überfall gar nicht beteiligt. Ich bin überhaupt nicht mehr in den Palast zurückgekommen.«

»Was?«

»Du glaubst doch wohl nicht, daß ich noch Dienst mache, oder?«

»Ich habe noch gar nicht darüber nachdenken können.«

»Na, ich konnte nicht mehr zurück, nachdem ich untergetaucht war, um der Verhaftung zu entgehen. Nein, mein Freundchen, wir beide sind Deserteure aus der Armee der Vereinigten Staaten – jeder Polizist, jeder Posthalter im Land wird sich die ausgesetzte Belohnung verdienen wollen.«

## 6

Ich war der Bruderschaft ohne lange Überlegung beigetreten und hatte mir die Bedeutung dieses Schrittes nicht klargemacht, nicht klarmachen können.

Natürlich hatte ich begriffen, daß damit alle Brücken zu meinem früheren Leben abgebrochen wurden, aber gefühlsmäßig hatte sich das noch nicht durchgesetzt.

Ich schob diese Gedanken beiseite. Eine Umkehr gab es nicht. Ich mußte mittun, bis wir den Sieg davontrugen oder als Verräter verbrannt wurden.

Zeb sah mich prüfend an. »Kalte Füße, Johnny?«

»Nein, aber ich muß mich erst zurechtfinden. Alles ging so schnell.«

»Ich weiß. Na, an eine Pension brauchen wir nicht mehr zu denken, und unsere Platzziffern in West Point spielen keine Rolle mehr.« Er nahm seinen Akademiering vom Finger, warf ihn hoch, fing ihn auf und steckte ihn in die Tasche. »Aber es gibt allerhand zu tun, und du wirst sehen, daß es sich hier auch um eine militärische Organisation handelt. Ich habe genug vom Theater, das in der Legion gespielt wurde. Die Bruderschaft wird unsere Fähigkeiten voll nutzen.«

Van Doorn besuchte mich ein paar Tage später. Er saß auf meinem Bettrand, faltete die Hände über dem Bauch und sah mich an.

»Geht es Ihnen besser?«

»Ich könnte aufstehen, wenn es der Arzt erlauben würde.«

»Gut. Wir brauchen Leute. Ich weiß nur nicht genau, was ich mit Ihnen anfange.«

»Wieso, Sir?«

»Offen gestanden, man hätte Sie nie in die Bruderschaft aufnehmen dürfen – eine militärische Organisation kann sich nicht mit Herzensangelegenheiten abgeben. Das führt zu falschen Entscheidungen. Ihretwegen mußten wir zweimal unsere Stärke in Unternehmungen beweisen, die vom rein militärischen Standpunkt aus glatter Unsinn waren.«

Ich erwiderte nichts, es gab keine Antwort – er hatte recht. Das Blut schoß mir ins Gesicht.

»Sie brauchen deswegen nicht rot zu werden«, meinte er freundlich. »Im Gegenteil, für die Stimmung unserer Leute ist es gut, gelegentlich einmal zurückzuschlagen. Die Frage ist nur, was tun wir mit Ihnen? Sie sind ein kräftiger Mann, Sie haben sich gut gehalten – aber begreifen Sie eigentlich die Ideale der Freiheit und Menschenwürde, für die wir kämpfen?«

Ich zögerte kaum. »Mr. van Doorn – ich bin vielleicht nicht übermäßig intelligent und habe mich auch nie um Politik gekümmert. Aber auf welche Seite ich gehöre, weiß ich!«

Er nickte. »Das genügt. Wir können nicht von jedem Menschen erwarten, daß er sein eigener Tom Paine ist.«

»Sein eigener was?«

»Thomas Paine. Den kennen Sie natürlich nicht. Lassen Sie sich seine Bücher aus unserer Bibliothek geben, wenn Sie einmal Zeit haben. – Aber jetzt zu Ihrer Verwendung. Es wäre recht einfach, Sie hier an einen Schreibtisch zu setzen – Ihr Freund Zeb bemüht sich sechzehn Stunden am Tag, Ordnung in unsere Registratur zu bringen. Aber ich kann euch beide nicht für läppische Büroarbeiten einsetzen. Wovon verstehen Sie am meisten? Wie steht es mit Angewandten Mirakeln und Mob-Psychologie?«

»In Mirakeln war ich recht gut, aber für Psychodynamik bin ich wohl zu hölzern. Am besten war ich in Ballistik.«

»Na ja, man kann nicht alles verlangen. Ich könnte einen Techniker für Propaganda brauchen, aber was nicht geht, geht eben nicht.«

»Zeb war in Mob-Psychologie Klassenbester, Sir. Der Kommandeur drängte ihn, sich auf die Predigerschaft vorzubereiten.«

»Ich weiß, und wir werden ihn auch einsetzen, aber nicht hier. Er interessiert sich zu sehr für Magdalene. Ich lasse Paare nicht gerne miteinander arbeiten. Sie neigen zu verzweifelten Entschlüssen, wenn es um die Wurst geht. Nun zu Ihnen. Ich frage mich, ob Sie nicht ein guter Attentäter wären?«

Er stellte die Frage ernsthaft, aber beinahe lässig; es fiel mir schwer, meinen Ohren zu trauen. Ich hatte gelernt und geglaubt, daß Meuchelmord eine der unaussprechlichen Sünden ist, wie Inzest oder Blasphemie.

»Die Bruderschaft übt Meuchelmord?« entfuhr es mir.

»Was? Warum denn nicht?« Van Doorn starrte mich scharf an. »John, würden Sie den Chefinquisitor töten, wenn Sie Gelegenheit dazu bekämen?«

»Nun – ja, selbstverständlich. Aber ich würde einen fairen Kampf vorziehen.«

»Glauben Sie, daß man Ihnen den zugestehen würde? Versetzen wir uns zurück an den Tag, als Judith festgenommen wurde. Angenommen, Sie könnten ihn aufhalten, indem Sie ihn töteten, aber nur durch Gift oder durch ein Messer in den Rücken. Was würden Sie tun?«

»Ich hätte ihn umgebracht!« rief ich.

»Hätten Sie sich nachher geschämt oder Gewissensbisse bekommen?«

»Nein!«

»Na. Aber er ist nur einer von vielen. Der Fleischesser kann den Fleischer nicht verachten – und jeder Bischof, jeder Minister, jeder Mann, dem diese Tyrannei nützt, bis hinauf zum Propheten selbst, ist mitschuldig an jedem Mord, den die Inquisitoren verüben. Wer eine Sünde billigt, weil er die Früchte genießt, ist dieser Sünde genauso schuldig, als hätte er sie selbst begangen. Sehen Sie das ein?«

Seltsamerweise sah ich es ein, denn es war orthodoxe Lehre, wie man sie mir beigebracht hatte. Nur die neuartige Anwendung machte mir Schwierigkeiten.

»Wir üben aber keine Rache«, fuhr van Doorn fort. »Ich würde Sie niemals auf den Chefinquisitor ansetzen, weil Sie dazu neigen würden, das Ganze als persönlichen Feldzug zu betrachten. Was wir schon lange tun, ist, eine militärische Operation durchzuführen, in einem Krieg, der längst begonnen hat. Eine Schlüsselfigur ist oft ein ganzes Regiment wert; wir suchen uns diese Figur aus und bringen sie um. Der Bischof einer Diözese mag dieser Mann sein, der Bischof der nächsten vielleicht ein Narr, den nur das System hält. Wir töten den ersten und lassen den zweiten, wo er ist. Langsam beseitigen wir ihre besten Gehirne. Nun«, er beugte sich zu mir herab –, »wollen Sie da mitmachen? Diese Arbeit ist ungeheuer wichtig.«

Van Doorn hatte recht. Der Mann, der Fleisch kauft, geht mit dem Metzger einig. Die Linke mußte wissen, was die Rechte tat.

»Mr. van Doorn, ich bin bereit, zu dienen – auf diese Weise oder auf irgendeine andere, wie es günstig erscheint.«

»Gut!« Er hob die Brauen und fuhr fort: »Unter uns gesagt, ich biete jedem Neuen diesen Job an, wenn ich mir nicht sicher bin, ob er nicht das Ganze nur für ein Spiel hält, statt für eine Sache, der er alles widmen muß – Leben, Vermögen, Ehre. Wir haben keinen Platz für Männer, die wohl Befehle geben, aber nicht die Latrine saubermachen wollen.«

Ich war erleichtert. »Dann haben Sie also nicht ernsthaft daran gedacht, mich als Attentäter auszubilden?«

»Was? Normalerweise tue ich das nicht. Dafür sind nur sehr wenige geeignet. Aber in Ihrem Fall meine ich das ganz ernst, weil wir wissen, daß Sie eine unbedingt erforderliche und nicht allzu häufige Qualifikation haben.«

»Welche meinen Sie?«

»Nun, Sie werden natürlich erwischt, früher oder später. Dreikommasieben erfüllte Aufträge pro Attentäter erreichen wir zur Zeit – eine gute Leistung, aber wir müßten mehr schaffen, weil es kaum Gelegenheit gibt, genug geeignete Leute zu finden. Aber bei Ihnen wissen wir schon, daß Sie nicht zusammenbrechen, wenn man Sie fängt und der Befragung unterzieht.«

In meinem Gesicht mußten sich meine Gefühle gespiegelt haben. Die Befragung? Noch einmal? Ich war vom erstenmal noch halb tot.

»Natürlich brauchen Sie das nicht bis zur Neige auszukosten«, sagte er beruhigend. »Wir schützen unsere Leute. Wir sorgen dafür, daß sie ohne Schwierigkeiten Selbstmord begehen können. Sie brauchen sich keine Sorgen zu machen.«

Man möge mir glauben: Nachdem ich der Befragung ausgesetzt gewesen war, kam mir diese Versicherung nicht abgebrüht vor. Sie erleichterte mich.

»Wie, Sir?«

»Wie? Ach, da gibt es Dutzende verschiedener Möglichkeiten. Unsere Chirurgen können es arrangieren, daß Sie nach Willen selbst in der strengsten Fesselung zu sterben vermögen. Natürlich gibt es auch den uralten hohlen Zahn mit Strychnin oder einem anderen Gift – aber die Proktoren sind dagegen gewappnet. Manchmal stemmen sie den Mund eines Gefangenen auf. Aber es gibt viele Möglichkeiten. Zum Beispiel –« Er breitete die Arme weit aus und reckte sie nach hinten, aber nicht sehr weit. »Wenn ich meine Arme ganz weit nach hinten streckte, wie man es nur mit größter Anstrengung fertigbringt, dann würde eine kleine Kapsel zwischen meinen Schulterblättern platzen, und ich hätte mein letztes Wort gesagt. Sie könnten mich aber tagelang auf den Rücken schlagen, ohne sie zu zerbrechen.«

»Äh . . . sind Sie Attentäter gewesen?«

»Ich? Wieso denn, in meiner Stellung? Aber alle unsere Leute an exponierten Posten sind so geschützt – das wenigstens können wir für sie tun. Außerdem trage ich eine Bombe in mir« – er tätschelte seinen Bauch –, »die ein Zimmer voll Menschen mit in den Tod reißt, wenn es nötig sein sollte.«

»Letzte Woche hätte ich so etwas brauchen können«, meinte ich mit Nachdruck.

»Sie sind doch hier, oder nicht? Verachten Sie Ihr Glück nicht. Wenn Sie eine Bombe brauchen, bekommen Sie sie.« Er stand auf. »Beschäftigen Sie sich inzwischen nicht zu sehr mit dem Gedanken, als Attentäter ausgebildet zu werden. Der Psycho-Ausschuß muß Sie erst prüfen, und er läßt sich nur schwer überzeugen.«

Ich dachte natürlich darüber nach. Bald danach begann ich mit leichtem Dienst und las mehrere Tage lang Korrekturen für den ›Bilderstürmer‹, eine selbstzufriedene, bescheiden kritische, kleine Reform-von-innen-heraus-Zeitung, mit der die Bruderschaft den Weg für ihre Agenten vorbereitete. Es war ein ›Ja, aber –‹ -Blatt, äußerlich dem Propheten treu, aber präzise darauf abzielend, bei den Intoleranten und Eigensinnigen Zweifel zu erwecken. Das Gift lag in der Form, nicht im Inhalt. Einzelne Exemplare hatte ich sogar im Palast gesehen.

Ich machte mich außerdem mit einigen Einzelheiten des riesigen unterirdischen Hauptquartiers in New Jerusalem vertraut. Das Kaufhaus über uns gehörte einem Mitglied der Bruderschaft und stellte das wesentlichste Verbindungsglied zur Außenwelt dar. Die Regale des Warenhauses kleideten und ernährten uns; durch Anzapfen der Visiophonleitungen konnten wir den Kontakt mit draußen aufrechterhalten und sogar Transkontinent-Gespräche führen, wenn sich die Nachricht ausreichend verschlüsseln ließ. Die Lieferwagen des Eigentümers dienten dazu, Flüchtlinge heran- oder fortzuschaffen – ich erfuhr, daß Judith auf diese Weise weggebracht worden war. Die vielfältigen Handelsbeziehungen des Unternehmens dienten als umfassende und plausible Deckung für unsere Maßnahmen.

Eine erfolgreiche Revolution ist Big Business – daran kann es keinen Zweifel geben. In einem modernen, komplexen und hochindustrialisierten Staat lassen sich Revolutionen nicht von einer Handvoll Verschwörer machen, die in einer verlassenen Ruine bei einer blakenden Kerze flüstern. Sie verlangt viele Menschen, ausreichendes Material, moderne Maschinen und Waffen. Um diese Faktoren erfolgreich einzusetzen, bedarf es der Loyalität der Geheimhaltung und eingespielter Stabsorganisation.

Ich war den ganzen Tag beschäftigt, aber mit relativ unwichtigen Dingen, weil ich meine Beauftragung erwartete. Ich hatte Zeit gefunden, mich in der Bibliothek umzusehen, und las Thomas Paine, was mich zu Patrick Henry, Thomas Jefferson und anderen führte – eine neue Welt tat sich mir auf. Zuerst fiel es mir schwer, das Gelesene zu glauben; das Schlimmste, was ein Polizeistaat seinen Bürgern antun kann, ist die Verzerrung der Geschichte. Zum erstenmal erfuhr ich hier, daß die Vereinigten Staaten nicht von einem blutdürstigen Abgesandten des Teufels regiert worden waren, bevor sich der Erste Prophet in seinem Zorn erhob und ihn verjagte – sondern daß sie eine Gemeinschaft freier Menschen gewesen waren, die mit friedlichen Mitteln ihre eigenen Entscheidungen getroffen hatten. Ich meine damit nicht, daß die erste Republik ein Paradies war, aber sie entsprach auch in keiner Weise dem Bild, das man mir in der Schule vorgeführt hatte.

Zum erstenmal im Leben las ich Dinge, die nicht von den Zensoren des Propheten gutgeheißen worden waren. Manchmal schaute ich während des Lesens unwillkürlich über die Schulter. Ich begann zu begreifen, daß Heimlichkeit der Schlüssel aller Tyrannei ist. Nicht Gewalt, sondern Heimlichkeit . . . Zensur. Jeder Staat, der seinen Bürgern erklärt: »Das darfst du nicht lesen, das darfst du nicht sehen, das darfst du nicht wissen«, endet in der Diktatur, so heilig die Motive angeblich auch sein mögen.

Ich entdeckte, daß Reisen zwischen den Planeten, in meiner Welt beinahe ein Mythos, nicht aufgehört hatten, weil sie der Erste Prophet als Sünde gegen die Allmacht Gottes verbot, sondern weil daran nichts zu verdienen gewesen war und die Regierung des Propheten Zuschüsse nicht gewähren wollte. Zwischen den Zeilen konnte man sogar herauslesen, daß die ›Ungläubigen‹ – im Innern benützte ich noch immer diese Bezeichnung – von Zeit zu Zeit ein Forschungsschiff aussandten und daß sogar jetzt Menschen auf Mars und Venus lebten.

Dieser Gedanke erregte mich so sehr, daß ich beinahe die Schwierigkeiten vergessen hätte, in denen wir alle steckten. Vielleicht würden die Vereinigten Staaten eines Tages wieder Raumschiffe besitzen. Vielleicht konnte ich einmal ... Aber dieses Thema wurde von wichtigeren Dingen verdrängt. Ausländische Zeitungen – ich war nicht einmal sicher gewesen, ob die Ungläubigen schreiben und lesen konnten. Die Londoner ›Times‹ war eine unglaubliche und erregende Lektüre. Langsam wurde mir klar, daß die Briten keine Kannibalen waren. Sie glichen uns sehr, nur neigten sie schockierenderweise dazu, zu tun, was ihnen paßte, in der ›Times‹ gab es sogar Leserbriefe, die Kritik an der Regierung enthielten.

Van Doorn teilte mir mit, daß der Psycho-Ausschuß meine Zulassung zur Attentäter-Ausbildung abgelehnt hatte. Ich war zugleich erleichtert und wütend. Warum wollte man mir diesen Job nicht anvertrauen?

»Nur mit der Ruhe«, sagte van Doorn trocken. »Man hat Ihr Persönlichkeitsprofil getestet und errechnet, daß Sie schon beim ersten Versuch in eine Falle tappen würden. Das können wir uns nicht leisten.«

»Aber –«

»Ich schicke Sie zur Zentrale.«

»Zur Zentrale? Wo ist die denn?«

»Das werden Sie schon sehen. Melden Sie sich beim Metamorphisten.«

Dr. Mueller war verantwortlich für Gesichtskosmetik. Ich fragte ihn, was er für mich im Sinne habe.

»Woher soll ich das wissen, bevor ich Sie kenne?« Er ließ mich messen und fotografieren, nahm meine Stimme auf Band, analysierte meinen Gang und ließ von meinen körperlichen Eigenschaften eine Lochkarte anfertigen.

»Jetzt suchen wir Ihren Zwillingsbruder.«

Ich beobachtete, wie die Sortiermaschine mehrere tausend Karten durchlaufen ließ, und begann mich schon für ein einmaliges Wesen zu halten, als zwei Karten gleichzeitig ausgeworfen wurden. Bevor die Maschine zum Stillstand kam, lagen fünf Karten im Drahtkorb.

»Eine schöne Mischung«, meinte Dr. Mueller, als er sie studierte, »eine synthetische Person, zwei lebende, eine tote und eine Frau. Mit ihr können wir nichts anfangen, aber wir merken sie uns vor.

Eines Tages mag es sehr nützlich sein, zu wissen, daß eine Frau Sie erfolgreich vertreten könnte.«

»Was ist eine synthetische Person?«

»Wie? Oh, eine zusammengesetzte Persönlichkeit, sorgfältig aufgebaut aus gefälschten Unterlagen und erdachtem Hintergrund. Eine riskante Sache – sie verlangt, daß wir an den Nationalarchiven herumfingern. Ich nehme nicht gerne eine synthetische Person, denn es gibt wirklich keinen Weg, den Hintergrund eines nicht existierenden Menschen ganz auszufüllen. Lieber nehme ich den Hintergrund einer echten Person.«

»Wozu dann überhaupt synthetische Personen?«

»Manchmal haben wir keine andere Wahl. Wenn wir beispielsweise eilig einen Flüchtling wegbringen müssen und es keine echte Person gibt, zu der er paßt. Wir halten deswegen immer eine größere Menge von Synthetikpersonen bereit. – Dann wollen wir mal sehen«, fügte er hinzu. »Wir haben zwei Karten zur Auswahl –«

»Einen Augenblick, Doktor«, unterbrach ich ihn, »warum haben Sie Tote in den Unterlagen?«

»Sie sind gesetzlich gar nicht tot. Wenn ein Mitglied der Bruderschaft stirbt und wir das geheimhalten können, bewahren wir seine Persönlichkeit für spätere Verwendung auf. Nun«, fuhr er fort, »können Sie singen?«

»Nicht besonders gut.«

»Fällt also aus. Der Mann ist Konzertbariton. Ich kann allerhand an Ihnen verändern, aber keinen ausgebildeten Sänger aus Ihnen machen. Na ja, die Entscheidung ist uns abgenommen. Wie würde es Ihnen gefallen, Adam Reeves, Textilvertreter, zu sein?« Er hielt eine Karte hoch.

»Glauben Sie, daß ich damit durchkomme?«

»Gewiß – sobald ich mit Ihnen fertig bin.«

Vierzehn Tage später hätte mich meine eigene Mutter nicht mehr erkannt. Sicher hätte mich auch Reeves' Mutter nicht von ihrem eigenen Sohn unterscheiden können. In der zweiten Woche hatte Reeves Zeit, mit mir zu arbeiten. Ich konnte ihn sehr gut leiden. Er war ein sanfter, ruhiger Mann von zurückgezogener Art, was mich immer dazu verleitete, ihn für klein zu halten, obwohl wir in Größe, Gewicht und Knochenbau natürlich völlig übereinstimmten. Im Gesicht ähnelten wir uns nur gering.

Zu Anfang jedenfalls. Eine einfache Operation ließ meine Ohren etwas stärker hervortreten, gleichzeitig wurden die Ohrläppchen verkürzt. Reeves Nase war gekrümmt; etwas Wachs am Nasenrükken unter der Haut stellte die Übereinstimmung her. Mehrere Zähne mußten mit Kronen versehen werden, um seinem Zahnstatus zu entsprechen; das war das einzige, was mich störte. Meine Gesichtsfarbe mußte um einige Schattierungen gebleicht werden; Reeves kam in seinem Beruf nicht viel in die Sonne.

Das Schwierigste an dem ganzen Unternehmen waren die künstlichen Fingerabdrücke. Man strich mir eine durchsichtige fleischfarbene Masse auf die Finger, dann wurden sie in Abgüsse eingelegt, die man von Reeves Fingerspitzen angefertigt hatte. Die Arbeit war sehr schwierig; ein Finger mußte siebenmal überzogen werden, bevor Dr. Mueller ihn freigab. Das war erst der Anfang. Ich mußte lernen, mich wie Reeves zu verhalten – seinen Gang, seine Gesten, sein Lachen, seine Tischmanieren übernehmen. Ich bezweifelte, ob es mir jemals gelingen würde, als Schauspieler meinen Lebensunterhalt zu verdienen – mein Ausbilder war derselben Meinung und hielt damit auch nicht hinter dem Berg.

»Verflucht noch mal, Lyle, kapieren Sie denn das nie? Ihr Leben hängt davon ab. Sie müssen es lernen!«

»Aber ich dachte, ich könne Reeves schon sehr gut nachmachen.«

»Nachmachen! Genau das ist es – Sie machen Reeves nach. Auffälliger geht es gar nicht. Sie müssen Reeves sein. Versuchen Sie es. Machen Sie sich Sorgen über Ihre Verkaufsziffern, denken Sie an Ihre letzte Fahrt, an Provisionen, Rabatte und Quoten. Los. Versuchen Sie es!«

Jede freie Minute studierte ich die Einzelheiten von Reeves' geschäftlichen Angelegenheiten; denn ich sollte tatsächlich an seiner Stelle Textilien verkaufen. Ich hatte einen ganzen Beruf zu erlernen und erfuhr, daß mehr dahintersteckte, als Muster herumzuschleppen und Einzelhändler ihre Wahl treffen zu lassen – dabei konnte ich Denier nicht von Langfaser unterscheiden. Schon vor dem Ende meiner Ausbildung erwarb ich einen neuen Respekt für Geschäftsleute. Ich hatte Einkauf und Verkauf immer für etwas Einfaches gehalten; ich irrte mich. Ich mußte zu alten Plattenlehrgängen meine Zuflucht nehmen und im Bett Kopfhörer tragen. Damit schlafe ich schlecht, und jeden Morgen hatte ich höllische Kopfschmerzen.

Aber es klappte. Nach zwei Wochen war ich Adam Reeves, Handelsvertreter, bis in die Gedanken.

# 7

»Lyle, Reeves soll heute nachmittag die ›Comet‹ nach Cincinnati nehmen«, sagte van Doorn. »Sind Sie soweit?« – »Jawohl, Sir.«

»Gut. Wiederholen Sie die Befehle.«

»Sir, ich soll meine – das heißt, seine – Verkaufstour von hier bis zur Küste übernehmen. Ich melde mich bei der Zweigniederlassung von United Textiles in San Franzisko, dann nehme ich Urlaub. In Phoenix, Arizona, soll ich am South Side Tabernacle die Kirche besuchen. Nachher soll ich warten und mich beim Prediger für seine Worte bedanken; bei diesem Gespräch gebe ich mich mit den üblichen Methoden unserer Organisation zu erkennen. Er wird dafür sorgen, daß ich die Zentrale erreiche.«

»Richtig. Abgesehen von Ihrer Versetzung werde ich Sie auch als Boten benützen. Melden Sie sich sofort im Psychodynamik-Labor.«

»Sehr wohl, Sir.«

Van Doorn stand auf und kam hinter seinem Schreibtisch hervor. »Auf Wiedersehen, John. Seien Sie vorsichtig. Viel Glück.«

»Danke, Sir. Äh, ist die Nachricht, die ich zu überbringen habe, wichtig?«

»Sehr wichtig.«

Er ließ sich nicht näher darüber aus, und ich ärgerte mich ein bißchen; ich fand diese Geheimnistuerei albern, wo ich in wenigen Minuten doch alles erfahren würde. Aber ich täuschte mich. Im Labor mußte ich mich hinsetzen, entspannen und auf eine Hypnosesitzung vorbereiten.

Ich kam eingehüllt in die angenehme Wärme zu mir, wie sie jede Hypnose nach sich zu ziehen pflegt.

»Das ist alles«, sagte man mir. »Führen Sie Ihre Befehle aus.«

»Aber die Nachricht, die ich überbringen soll?«

»Die haben Sie schon.«

»Hypnotisch? Wenn ich verhaftet werde, bin ich jedem Psychoprüfer gegenüber machtlos!«

»Nein. Die Nachricht ist auf zwei Signalworte eingestellt. Sie können sich keinesfalls erinnern, bis sie ausgesprochen werden. Die Chance, daß ein Prüfer gleichzeitig beide Worte, noch dazu in der richtigen Reihenfolge, trifft, ist minimal. Sie können die Nachricht nicht verraten.«

Ich hatte eigentlich erwartet, für Selbstmord ›geladen‹ zu werden, als Träger einer wichtigen Mitteilung – obwohl mir nicht klargeworden war, wie man das in letzter Minute anstellen wollte, falls man mir nicht einfach eine Pille gab, was völlig nutzlos ist, wenn der Polizist sein Geschäft versteht. Aber da ich die Nachricht nicht verraten konnte, verließ ich mich lieber auf mich selbst; ich verlangte kein Gift.

Der Raketenhafen New Jerusalem ist leichter zu erreichen als in den meisten älteren Städten. Dem Kaufhaus gegenüber, in dem unser Hauptquartier versteckt war, befand sich eine U-Bahn-Station. Ich verließ einfach das Gebäude, benützte die Fußgängerbrücke, fand die Nische mit der Aufschrift ›Raketenhafen‹, wartete, bis eine leere Kartusche eintraf, und schnallte mich und mein Gepäck an. Die Kartusche wurde versiegelt, und in Sekundenschnelle kam ich am Raketenhafen an.

Ich kaufte meine Flugkarte und stellte mich vor der Polizeistation am Ende der Schlange an. Ich gebe zu, daß ich sehr nervös war; ich rechnete zwar damit, daß mein Reisepaß anerkannt wurde, aber die Polizeibeamten achteten zweifellos ganz besonders auf einen gewissen John Lyle, Deserteur und Abtrünniger. Aber gesucht wurde ja immer jemand, und ich hoffte, die Fahndungsliste werde so lang sein, daß man nur die üblichen Prüfungen anstellen konnte.

Die Schlange kam nur langsam vorwärts, was eine dumme Sache war – vor allem, als ich sah, daß man verschiedene Leute aus der Schlange herausholte und hinter dem Geländer warten ließ. Ich wurde sehr aufgeregt. Aber die Wartezeit gab mir Gelegenheit, mich wieder zu fassen. Ich schob dem Sergeant meine Papiere hin, warf einen Blick auf den Chrono, dann auf die Stationsuhr und wieder auf mein Handgelenk.

Der Sergeant hatte meine Papiere langsam und gründlich studiert. Er hob den Kopf. »Machen Sie sich keine Sorgen«, sagte er, nicht unfreundlich. »Das Schiff fliegt erst, wenn hier alle durch sind.« Er schob mir ein Farbkissen hin. »Ihre Fingerabdrücke, bitte.«

Ich gab sie ohne Kommentar. Er verglich sie mit den Abdrücken auf meinem Reisepaß, dann mit den Abdrücken, die Reeves bei seiner Ankunft vor einer Woche hier hinterlassen hatte. »Das wäre alles, Mr. Reeves. Angenehme Reise.«

Ich bedankte mich und ging.

Die Comet war nicht allzusehr überfüllt. Ich belegte einen Fensterplatz ziemlich weit vorne und hatte es mir eben bequem gemacht und die Spätnachmittagsausgabe der ›Holy City‹ entfaltet, als mich jemand am Arm berührte.

Ein Polizist stand neben mir.

»Würden Sie bitte mitkommen?«

Ich wurde zusammen mit vier anderen männlichen Passagieren hinausgeführt. Der Sergeant war sehr höflich. »Ich muß Sie leider bitten, sich zu einer nochmaligen Überprüfung in die Station zurückzubegeben. Ich lasse Ihr Gepäck aus dem Schiff holen und die Passagierliste ändern. Ihre Flugkarten gelten für die nächste Fahrt.«

Ich riß Mund und Augen auf. »Aber ich muß doch heute abend in Cincinnati sein!«

»Tut mir leid.« Er sah mich an. »Sie sind Reeves, nicht wahr? Hmm . . . die richtige Größe und Figur haben Sie. Trotzdem . . . Zeigen Sie mir noch mal Ihren Paß. Sind Sie nicht erst vergangene Woche angekommen?«

»Allerdings.«

Er prüfte noch einmal meine Papiere. »Ah, jetzt erinnere ich mich. Sie sind Dienstagmorgen mit der ›Pilgrim‹ gekommen. Na, an zwei Stellen zugleich können Sie nicht sein, also liegt gegen Sie nichts vor.« Er gab mir die Papiere zurück. »Sie können wieder an Bord gehen. Verzeihen Sie die Störung. Die übrigen Herren kommen mit mir.«

Ich kehrte zu meinem Platz zurück und nahm die Zeitung vor. Wenige Minuten später warf uns die erste Beschleunigung der Düsen nach Westen. Ich las die Zeitung zunächst nur, um meine Nervosität und Erleichterung zu verbergen, aber mein Interesse wurde bald geweckt. Ich hatte erst am frühen Morgen eine Zeitung aus Toronto in unserem Versteck gelesen; der Unterschied war frappierend. Ich befand mich wieder in einer Umgebung, wo die Außenwelt kaum existierte; die ›Auslandsnachrichten‹, wenn man sie so nennen konnte, bestanden aus schwelgerischen Berichten über die Arbeit unserer Auslandsmissionen und aus Meldungen über Grausamkeiten unter den Ungläubigen.

Dann durchforschte ich die Zeitung systematisch nach Meldungen, die ich als falsch erkannte. Bis ich damit fertig war, verließen wir die Ionosphäre und sanken auf Cincinnati hinab. Wir hatten die Sonne überholt und erlebten ihren Untergang noch einmal von neuem.

In meiner Ahnenreihe muß sich ein Verkaufsgenie befunden haben. Ich bearbeitete nicht nur Reeves' Gebiet in Cincinnati, sondern erhöhte sogar seine Quoten. Ich machte mir keine Sorgen mehr um meine Maske und dachte nur noch an Textilien.

Planmäßig startete ich nach Kansas City. Das Visum für meinen Reisepaß stellte mir die Polizei ohne Schwierigkeiten aus. Die Rakete nach K. C. war fast voll. Ich mußte neben einem anderen Passagier sitzen, einem gutgebauten Mann Mitte Dreißig. Wir maßen einander, als ich mich setzte, dann kümmerte sich jeder um seine eigenen Angelegenheiten. Ich ließ mir einen Knietisch geben und ordnete meine Aufträge und andere Unterlagen, die sich in Cincinnati angesammelt hatten. Er lehnte sich zurück und beobachtete die Nachrichtensendung im Fernsehtank.

Zehn Minuten später wurde ich angestoßen. Ich schaute mich um. Mein Mitreisender wies mit dem Daumen auf den Fernsehtank; er zeigte einen riesigen Platz voller Menschen. Der Mob strömte zu den Stufen eines massiven Tempels, über dem das gold- und karmesinrote Banner des Propheten und der Wimpel einer Bischofin flatterten. Die erste Welle der Masse brach sich an den Stufen.

Eine Abteilung von Tempelwachen trottete aus einer Seitentür neben dem ungeheuren Portal hervor und stellte ihre Dreifüße auf der Terrasse über den breiten Stufen auf. Der Blickwinkel änderte sich; wir starrten mitten in die Gesichter des auf uns zustürmenden Mobs – anscheinend von einem Telefotogerät auf dem Tempeldach aus.

Die Wachen zielten und schossen erbarmungslos in die Reihen der Anstürmenden. Im Augenblick rannte noch die erste Welle die Stufen zu mir hoch – dann stürzte sie ... Man schaltete zur Totale um.

Ich nahm den neben meinem Sitz hängenden Kopfhörer und lauschte: »-apolis, Minnesota. Die Lage ist geklärt, zusätzliche Truppen werden nicht erforderlich sein. Bischof Jennings hat das Standrecht verhängt, solange die Helfer Satans eingefangen werden. Ab sofort beginnt eine Periode des Fastens und der Gebete.

Die Minnesota-Bezirke sind geschlossen worden. Sämtliche Parias werden zur Vermeidung künftiger Ausbrüche in die Anlagen von Wyoming und Montana verbracht. Dies möge den Gottlosen eine Lehre sein, die sich erfrechen wollen, die göttliche Herrschaft des Propheten anzuzweifeln.

Diese Direktübertragung der Nachrichtenagentur ›Kein-Spatzfällt‹ sehen Sie dank der Vereinigten Kaufleute des Königreichs, Haushalthilfen für Fromme. Besitzen Sie als erster in Ihrem Sprengel eine Statue des Propheten, die im Dunkeln wunderbar leuchtet! Schicken Sie nur einen Dollar über diese Sendestation –«

Ich schaltete die Kopfhörer ab und legte sie weg. Warum die Parias damit belasten? Der Mob hatte nicht aus Parias bestanden.

Aber ich hielt den Mund und ließ meinen Nebenmann zuerst reden – was er mit Vehemenz tat. »Geschieht ihnen ganz recht, den verfluchten Narren! Mit nackten Händen gegen einen befestigten Platz anzustürmen.« Er sprach leise.

»Ich möchte nur wissen, warum sie sich erhoben haben?«

»Was? Bei Ketzern ist alles möglich. Sie sind nicht bei Verstand.«

»Da haben Sie recht«, sagte ich. »Außerdem müßte selbst ein geistesgesunder Ketzer – wenn es so etwas gäbe, meine ich – doch sehen, daß die Regierung das Land gut verwaltet. Die Geschäfte florieren.« Ich klopfte zufrieden auf meine Aktentasche. »Für mich wenigstens, dem Herrn sei Dank.«

Wir sprachen einige Zeit über geschäftliche Dinge. Während der Unterhaltung besah ich ihn mir genauer. Er schien der übliche führende Bürger-Typ zu sein, konventionell und konservativ, aber irgend etwas störte mich. Lag das nur an meinem schlechten Gewissen? Oder war es eine Art sechster Sinn des Gejagten?

Meine Augen richteten sich wieder auf seine Hände, und ich hatte das vage Gefühl, daß mir etwas auffallen sollte. Aber sie wirkten völlig normal. Schließlich entdeckte ich etwas Harmloses, eine schwielige Stelle am Grundgelenk des linken Mittelfingers, wie sie ein jahrelang getragener schwerer Ring hinterläßt, wie auch ich sie aufzuweisen hatte, vom Tragen meines West-Point-Ringes. Es hatte natürlich nichts zu bedeuten, weil viele Männer an diesem Finger schwere Siegelringe tragen. Ich trug selbst einen – nicht den Akademiering, natürlich, sondern einen Ring Reeves'.

Warum sollte dieser Spießbürger neben mir lange Zeit einen solchen Ring getragen und ihn dann plötzlich abgelegt haben? Gewiß, es war nur eine Kleinigkeit, aber sie machte mir Sorgen, ein gejagtes Tier hält sich nur am Leben, solange es auf alle Kleinigkeiten achtet.

Ich ließ noch einmal alles Revue passieren, was mir an ihm aufgefallen war. Das erste, was er bemerkt hatte, war die Dummheit, gegen eine Festung anzustürmen. Das verriet eine gewisse soldatische Orientierung des Denkens. Aber es bewies nicht, daß er die Militärakademie in West Point besucht hatte. Im Gegenteil, ein West Pointer trägt seinen Ring immer, bis ins Grab, selbst im Urlaub, selbst in Zivil . . . außer, er möchte aus guten Gründen nicht erkannt werden.

Wir unterhielten uns immer noch, und ich bemühte mich, die unzureichenden Hinweise auszuwerten, als die Stewardeß Tee servierte. Das Schiff trat eben wieder in die Atmosphäre ein und setzte zum langdauernden Gleitflug nach Kansas City an; es wurde ein bißchen holprig, und sie verschüttete etwas heißen Tee auf seinen Oberschenkel. Er zuckte zusammen und murmelte ein Schimpfwort. Sie konnte es kaum gehört haben.

Aber ich hörte es – und dachte mit fiebriger Hast nach, während ich ihn mit einem Taschentuch abtupfte. »B. J. Idiot!« hatte er gesagt, und das war West-Point-Slang.

Die Ringschwiele konnte also kein Zufall sein; er war West-Pointer, Armeeoffizier, der sich als Zivilist ausgab. Daraus folgte, er war mit nahezu absoluter Sicherheit in geheimer Mission unterwegs. Hatte er mich zu beschatten?

Na, jetzt mach aber Schluß, John! Sein Ring kann bei einem Juwelier sein, zur Reparatur; vielleicht hat er vier Wochen Urlaub. Aber im Lauf der langen Unterhaltung hatte er durchblicken lassen, er sei Geschäftsmann. Nein, er mußte Geheimagent sein.

Selbst wenn er nicht hinter mir her war, hatte er in meiner Gegenwart zwei schwere Fehler gemacht. Auch der Ungeschickteste pfuscht aber nicht zweimal hintereinander – und der militärische Geheimdienst war nicht ungeschickt; die raffiniertesten Gehirne des Landes leiteten ihn. Nun gut, also – das waren keine zufälligen Versprecher, sonder absichtliche Maßnahmen. Ich sollte sie bemerken und für Zufälle halten. Warum?

Es konnte nicht einfach daran liegen, daß er nicht genau wußte, ob ich der Gesuchte war. In diesem Fall hätte er mich nach dem alten anerkannten Grundsatz, daß ein Mensch sündigte, solange er nicht das Gegenteil beweisen konnte, auf der Stelle verhaftet, und ich wäre der Befragung unterzogen worden.

Warum also?

Es gab nur eine Möglichkeit: Man wollte mich eine Weile frei herumlaufen lassen – ich sollte die Nerven verlieren und die Flucht ergreifen . . . und sie zu meinen Mitverschwörern führen. Eine weit hergeholte Hypothese, aber die einzige, die allen Tatsachen gerecht zu werden schien.

Ich hatte ein sehr merkwürdiges Gefühl im Magen, als wir in Kansas City das Schiff verließen. Ich wartete ständig auf die federleichte Berührung an der Schulter, die viel schlimmer ist als eine Faust im Gesicht. Aber nichts geschah. Er verabschiedete sich mit einem Kopfnicken und marschierte zum Lift, der zur Taxi-Plattform führte, während ich meinen Paß abstempeln ließ. Sicherheit gab mir das keine, denn er konnte mich ja einem anderen Bewacher gezeigt haben. Mit gespielter Gleichgültigkeit fuhr ich in der U-Bahn zum Hotel ›New Mühlbach‹.

Die Woche in Kansas City war erfolgreich, ich erfüllte meine Quote und warb einen neuen Kunden. Ich bemühte mich, auf Verfolger zu achten, weiß aber bis zum heutigen Tag nicht, ob ich beschattet wurde oder nicht. Sollte es der Fall gewesen sein, dann hatte mein Schatten eine langweilige Woche zu überstehen.

Zufrieden ging ich an Bord des Schiffes nach Denver und stellte mit Erleichterung fest, daß der Mann ohne Ring nicht in der Rakete saß.

Wir landeten auf dem neuen Flugfeld östlich von Aurora, weit von Denver entfernt. Die Polizei überprüfte meine Papiere und nahm wie üblich meine Fingerabdrücke. Ich wollte gerade meine Brieftasche einstecken, als der Sergeant sagte: »Rollen Sie bitte den linken Ärmel hoch, Mr. Reeves.«

Ich tat es, wobei ich mir Mühe gab, die richtige Mischung aus Ärger und Pflichtgefühl zu zeigen. Ein Mann im weißen Mantel nahm mir eine Blutprobe ab.

»Nur eine Vorsichtsmaßnahme«, erklärte der Sergeant. »Das Gesundheitsministerium möchte das Fleckfieber eindämmen.«

Eine schwache Ausrede, wie ich von meiner eigenen Ausbildung her wußte – aber Reeves, Handelsvertreter, brauchte das nicht zu wissen. Die Ausrede verflüchtigte sich noch mehr, als man mich in einem Nebenraum der Station warten ließ, während mein Blut untersucht wurde. Ich saß nervös herum und versuchte mir auszurechnen, was man mir mit zehn Kubikzentimeter meines Bluts antun konnte – und was ich dagegen zu unternehmen vermochte, selbst wenn ich Bescheid wußte.

Ich hatte Zeit genug zum Nachdenken. Die Situation machte einen höchst unangenehmen Eindruck. Ich wagte nicht, die Flucht zu ergreifen; vielleicht wartete man nur darauf. Ich blieb sitzen und schwitzte.

Das Gebäude war ein Befehlsbau, die Wand zwischen mir und dem Büro des Sergeant bestand aus dünner Folie; ich konnte Stimmen hören, ohne Worte zu verstehen. Ich wagte nicht, mein Ohr an die Wand zu legen, aus Angst, man könne mich dabei ertappen. Andererseits hatte ich das Gefühl, daß ich es einfach tun mußte. Ich rückte meinen Stuhl zur Wand, setzte mich wieder, kippte ihn nach hinten, bis Schultern und Kopf an der Wand ruhten. Dann hielt ich mir eine Zeitung vors Gesicht und preßte das Ohr an die Wand.

Ich konnte jedes Wort verstehen. Der Sergeant sprach mit dem Sekretär belangloses Zeug, dann hörte ich mir ein paar Routine-Meldungen an und die Frage eines Halbtrottels, der die Herrentoilette nicht finden konnte, aber kein Wort über mich. Mein Hals begann zu schmerzen.

Mir gegenüber befand sich ein offenes Fenster mit Ausblick auf den Raketenhafen. Eine kleine Flugmaschine erschien am Himmel, bremste mit den Bugdüsen und landete vierhundert Meter entfernt. Der Pilot rollte auf das Verwaltungsgebäude zu und parkte vor meinem Fenster, keine fünfundzwanzig Meter entfernt.

Es handelte sich um das Kuriermodell des ›Sparrow Hawk‹, Strahlmotor mit Düsenbooter, ein leistungsstarkes, kleines Schiff. Ich kannte es gut; in der Armee hatte ich beim Himmelspolo eine solche Maschine gesteuert.

Der Pilot stieg aus und ging davon. Ich maß die Entfernung bis zum Schiff. Wenn die Zündung nicht abgesperrt war – verdammt, wenn sie es aber doch war? Vielleicht konnte ich sie kurzschließen. Ich starrte das offene Fenster an. Es mochte mit Vibropfeilen ausgestattet sein; in diesem Fall würde ich nicht mehr spüren, was mich getroffen hatte. Aber ich sah weder Kabel noch Auslösemechanismen, und bei der zerbrechlichen Konstruktion des Gebäudes waren sie schwer zu verstecken. Vermutlich gab es nur einfache Kontaktsicherungen und nicht einmal eine Selenzellenkontrolle.

Während ich mir den Kopf zerbrach, hörte ich nebenan Stimmen; ich preßte das Ohr flach an die Wand.

»Welche Blutgruppe?«

»Typ Eins, Sergeant.«

»Stimmt das überein?«

»Nein, Reeves hat Typ Drei.«

»Oho! Rufen Sie das Zentrallabor an. Wir bringen ihn in die Stadt, zu einem Retinavergleich.«

Ich saß in der Patsche. Sie wußten jetzt, daß ich nicht Reeves war. Sobald die Blutgefäße in der Netzhaut fotografiert waren, wußten sie auch, wer ich war. Das konnte nur so lange dauern, bis das Bild an das Amt für Moral und Überprüfung gefunkt worden war – und nicht einmal so lange, falls man Kopien nach Denver geschickt hatte.

Ich sprang zum Fenster hinaus.

Landete auf den Händen, rollte mich zur Seite, sprang auf. Ob ich Alarm ausgelöst hatte, wußte ich nicht. Die Tür zum Schiff stand offen, und die Zündung war nicht abgesperrt! Ich verzichtete auf das Heranrollen an die Startbahn und zündete die Brennkammern auf der Stelle. Wir holperten über den Boden, dann zog ich die Maschine hoch und fauchte in Richtung Westen davon.

## 8

Ich ließ sie emporschießen, eine Höhe und Geschwindigkeit gewinnen, bei der die Staustrahltriebwerke erst richtig funktionierten. Ich war begeistert, ein gutes Schiff unter mir und die Polizei weit hinter mir zu haben. Als ich aber zum Waagrechtflug überging, verflog dieser alberne Optimismus.

Flieht eine Katze auf einen Baum, muß sie dort bleiben, bis der Hund wegläuft. In dieser Situation befand ich mich, und in meinem Fall würde weder der Hund weglaufen, noch konnte ich bis in alle Ewigkeit oben bleiben. Der Alarm war längst gegeben; hinter mir, auf allen Seiten, würden Polizeipiloten binnen Minuten, wenn nicht Sekunden, ihre Maschinen starten. Man verfolgte meinen Kurs, das stand fest, und das Leuchtzeichen meiner Maschine auf zahlreichen Radarschirmen wurde in einen Datenrechner eingebracht, der ungehindert auf mich einweisen könnte. Danach – nun, entweder auf Befehl landen oder abgeschossen werden.

Das Mirakel meiner Flucht begann etwas weniger wunderbar auszusehen. Oder zu wunderbar vielleicht? Seit wann war die Polizei so unvorsichtig, daß sie einen Gefangenen in einem Zimmer mit unbewachtem Fenster sitzen ließ? Hieß das nicht den Zufall zu sehr strapazieren, daß ein Schiff, von dessen Lenkung ich etwas verstand, vor diesem Fenster landete – mit unversperrter Zündung –, während der Sergeant die eine Tatsache laut aussprach, die mich zur Flucht zwingen mußte?

Vielleicht war die Flucht auch echt – wenn ich die Umstände zu nutzen verstand. So oder so, ich wollte mich weder einfangen lassen noch die Polizei zur Bruderschaft führen – ich gedachte aber auch noch nicht mit dem Leben abzuschließen. Ich hatte eine wichtige Nachricht zu überbringen, sagte ich mir.

Ich schaltete das Funkgerät auf die Polizei- und Verkehrsfrequenz und lauschte. Zwischen dem Hafen Denver und einer Transportmaschine in der Luft wurde angeregt debattiert, aber bis jetzt verlangte niemand meine Landung. Später vielleicht – ich ließ das Gerät laufen und dachte nach.

Das Koppelkursgerät wies meine Position aus: hundertzwölf Kilometer von Denver entfernt, Kurs Nordwesten. Ich stellte überrascht fest, daß ich mich erst zehn Minuten in der Luft befand ... Das Gefühl für die Zeit war mir vorübergehend verlorengegangen. Die Tanks für das Staustrahltriebwerk waren beinahe voll. Ich konnte knapp zehn Stunden und neuntausend Kilometer bei durchschnittlicher Reisegeschwindigkeit fliegen – aber bei diesem Tempo konnte man mich ja beinahe mit Steinwürfen herunterholen.

In meinem Gehirn entwickelte sich ein Plan, albern und vielleicht unmöglich, ganz sicher aus Verzweiflung geboren, aber immer noch besser als gar kein Plan. Ich studierte den Großkreisanzeiger und stellte den Kurs auf die Republik Hawaii ein; mein Schiff drehte auf Südwest ab. Dann besah ich mir den Treibstoff-Geschwindigkeit-Distanz-Gnomogrophen und begann zu rechnen – ungefähr viereinhalbtausend Kilometer, bei etwa zwölfhundert km/h, am Ende trockene Tanks und Landung mit kalten Triebwerken, gestützt nur auf Raketensaft und Bugdüsen. Riskant.

Wirklich: Die Sache war gefährlich. Unter mir, kurz nachdem ich den Autopiloten auf Kurs und Geschwindigkeit eingestellt hatte, würden Analysatoren in der kybernetischen Anlage dem Personal mitteilen, daß ich einen Fluchtversuch zum Freistaat Hawaii vorhätte, auf jenem Kurs, in dieser Höhe, und bei dieser Geschwindigkeit ... und daß ich in etwa zweiundsechzig Minuten zwischen San Franzisko und Monterey die Pazifikküste überfliegen würde, falls man mich nicht abfinge. Daß man das tun würde, stand fest. Selbst wenn man noch Katz und Maus mit mir spielte, würden Boden-Luft-Hummeln aus dem Sacramento-Tal hochsteigen. Verfehlten sie mich, was höchst unwahrscheinlich war, dann würden bemannte Schiffe mit vollen Tanks mich in dieser Höhe über der Küste erwarten. Ich hatte keine Chance, dieses Spießrutenlaufen zu überstehen.

Ich dachte auch gar nicht daran. Ich wollte, daß sie mein kleines Schiff zerstörten, in der Luft zerstörten, restlos – weil ich vorhatte, bei dieser Gelegenheit nicht mehr an Bord zu sein.

Aktion Kichermaid, Stufe zwei: wie aus dem blöden Ding herauskommen? Das Problem, ein Düsenflugzeug bei Höchstgeschwindigkeit zu verlassen, ist von vorsichtigen Ingenieuren längst gelöst worden; man drückt auf den Abwurfhebel und betet; alles übrige erledigt die Technik. Die Rettungskapsel schließt sich über dem Piloten, dann wird sie aus der Maschine geschossen. Nach einer Weile, beim richtigen Druck und bei der erforderlichen Geschwindigkeit, wird die Schleppscheibe gelöst, sie reißt den Fallschirm auf, dann schwebt man sanft zur Erde hinunter, in Gesellschaft einer Sauerstoffflasche.

Da ist nur ein kleiner Haken: Sowohl die Kapsel als auch das Schiff senden Funksignale, kurz für die Kapsel, lang für das Schiff, und außerdem verfügt die Kapsel auch noch über einen eingebauten Radar-Leitstrahl.

Das Ganze ist ungefähr so unauffällig wie eine Kuh in der Kirche.

Ich saß da und starrte hinaus. Mir kam es vor, als sei der Himmel noch nie so blau gewesen – das lag wohl an meiner Stimmung, denn ich wußte, daß einundzwanzig Bodenkilometer pro Minute unter mir dahinrasten, und daß es höchste Zeit für mich war, meinen Hut zu suchen und heimzugehen. Natürlich gab es rechts neben mir eine Tür. Ich konnte einen Fallschirm anschnallen und aussteigen. Aber in einem Düsenflugzeug geht das nicht; im übrigen ist eine Zwölfhundert-km/h-Brise bei 18000 Metern auch nicht zu verachten; ich würde schon im Türrahmen wie Butter auseinandergeschnitten werden.

Die Lösung hing davon ab, wieviel der Autopilot dieser Maschine taugte. Die besseren Robotpiloten konnten alles bis auf Hymnen singen; die billigeren hielten Kurs, Geschwindigkeit und Höhe, aber damit war es auch schon aus. Ich wollte vor allem wissen, ob dieser Autopilot eine Notschaltung für Brennschlüsse besaß, denn ich wollte das Schiff anhalten, aussteigen, und es dann allein nach Hawaii weiterfliegen lassen – wenn es das schaffte.

Ein Staustrahltriebwerk funktioniert nur bei hoher Geschwindigkeit; deswegen sind solche Schiffe auch noch mit Raketen ausgerüstet, sonst kämen sie nicht einmal vom Boden hoch. Fällt man unter die kritische Geschwindigkeit, dann versagen die Triebwerke, und man muß sie wieder starten – entweder mit Raketenschub oder im Sturzflug, um das Tempo zu steigern. Eine schwierige Sache. Viele Staustrahlpiloten sind im Himmel gelandet, weil plötzlich ein Brennschluß eintrat.

Meine frühere Erfahrung mit dem Kuriermodell des ›Sparrow Hawk‹ half mir gar nichts, weil man beim Himmelspolo keine Autopiloten verwendet. Bestimmt nicht. Ich suchte im Handschuhkasten nach der Bedienungsanleitung, fand nichts und sah mir den Autopiloten an. Auf dem Typenschild stand auch nichts. Mit einem Schraubenzieher und genügend Zeit hätte ich ihn aufmachen und mir langsam das Gewünschte zusammenreimen können – in eineinhalb Tagen vielleicht. Diese Autopiloten bestehen aus unzähligen Transistoren und einer Unmenge Spaghetti.

Ich zog also den Fallschirm aus den Klammern und schnallte ihn an, während ich seufzte: »Na, Freundchen, hoffentlich hast du die nötigen Dinger eingebaut.« Der Autopilot schwieg, obwohl ich mich über eine Antwort nicht gewundert hätte. Ich zwängte mich in den Sessel und machte mich daran, die Anweisungen des Autopiloten von Hand zu korrigieren. Ich hatte nicht allzuviel Zeit; schon befand ich mich über dem Desert-Bassin und konnte die Spiegelung der untergehenden Sonne auf dem Großen Salzsee sehen.

Zuerst drückte ich die Maschine ein wenig hinunter, weil die Luft in 18000 Metern dünn und kalt ist – zu wenig Teildruck des Sauerstoffs für die menschliche Lunge. Dann begann ich einen sanft sich hochwölbenden Aufstieg, der weder die Tragflächen abreißen noch mir das Bewußtsein rauben würde. Ich mußte die Maschine ziemlich weit hinaufbringen, weil ich die Raketenmotoren ganz abschalten und die Maschine dazu zwingen wollte, ihre Staurohre durch Sturzflug wieder zum Brennen zu bringen. Ich gedachte nämlich vertikal zu überziehen, was zum Brennschluß führen mußte – um an dieser Stelle möglichst schnell auszusteigen. Aus klar zutage liegenden Gründen sollten die Raketenmotoren nicht gerade dann losbrausen, wenn ich meinen Abschied zu nehmen versuchte.

Ich zog sie in weitem Bogen nach oben, bis ich auf dem Rücken lag, die Erde hinter und nur Himmel vor mir hatte. Ich drosselte ab, in der Absicht, bei zehntausend Metern nach Brennschluß zu überziehen – dort war die Luft zwar immer noch dünn, aber in Sprungdistanz atembare Luft zu erreichen, und es war auch hoch genug, um meiner Maschine Gelegenheit zu geben, ihren Sturzflug durchzuführen, ohne auf dem Utah-Plateau zu zerschellen. Bei ungefähr neuntausend Metern bekam ich das merkwürdige, hilflose Gefühl, das immer eintritt, wenn die Steuerung nicht richtig anspricht. Plötzlich flammte ein rotes Lämpchen an der Armaturentafel auf, und beide Staustrahlrohre versagten. Es war Zeit, mich abzusetzen.

Ich hätte beinahe die Sitzflasche vergessen. Ich zwängte noch das Mundstück zwischen die Zähne und klappte das Nasenstück über die Nase, während ich mich mit der anderen Hand bemühte, die Tür zu öffnen – erheblich dadurch behindert, daß sich das Schiff praktisch im freien Fall befand. Der geringe Luftwiderstand am Scheitelpunkt der Bahn ließ mich nur ein paar Gramm wiegen, mehr nicht.

Die Tür ging nicht auf. Endlich fiel mir ein, daß ich das Überlaufventil auslösen mußte, die Tür ging auf, und ich wurde beinahe hinausgerissen. Für ein oder zwei Sekunden hing ich da, während der Boden über mir wie irrsinnig rotierte, dann knallte die Tür zu und verriegelte sich – und ich stieß mich von der Maschine ab. Ich sprang nicht – wir fielen gemeinsam, ich mußte mich abstoßen.

Vielleicht habe ich mir den Schädel an einer Tragfläche angeschlagen, jedenfalls wies meine Erinnerung eine Lücke auf, bevor ich mich dabei ertappte, daß ich fünfundzwanzig Meter vom Schiff entfernt auf Luft saß. Die Maschine drehte sich langsam, Himmel und Erde tanzten gemächlich einen Reigen um mich. Ein dünner, kalter Wind pfiff an mir vorbei, aber die Kälte spürte ich noch nicht. Wir blieben ein paar Augenblicke beisammen – oder Stunden, die Zeit stand still, dann setzte das Schiff zum Sturzflug an, und ich blieb zurück.

Ich versuchte, ihm mit den Augen zu folgen, und spürte den eisigen Fallwind. Meine Augen schmerzten. Ich bedeckte sie mit beiden Händen. Das half.

Plötzlich bekam ich es mit der Angst zu tun. Mich überfiel panische Furcht, daß ich den Sprung zu lange hinausgezögert hatte und in den Wüstenboden knallen mußte. Ich nahm die Hände vom Gesicht und riskierte einen Blick.

Nein, der Boden war weit weg, drei oder vier Kilometer vielleicht. Viel Wert hatte diese Schätzung allerdings nicht, weil es unten schon dunkel war. Ich versuchte die Maschine auszumachen, konnte sie aber nicht sehen, bis plötzlich ihre Strahlrohre aufflammten. Ich beobachtete begeistert das Schauspiel. Der Autopilot besaß tatsächlich die Notschaltung für Brennschlüsse, und alles verlief nach Plan. Das wunderbare Ding ging zum Waagerechtflug über, nahm Kurs nach Westen und begann zu steigen, auf die einprogrammierte Höhe. Ich schickte ihm ein Gebet nach.

Ich sah die Flammen zusammenschrumpfen und in der Ferne verschwinden, während ich hinabfiel.

Der Triumph meines kleinen Schiffes hatte mich die Angst vergessen lassen. Beim Aussteigen hatte ich gewußt, daß ich mit Verzögerung springen mußte. Mein Körper würde auf jedem uns verfolgenden Radarschirm ein zweites Leuchtzeichen verursachen. Meine einzige Hoffnung, die Spürhunde davon zu überzeugen, daß sie einen echten Brennschluß gesehen hatten, bestand darin, so schnell wie möglich vom Schiff wegzukommen und auf dem Weg nach unten nicht entdeckt zu werden. Das hieß, daß ich blitzschnell aus dem Bild fallen mußte und die Reißleine nicht ziehen durfte, bis ich dem Boden ziemlich nahe war, in visueller Dunkelheit und im Radarschatten.

Aber ich hatte nie zuvor einen verzögerten Absprung gemacht; tatsächlich war ich nur zweimal abgesprungen, wie es von jedem Kadetten verlangt wird. Ich hatte es nicht allzu unbequem, solange ich die Augen geschlossen hielt, aber ich konnte dem Drang, endlich die Reißleine zu ziehen, kaum widerstehen. Meine Hand glitt zum Griff und packte ihn. Ich befahl mir, loszulassen, konnte mich aber nicht dazu zwingen. Ich war noch viel zu hoch und mußte ganz bestimmt entdeckt werden, wenn ich den riesigen Schirm herausschießen ließ und den Rest des Weges hinunterschwebte.

Ich hatte vorgehabt, den Schirm zwischen dreihundert und hundertfünfzig Metern über dem Boden zu entfalten, aber meine Nerven machten nicht mit. Beinahe direkt unter mir befand sich eine große Stadt – Provo, Utah, nach meiner Erinnerung. Ich machte mir weis, daß ich die Leine ziehen mußte, wenn ich nicht mitten in der Stadt landen wollte.

Gerade rechtzeitig fiel mir noch ein, die Sauerstoffmaske abzunehmen, womit ich wahrscheinlich meine Zähne rettete, denn ich war nicht dazugekommen, die Flasche anzuschnallen; ich hatte sie die ganze Zeit in der linken Hand gehalten. Selbst jetzt wäre mir noch Zeit genug geblieben, sie festzumachen, aber ich warf sie in

Richtung einer Farm, in der Hoffnung, sie werde auf einem Feld statt auf dem Schädel eines ehrenwerten, ehrlichen Bürgers landen. Dann zog ich am Griff.

Für den Bruchteil einer Sekunde glaubte ich entsetzt, einen falsch verpackten Schirm erwischt zu haben. Dann ging er auf und schlug mich k.o. – oder ich wurde aus Angst ohnmächtig. Ich kam zu mir, in den Gurten hängend, während der Boden unter mir sich langsam drehte. Ich war immer noch zu weit oben und schien auf die Lichter Provos zuzuschweben. Ich atmete tief ein – frische Luft, die nach dem konservierten Zeug herrlich schmeckte –, packte zwei Handvoll Tragleinen und killte den Wind.

Ich kam sehr schnell herunter und ließ gerade zur rechten Zeit los, um für die Landung volle Unterstützung zu haben. In der abendlichen Dunkelheit sah ich den Boden nicht sehr gut, aber ich wußte, daß er nah war; ich zog die Knie an, wie es in der Anleitung steht, dann kam es aber doch recht unerwartet, ich taumelte, stürzte und verwickelte mich in den Schirm. Der Aufprall soll einem Sprung im freien Fall aus vier Meter Höhe entsprechen; ich kann nur sagen, daß es mir viel höher vorkam.

Dann saß ich in einem Zuckerrübenfeld und rieb mir den linken Knöchel.

Spione vergraben stets ihre Schirme, also hätte ich es wohl auch so halten sollen. Aber ich hatte keine Lust dazu und besaß auch kein Werkzeug. Ich stopfte ihn statt dessen in einen Abzugskanal unter der Straße neben dem Feld, dann stapfte ich die Straße in Richtung der Lichter Provos entlang. Ich hatte aus der Nase und dem rechten Ohr geblutet, und das Blut war auf dem Gesicht geronnen; ich war über und über voll Schmutz, hatte mir die Hose zerrissen, mein Hut war verschwunden, mein linker Knöchel schien verrenkt, meine rechte Hand war stark abgeschürft, und ich hatte einen albernen Unfall gehabt. Ich fühlte mich großartig.

Ich konnte kaum ein fröhliches Pfeifen unterdrücken, während ich dahinwanderte, so gut fühlte ich mich. Sicher, ich wurde noch gesucht, aber die Proktoren des Propheten glaubten mich hoch am Himmel, unterwegs nach Hawaii. Wenigstens hoffte ich, daß sie das glaubten, außerdem war ich ja noch frei, am Leben und verhältnismäßig unlädiert. Für einen Gejagten ist Utah die günstigste Gegend; dieser Staat war seit der Unterdrückung der Mormonen in den Tagen des Ersten Propheten ein Zentrum der Ketzerei und des

Schismas. Falls es mir gelang, außer Sichtweite der Polizei des Propheten zu bleiben, sprach nicht viel dafür, daß mich einer der Eingeborenen anzeigen würde.

Trotzdem ließ ich mich jedesmal flach in den Graben fallen, sobald ein Lastwagen oder ein Bodenfahrzeug vorbeikam, und ich verließ die Straße und wanderte wieder über die Felder, bevor ich die Stadt betrat. Ich machte einen weiten Bogen und marschierte durch eine beleuchtete Seitenstraße hinein. Zwei Stunden bis zum Zapfenstreich; ich mußte den ersten Teil meines Planes ausführen, bevor die Nachtpatrouillen auftauchten.

Ich wanderte durch dunkle Wohnstraßen und vermied fast eine Stunde lang jede direkte Begegnung mit Menschen, bevor ich fand, was ich suchte – eine Flugmaschine, die ich stehlen konnte. Es war ein Ford-Familien-Flugwagen, auf einem unbebauten Grundstück abgestellt. Das Haus daneben war ohne Licht.

Ich schlich mich heran und brach die Klinge meines Taschenmessers ab, als ich die Tür aufsprengte – aber ich brachte sie auf. Die Zündung war abgesperrt, ich hatte damit gerechnet. Ich brauchte zwanzig Minuten, um die Kabel kurzzuschließen.

Nachdem ich mich umgesehen hatte, stieg ich ein, schaltete den elektrischen Hilfsmotor an und glitt leise auf die Straße hinaus. Ich bog um eine Ecke, bevor ich die Scheinwerfer aufleuchten ließ. Dann fuhr ich so offen davon wie ein von der Gebetsstunde zurückkehrender Farmer. Trotzdem fürchtete ich, an der Stadtgrenze auf einen Polizeiposten zu treffen. Als die Besiedlung am Stadtrand dünner wurde, fuhr ich den Wagen auf ein freies Feld und entfernte mich weit von der Straße – plötzlich fiel ein Vorderrad in einen Abflußgraben. Damit war entschieden, wo ich zu starten hatte.

Der Hauptmotor hustete und sprang an; der Rotor entfaltete mit lautem Ächzen die Tragflügel. Die Maschine machte ein bißchen Zicken, weil sie schief stand, aber es klappte doch. Der Boden blieb unter mir zurück.

# 9

Der gestohlene Wagen war ein uraltes Ding, ungepflegt, mit ausgeleierten Ventilen und einer Vibration im Rotor, die mir gar nicht gefiel. Aber er lief, und der Tank war halbvoll. Bis Phoenix würde es reichen. Ich konnte mich nicht beschweren.

Das Schlimmste war, daß außer einem altmodischen unkompensierten Sperry-Roboter und einem Bündel von Streifenkarten aus dem letzten Jahr, wie sie von den Treibstoffirmen verteilt werden, keine Navigationsanlagen vorhanden waren. Das Funkgerät war defekt.

Nun, Kolumbus mußte mit weniger auskommen. Phoenix lag beinahe genau südlich und war knappe achthundert Kilometer entfernt. Ich schätzte den Abtrieb aufs Geratewohl, stellte den Roboter auf Kurs und hielt eine echte Höhe von hundertfünfzig Metern. Jeder Meter darüber mochte mich in den Bereich der kybernetischen Kontrollanlage bringen; jeder Meter darunter die Aufmerksamkeit eines Ortspolizisten auf sich ziehen. Ich entschied, daß Lichter ungefährlicher seien als keine, weil ich jetzt kein Strafmandat herausfordern durfte, also schaltete ich sie auf ›schwach‹. Dann sah ich mich um.

Im Norden kein Anzeichen von Verfolgung – anscheinend war mein letzter Diebstahl noch nicht entdeckt worden. Was den ersten betraf – nun, die Maschine war entweder schon abgeschossen oder weit draußen über dem Pazifik. Mir fiel ein, daß ich für ein Muttersöhnchen eine ganz schöne Liste von Straftaten verzeichnen konnte – Mittäterschaft bei einem Mord, Meineid vor dem Chefinquisitor. Verrat, Ausweisschwindel, zweimal schwerer Diebstahl. Dazu Brandstiftung, Barraterie, was immer das sein mochte, und Vergewaltigung. Das letztere machte mir keine Sorgen, aber Barraterie konnte ich noch schaffen, wenn ich einmal herausbrachte, was das war. Ich fühlte mich kein bißchen weniger großartig als vorher, obwohl meine Nase schon wieder blutete.

Mir fiel ein, daß die Heirat mit einer geweihten Schwester nach dem geltenden Gesetz als Notzucht zu klassifizieren war, und das freute mich; ich wollte nichts mehr auslassen.

Ich blieb am Steuer, korrigierte den Piloten und mied Städte, bis wir hundertfünfzig Kilometer südlich von Provo waren. Von dort aus nach Süden, vorbei am Grand Canyon und beinahe bis zu den

Ruinen der alten ›66‹-Straßenstadt, gibt es kaum Menschen; ich glaubte einen kurzen Schlaf riskieren zu dürfen. Ich stellte den Piloten also auf zweihundertvierzig Meter ein, wies ihn an, auf Bäume und Hügel zu achten, dann begab ich mich zur Passagierbank und schlief sofort ein.

Ich träumte, daß der Chefinquisitor mir das Rückgrat zu brechen versuchte, indem er in meiner Gegenwart saftiges Roastbeef aß. »Gestehe!« sagte er, während er einen Bissen aufgabelte und kaute. »Mach es dir leichter. Willst du's halbroh oder ein Stück vom Rand?« Ich war gerade dabei, ein Geständnis abzulegen, als ich wach wurde.

Der Mond schien hell, und wir näherten uns dem Grand Canyon. Ich ging schnell zum Steuer und korrigierte die Anweisungen über die Höhe – ich hatte Angst, der simple kleine Roboter könne einen Nervenzusammenbruch erleiden und Widerstände anstelle echter Tränen weinen, wenn er versuchen mußte, die Maschine genau zweihundertvierzig Meter von dieser gargantuanischen Reihe von Spitzen und Schluchten entfernt zu halten.

Inzwischen genoß ich den Anblick so sehr, daß ich sogar den Hunger vergaß. Wenn jemand den Grand Canyon nicht gesehen hat, ist es zwecklos, ihn zu beschreiben – aber ich empfehle sehr, ihn bei Mondlicht von oben aus zu besichtigen.

Wir überquerten ihn in etwa zwanzig Minuten, und ich stellte die Maschine wieder auf Automatik um und machte mich auf die Suche nach Eßbarem. Ich fand Schokolade mit Mandeln und ein paar Erdnüsse, was ein Festmahl für mich war; ich hätte sogar einen Skunk roh verzehrt . . . das letztemal hatte ich in Kansas City etwas bekommen. Ich schlang das Zeug hinunter und legte mich wieder schlafen.

Ich kann mich nicht erinnern, den Pilotalarm eingestellt zu haben, muß es aber getan haben, denn er weckte mich kurz vor der Morgendämmerung. Sonnenaufgang über der Wüste ist ebenfalls ein Touristenschauspiel, aber ich mußte navigieren und konnte nicht mehr als einen Seitenblick riskieren. Ich drehte das Ding für ein paar Minuten, um Antrieb und Geschwindigkeit zu prüfen, kam dann gut vorwärts und begann auf der Rückseite einer Streifenkarte eine Berechnung aufzustellen. Mit Glück und unter der Annahme, daß meine Schätzungen bezüglich der Windverhältnisse zutrafen, mußte Phönix in ungefähr einer halben Stunde auftauchen.

Das Glück hielt mir die Treue. Ich überquerte rauhe Landschaft, dann zeigte sich plötzlich, zur Rechten, ein breites, flaches Wüstental, grün mit bewässerten Pflanzen und einer großen Stadt in der Mitte – das ›Valley of the Sun‹ und Phoenix. Ich vollführte vor dem Salt River-Canyon auf einem kleinen, trockenen Flußbett eine mäßige Landung. Ein Rad wurde abgerissen, der Rotor brach ab – aber das war mir gleichgültig, wichtig war nur, daß man es dort nicht bald fand, und meine Fingerabdrücke dazu – Reeves' Abdrücke, meine ich. Eine halbe Stunde später, nachdem ich zwischen riesigen Kakteen und noch größeren, roten Felsblöcken dahingestolpert war, erreichte ich die in den Canyon hinab- und nach Phoenix führende Autostraße.

Der Marsch nach Phoenix versprach lang zu werden, schon gar mit schmerzendem Knöchel, aber ich traute mich nicht, als Anhalter aufzutreten. Es herrschte nur schwacher Verkehr, und in der ersten Stunde gelang es mir jedesmal rechtzeitig, die Straße zu verlassen und mich zu verstecken. Dann überraschte mich ein Frachter auf einer geraden, flachen Strecke; ich konnte nichts anders tun als dem Fahrer lässig zuzuwinken, während ich mich an die Felswand preßte und gleichmütig auszusehen versuchte. Er brachte sein schweres Fahrzeug schnell und glatt zum Stehen. »Wollen Sie ein Stück mitfahren?«

Ich überlegte hastig. »Ja, danke!«

Er kippte eine Dural-Leiter herunter, und ich kletterte ins Führerhaus hinauf. Er sah mich von oben bis unten an. »Menschenskind!« sagte er bewundernd. »Berglöwe oder Bär?«

»Beides«, erwiderte ich ernst. »Ich habe beide mit je einer Hand erwürgt.«

»Das glaube ich.«

»Eigentlich bin ich mit einem Unirad gefahren und von der Straße abgekommen«, fügte ich hinzu. »Auf der hohen Seite zum Glück, aber das Ding ist kaputt.«

»Ein Unirad? Auf dieser Straße? Doch nicht den ganzen Weg von Globe herüber?«

»Na ja, ich mußte ab und zu absteigen und schieben. Aber erwischt hat es mich an einem Gefälle.«

Er schüttelte den Kopf. »Bleiben wir lieber bei der Löwe- und Bär-Theorie. Die gefällt mir besser.« Er stellte keine Fragen mehr, was mir nur recht sein konnte. Ich begann zu begreifen, daß undurchdachte Erfindungen zu unvermuteten Weiterungen führen; die Straße von Globe kannte ich nicht.

Ich war auch noch nie in einem großen Frachter gewesen und stellte interessiert fest, wie sehr er von innen dem Kontrollraum eines Oberflächenkreuzers der Armee glich – die gleichen Fenster, und das Steuerbord-Öl-Getriebe für die Raupen, fast die gleiche Instrumententafel mit Skalen für Drehzahlen und so weiter. Ich hätte das Ding selbst steuern können.

Ich stellte mich aber dumm und ermunterte ihn zum Reden. »Ich bin noch nie in einem von diesen Apparaten gewesen. Erklären Sie mir, wie das funktioniert, wollen Sie?«

Das genügte, und ich hörte mit einem halben Ohr zu, während ich mir überlegte, wie ich mich in Phoenix verhalten sollte. Ich ließ ihn quatschen; zuerst brauchte ich ein Bad, eine Rasur und frische Kleidung, das stand fest, sonst würde man mich einsperren.

Nach einer Weile merkte ich, daß er mir eine Frage gestellt hatte. »Ich glaube, ich verstehe«, sagte ich. »Die Waterburies treiben die Raupen an.«

»Ja und nein«, sagte er. »Es handelt sich um ein dieselelektrisches System. Die Waterburies wirken wie Getriebe, obwohl sie keine solchen enthalten, sondern auf hydraulischer Basis laufen. Kommen Sie mit?«

Ich bejahte – und merkte mir vor, für den Fall, daß die Bruderschaft einmal Kreuzerpiloten brauchte, Frachterfahrer in kurzer Zeit dafür ausbilden zu lassen.

An einem Rasthaus mit Tankstelle hielt mein Gastgeber.

»Alles aussteigen«, brummte er. »Frühstück für uns und Saft für den Wagen.«

»Klingt nicht schlecht.« Wir verdrückten riesige Mengen Rührei mit Schinken, und Grapefruitsaft. Er ließ mich nicht für mein Essen bezahlen und wollte die Rechnung für mich erledigen. Als wir zum Frachter zurückkamen, blieb er auf der Leiter stehen und sah mich an.

»Die Polizeikontrolle ist noch eineinhalb Kilometer entfernt«, sagte er leise. »Das ist wohl der richtige Ort, sich einzuschleusen.« Er starrte ins Leere.

»Hmm . . .«, sagte ich. »Ich glaube, ich kann den Rest zu Fuß gehen, als Verdauungsspaziergang. Vielen Dank fürs Mitnehmen.«

»Keine Ursache. Äh, zweihundert Meter hinter uns ist eine

Nebenstraße. Sie biegt nach Süden, dann wieder nach Westen ab, und führt in die Stadt. Für Fußgänger ist sie besser. Weniger Verkehr.«

Ich wanderte zurück zur Nebenstraße und fragte mich, ob meine Verbrecherlaufbahn für alle Leute so deutlich zu erkennen war. Ich mußte auf jeden Fall mein Aussehen verschönern, bevor ich mich in die Stadt wagen durfte. Der Seitenweg führte an Farmhäusern vorbei, aber ich traute mich nirgends hinein. Nach einer Weile tauchte ein kleines Haus auf, in dem eine spanisch-indianische Familie mit der üblichen Anzahl von Kindern und Hunden wohnte. Ich nahm das Risiko auf mich; viele von diesen Leuten waren heimlich Katholiken und haßten die Unterdrücker wahrscheinlich genauso wie ich.

Die Señora war zu Hause, dick und freundlich und zu drei Vierteln Indianerin. Wir konnten nicht viel miteinander reden, weil ich Spanisch nur sehr mangelhaft beherrschte, aber ich konnte *aqua* verlangen, und *aqua* bekam ich, zum Trinken und zum Waschen. Sie nähte den Riß in meiner Hose, während ich albern in meinen kurzen Unterhosen herumstand und die Kinder Witze machten; sie säuberte mich und lieh mir sogar den Rasierapparat ihres Mannes. Sie wollte kein Geld annehmen. Aber ich blieb fest; als ich wegging, sah ich passabel aus.

Die Straße führte in weitem Bogen in die Stadt, wie der Frachterfahrer gesagt hatte – und ohne Polizeikontrolle. Ich fand schließlich ein Einkaufszentrum mit einem kleinen Schneiderladen. Dort wartete ich die restliche Umwandlung in einen anständigen Bürger ab. Mit frischgebügelter und gereinigter Kleidung, mit nagelneuem Hemd und Hut konnte ich endlich die Straße hinuntergehen und mit einem zufällig auftauchenden Proktor einen Gruß wechseln, ohne befürchten zu müssen, daß man mich festnahm. Im Telefonbuch fand ich die Anschrift des South Side Tabernacle; eine Karte an der Wand des Schneiderladens zeigte mir den Weg, so daß ich nicht einmal fragen mußte. Zu Fuß war die Kirche schnell zu erreichen.

Ich eilte durch die Straßen und kam gerade zum Elf-Uhr-Gottesdienst zurecht. Erleichtert setzte ich mich in eine Bank und lauschte der vertrauten Musik. Während der Predigt schlief ich allerdings ein. Ich wurde immerhin zur rechten Zeit wieder wach. Nachher blieb ich vor der Kirche stehen und wartete auf eine Gelegenheit, dem Prediger zu sagen, wie sehr mir seine Ansprache gefallen hatte. Wir schüttelten uns die Hände, und ich machte das Erkennungszeichen der Bruderschaft.

Er erwiderte es nicht. Ich war so verblüfft, daß mir beinahe entgangen wäre, was er sagte. »Danke, mein Sohn. Für einen neuen Pastor ist es immer erfreulich, Lob zu hören.«

Mein Gesicht muß mich verraten haben. Er fügte hinzu: »Ist etwas nicht in Ordnung?«

»O nein, Reverend«, stammelte ich. »Ich bin nämlich selbst fremd hier. Ihr seid also nicht Reverend Baird?« Ich war außer mir vor Schrecken. Baird war, abgesehen von New Jerusalem, meine einzige Verbindung zur Bruderschaft; ohne ein Versteck würde man mich binnen Stunden verhaften. Während ich antwortete, entwarf ich bereits wilde Pläne, wie ich noch heute nacht ein Schiff stehlen und die Flucht nach Mexiko ergreifen konnte.

Seine Stimme kam wie aus weiter Ferne. »Nein, tut mir leid, leider nicht. Wollt Ihr Reverend Baird sprechen?«

»Es war nicht besonders wichtig. Er ist ein alter Freund meines Onkels. Ich sollte ihm hier meine Aufwartung machen.« Vielleicht versteckte mich die Indianerin bis zum Einbruch der Dunkelheit?

»Das ist nicht schwer. Er wohnt hier in der Stadt. Ich vertrete ihn nur, solange er bettlägerig ist.«

Mein Herz schien einen Salto zu schlagen. »Vielleicht sollte ich ihn lieber nicht belästigen, wenn er krank ist.«

»Ah, ganz und gar nicht. Er hat sich nur den Fuß gebrochen – und freut sich bestimmt über Gesellschaft. Hier.« Der Prediger kramte unter seinem Gewand, fand Papier und Bleistift und schrieb mir die Adresse auf. »Zwei Straßen rechts, und dann links. Ihr könnt es nicht verfehlen.«

Ich verfehlte es natürlich doch, kehrte aber um und fand es, ein altes efeubewachsenes Haus. Es stand weit von der Straße, in einem großen, verwilderten Garten – Eukalyptus, Palmen, Sträucher und Blumen, in angenehmem Durcheinander. Ich drückte auf den Knopf und hörte das Summen eines altmodischen Abtasters. Ein Lautsprecher sagte: »Ja?«

»Ein Besucher für Reverend Baird, wenn es genehm ist.«

Es blieb einige Zeit still, während er mich beobachtete, dann sagte er: »Ihr müßt Euch selbst zurechtfinden. Meine Haushälterin ist auf dem Markt. Gerade durch und hinaus in den hinteren Garten.« Die Tür klickte auf.

Ich starrte ins Dunkel, dann ging ich einen langen Korridor hinunter und durch die Hintertür. Ein alter Mann lag auf einem Schaukelbett, ein Bein auf Kissen gelagert. Er ließ sein Buch sinken und starrte mich über die Brille hinweg an.

»Was wollt Ihr von mir?«

»Licht.«

Eine Stunde später spülte ich den letzten Bissen ausgezeichneter Enchiladas mit kalter, süßer Milch hinunter. Als ich nach den Muskatellertrauben griff, kam Reverend Baird mit seinen Instruktionen zu Ende: »Bis zur Dunkelheit ist also nichts zu tun. Irgendwelche Fragen?«

»Ich glaube nicht, Sir. Sanchez bringt mich aus der Stadt und übergibt mich anderen Mitgliedern, die dafür sorgen, daß ich zur Zentrale gelange. Für mich ist es ziemlich einfach.«

»Gewiß. Aber bequem wird es nicht sein.«

Ich verließ Phoenix im falschen Boden eines kleinen Gemüselasters. Ich wurde verstaut wie Frachtgut, die Nase auf die Bodenbretter gepreßt. Am Stadtrand mußten wir am Polizeitor halten; ich hörte laute Stimmen und Sanchez' erregte Antwort auf Spanisch. Jemand rumorte über meinem Kopf herum, und durch die Risse im falschen Boden schimmerte Licht.

Schließlich sagte eine Stimme: »In Ordnung, Ezra. Das ist Bairds Handlanger. Er fährt beinahe jede Nacht zur Farm des Predigers hinaus.«

»Warum hat er denn das nicht gleich gesagt?«

»Er regt sich leicht auf und vergißt sein Englisch. Los, Chico. Vaya usted con dios.«

»Gracias, señores. Buenas noches.«

Auf der Farm des Reverends wurde ich in einen Hubschrauber geschafft, ein neues, lautloses und gutausgerüstetes Modell. Die Besatzung bestand aus zwei Männern, die das Erkennungszeichen mit mir austauschten, mich aber nur in das Passagierabteil verwiesen. Wir starteten sofort.

Die Fenster des Passagierabteils waren undurchsichtig; ich weiß weder, wie weit, noch in welcher Richtung wir flogen. Der Flug war sehr holprig, weil der Pilot entschlossen schien, allen Blumen die Köpfe abzurasieren. Eine vernünftige Vorsichtsmaßnahme, um im Radarschatten zu bleiben, aber ich hoffte nur, daß er wußte, was er tat – ich hätte mich nicht einmal am hellen Tage getraut, einen Hubschrauber so zu steuern. Er muß eine Menge Coyoten erschreckt haben – ich jedenfalls hatte Angst.

Endlich hörte ich das Pfeifen eines Landestrahls. Wir glitten daran entlang, schwebten auf der Stelle und landeten sanft. Als ich ausstieg, starrte ich in die Mündung eines auf einem Stativ montierten Strahlers, der von zwei wachsamen und argwöhnischen Männern bedient wurde.

Mein Begleiter nannte das Losungswort, die beiden Wachen stellten mir einige Fragen, und wir tauschten das Erkennungssignal aus. Ich hatte den Eindruck, daß sie ein wenig enttäuscht waren, mich nicht niederschießen zu dürfen; sie kamen mir sehr eifrig vor. Als sie zufrieden waren, verband man mir die Augen und führte mich weg. Wir traten durch eine Tür, marschierten etwa fünfzig Meter und zwängten uns in eine Kammer. Dann fiel der Boden unter den Füßen davon.

Mein Magen schoß nach oben, und ich ärgerte mich, weil man mir nicht vorher gesagt hatte, daß wir mit einem Aufzug zu fahren hatten, aber ich hielt den Mund. Wir verließen den Lift, marschierten eine Weile, bis man mich auf eine Plattform schob und mir befahl, mich hinzusetzen und mich festzuhalten – und dann ging es mit halsbrecherischer Geschwindigkeit davon. Ich kam mir vor wie in einer Berg-und-Talbahn – mit verbundenen Augen kein Vergnügen. Bis zu diesem Augenblick hatte ich eigentlich nie richtig Angst gehabt. Ich hatte das Gefühl, daß man mich schikanieren wollte.

Wir fuhren wieder mit einem Lift nach unten, gingen einige hundert Schritt, dann wurde mir die Binde abgenommen. Ich sah zum erstenmal die Zentrale.

Ich erkannte sie nicht als solche; ich konnte einen Ausruf nicht unterdrücken. Einer meiner Bewacher lächelte. »Das ist bei allen so«, meinte er trocken.

Es war eine Kalksteinhöhle von solcher Größe, daß man glaubte, sich im Freien zu befinden, nicht unter der Erde; sie war in ihrer Formation so großartig, daß man sich wie im Märchenland vorkam. Ich hatte schon vermutet, daß wir uns unter der Erde befanden, aber nichts hätte mich auf diesen Anblick vorbereiten können.

Ich habe Fotos von den Karlsbader Höhlen gesehen, bevor sie das Erdbeben von 1996 zerstörte; die Zentrale läßt sich in etwa damit vergleichen, obwohl ich nicht glaube, daß die Karlsbader Höhlen auch nur halb so groß und überwältigend waren. Zuerst vermochte ich die ungeheure Größenordnung des Raumes, in dem ich mich befand, gar nicht zu erfassen; es gab nichts, woran man sich orientieren konnte, und der eingebaute Entfernungsmesser des beidäugigen Sehens nützt schon nach ungefähr fünfzehn Metern nichts mehr, wenn in der Ferne nichts steht, was als Maßstab dienen kann – ein Haus, ein Mensch, ein Baum, sogar der Horizont selbst. Da eine natürliche Höhle überhaupt nichts Vertrautes enthält, vermag das menschliche Auge ihre Größe nicht abzuschätzen.

Ich begriff zwar, daß der Raum sehr groß war, konnte aber nicht beurteilen, wie groß; mein Gehirn strich ihn zusammen, bis er meinen Vorurteilen entsprach. Wir standen über dem Hauptplateau und am hinteren Ende des Raumes; das Ganze war von warmem Licht erhellt. Ich hörte endlich auf, mir den Hals zu verdrehen und erstaunte Ausrufe von mir zu geben, schaute nach unten und sah in einiger Entfernung ein Spielzeugdorf. Die Gebäude schienen etwa dreißig Zentimeter hoch zu sein.

Dann bemerkte ich, daß winzige Menschen zwischen den Gebäuden herumliefen – und schlagartig rückte alles in den rechten Maßstab. Das Spielzeugdorf lag mindestens einen halben Kilometer entfernt; der ganze Raum war zumindest sechzehnhundert Meter lang und mehrere hundert Meter hoch. Statt der Angst vor dem Eingeschlossensein, wie man sie normalerweise in Höhlen empfindet, überfiel mich plötzlich die andere Furcht, die Angst vor weiten Räumen, Agoraphobie. Ich wollte an diesen Wänden entlangschleichen wie eine ängstliche Maus.

Der Führer, der mich angesprochen hatte, berührte meinen Arm. »Sie haben später noch genügend Zeit, sich alles anzusehen. Gehen wir.« Sie führten mich einen Pfad hinunter, der sich zwischen Stalagmiten von Säuglingsfinger- bis Pyramidengröße dahinschlängelte, schwarze Wasserflächen umrundete, auf denen schwimmende Seerosenblätter aus lebendem Stein wuchsen, vorbei an dunklen, feuchten Kuppeln, die schon alt waren, als der Mensch auftrat, unter durchsichtig leuchtenden Vorhängen aus Onyx und rosigroten und dunkelgrünen Stalaktiten hindurch. Meine Fähigkeit, zu staunen, wurde überfordert, und ich gab es schließlich auf.

Wir kamen auf eine relativ ebene Fläche voll Fledermausabfall und erreichten bald das Dorf. Die Gebäude waren, wie ich beim Näherkommen erkannte, nicht Häuser im üblichen Sinne, sondern Querwände aus Wabenkunststoff, wie man ihn für schalldämpfende Zwecke verwendet – Raumtrennwände. Die meisten Räume waren nicht überdacht. Wir blieben vor dem größten stehen; das Schild über der Tür verkündete: »Verwaltung«. Wir traten ein, und man führte mich ins Personalbüro. Dieses Zimmer machte mich beinahe heimwehkrank, so nüchtern, so militärisch war es in jeder Beziehung. Es gab sogar den älteren Unteroffizier mit dem nervösen Lidzucken, der seit Cäsars Zeit für solche Stellungen prädestiniert erscheint. Das Schild auf seinem Schreibtisch wies ihn als Stabsfeldwebel R.E. Giles aus; er war offensichtlich nach den Dienststunden noch einmal in sein Büro zurückgekommen, um mich einzuweisen.

»Freut mich, Sie kennenzulernen, Mr. Lyle«, sagte er, drückte mir die Hand und erwiderte das Erkennungszeichen. Dann kratzte er sich an der Nase, und seine Lider zuckten. »Sie sind eine Woche zu früh gekommen. Ihr Quartier ist noch nicht fertig. Wir bringen Sie heute nacht mit einer Decke im Aufenthaltsraum des Junggesellenquartiers unter und machen das andere morgen, einverstanden?«

Ich war mit allem zufrieden, und er schien erleichtert zu sein.

## 10

Ich hatte wohl erwartet, bei meinem Eintreffen als großer Held gefeiert zu werden, aber ich irrte mich. Der Personaladjutant ließ mich holen, bevor ich noch richtig gefrühstückt hatte, aber ich bekam ihn nicht zu Gesicht; ich sprach mit Mr. Giles. Ich war ein wenig gereizt und unterbrach ihn, um mich zu erkundigen, wann es genehm sei, beim kommandierenden Offizier meinen Antrittsbesuch zu machen.

Er schnaubte. »Nun ja, Mr. Lyle, der K. G. übermittelt Ihnen seine besten Wünsche und bittet Sie, den Besuch als geschehen zu betrachten, nicht nur für ihn, sondern auch für alle höheren Offiziere. Wir sind mit der Zeit ziemlich knapp. Er wird Sie sofort holen lassen, sobald er einen Augenblick zur freien Verfügung hat.«

Ich wußte recht gut, daß mir der General keineswegs diese Botschaft hatte übermitteln lassen und daß der Personalsachbearbeiter sich an die übliche Prozedur hielt. Ich ärgerte mich trotzdem.

Aber tun ließ sich nichts dagegen; das System nahm mich auf. Mittags hatte ich ein festes Quartier, war untersucht worden und hatte meine Meldung gemacht. Ja, ich bekam Gelegenheit, meine

Geschichte zu erzählen – einem Tonbandgerät. Menschen aus Fleisch und Blut erhielten die Nachricht, die ich mitbrachte, aber davon hatte ich nichts. Bei dieser Gelegenheit war ich in Hypnose, wie beim Empfang der Meldung auch.

Das war zuviel für mich! Ich fragte den Psychotechniker, der mich in Behandlung hatte, welche Nachricht ich übermittelt habe. Steif erwiderte er: »Wir dürfen den Kurieren nicht mitteilen, was sie überbringen.« Sein Benehmen ließ erkennen, daß er meine Frage für äußerst unangebracht hielt.

Ich verlor die Beherrschung. Ich wußte nicht, ob er rangmäßig über mir stand oder nicht, weil er keine Uniform trug, aber das war mir egal. »Was soll denn das? Traut man mir nicht? Ich riskiere Kopf und Kragen –«

Er unterbrach mich in freundlicherem Tonfall. »Nein, nein, so ist das ganz und gar nicht. Das geschieht nur zu Ihrem Schutz.«

»Was?«

»Je weniger Sie wissen, was Sie nicht unbedingt zu wissen brauchen, desto weniger können Sie verraten, wenn man Sie einmal erwischen sollte – und desto sicherer ist es für Sie und alle anderen. Wissen Sie zum Beispiel, wo Sie jetzt sind? Könnten Sie sich auf einer Landkarte zurechtfinden?«

»Nein.«

»Ich auch nicht. Wir brauchen es nicht zu wissen, also hat man es uns nicht gesagt. Trotzdem«, fuhr er fort, »kann ich Ihnen ganz allgemein sagen, was Sie mitgebracht haben – Routine – übliche Meldungen, Bestätigungen von Dingen, die wir zum größten Teil bereits wußten. Sie waren unterwegs hierher, also pumpte man Sie voll mit diesem Zeug. Ich habe drei Spulen besprechen lassen können.«

»Nur Routineangelegenheiten? Und der Captain erklärte mir, ich hätte eine Botschaft von höchster Wichtigkeit zu übermitteln. Der dicke, alte Witzbold!«

Der Techniker lächelte schwach. »Er hat Sie wohl auf den Arm – oh!«

»Wie?«

»Ich weiß, was er gemeint hat. Sie trugen eine Nachricht von lebenswichtiger Bedeutung – für Sie. Sie haben in Hypnose Ihre Beglaubigung mitgebracht. Andernfalls hätte man Sie nicht mehr wach werden lassen.«

Ich hatte nichts zu sagen und ging.

Die Runde über Untersuchungszimmer, Psycho-Büro, Quartiermeister und dergleichen hatte mir annähernd die Größenordnung gezeigt. Das ›Spielzeugdorf‹ war nur das Verwaltungszentrum. Die Energieanlage, ein Reaktor, befand sich in einer eigenen Höhle, abgeschirmt durch eine viele Meter dicke Felswand. Verheiratete Paare durften wohnen, wo sie wollten – ungefähr ein Drittel des Personals war weiblich, und sie neigten dazu, ihre Häuser außerhalb des Verwaltungszentrums aufzustellen. Die Waffen- und Munitionslager befanden sich in einer Seitenpassage, in sicherer Entfernung von Büros und Quartieren.

Frischwasser gab es im Überfluß, wenn auch nur hartes, und dieselben Gänge, die diesen unterirdischen Strömen als Bett dienten, schienen auch Frischluft zuzuführen – jedenfalls wurde die Luft nie schlecht. Sie blieb bei einer konstanten Temperatur von 21 Grad und einer relativen Feuchtigkeit von 32 Prozent, Winter wie Sommer, Tag und Nacht.

Bis zum Mittagessen war ich in die Organisation eingefügt und arbeitete nach der Mahlzeit im Waffenlager, reparierte und justierte Strahler, Pistolen und Maschinengewehre. Ich hätte mich darüber ärgern können, daß man mir Arbeit auftrug, die Sache eines Waffensergeanten war, aber der ganze Laden schien mit einem Minimum an Reglern geführt zu werden – wir räumten auch in der Messehalle unser Geschirr selber vom Tisch.

Kurz vor dem Abendessen an diesem ersten Tag wanderte ich in den Aufenthaltsraum und sah mich nach einem freien Stuhl um. Hinter mir hörte ich eine vertraute Baritonstimme: »Johnny! John Lyle!« Ich fuhr herum, und da kam Zebediah Jones – der gute Zeb, in Lebensgröße und über das ganze häßliche Gesicht grinsend.

Wir schlugen einander auf die Schultern und tauschten Beleidigungen aus.

»Wann bist du denn hergekommen?« fragte ich schließlich.

»Vor ungefähr zwei Wochen.«

»Tatsächlich? Du bist doch noch in New Jerusalem gewesen, als ich abflog. Wie hast du das geschafft?«

»Gar nichts dabei. Ich wurde als Leiche transportiert – in Trance. Mit einem Sarg mit der Aufschrift ›Seuchengefahr‹.«

Ich erzählte ihm von meinen Abenteuern, und Zeb schien beeindruckt, was mich etwas aufheiterte. Dann fragte ich ihn, was er trieb.

»Ich bin im Psychologie- & Propaganda-Büro«, erwiderte er, »unter Colonel Novak. Im Augenblick schreibe ich eine Reihe von ungeheuer ehrfürchtigen Artikeln über das Privatleben des Propheten und seiner Schüler und Prediger, wie viele Diener sie haben, wieviel es kostet, den Palast zu erhalten, alles über die raffinierten Zeremonien und Rituale, und dergleichen. Ich bleibe natürlich immer bei der Wahrheit und berichte mit salbungsvoller Zustimmung. Aber ich mache es um eine Spur zu auffällig. Der Nachdruck liegt auf dem Schmuck, den Goldverzierungen, und wieviel das alles kostet, und ich erzähle den Dummköpfen, was für ein Privileg es für sie ist, derlei Firlefanz bezahlen zu dürfen, und wie geschmeichelt sie sich fühlen müssen, daß Gottes Stellvertreter auf Erden sich von ihnen aushalten läßt.«

»Ich komme nicht mit«, sagte ich stirnrunzelnd. »Die Leute mögen doch diesen Zirkus. Schau dir nur an, wie sich die Touristen in New Jerusalem danach drängen, Karten für eine Tempelzeremonie zu bekommen.«

»Sicher, sicher – aber wir bringen das Zeug ja auch nicht unter die Leute, die in New Jerusalem Ferien machen, wir vertreiben es an kleine Blätter in armen Farmgebieten im Mississippital, im Süden und in dem Hinterland von New England. Das heißt, wir verbreiten es unter den ärmsten und puritanischsten Elementen der Bevölkerung, unter Menschen, die gefühlsmäßig davon überzeugt sind, daß Armut und Tugend ein und dasselbe seien. Das zerrt an ihren Nerven; nach einiger Zeit muß es sie weichmachen und zu Zweiflern werden lassen.«

»Glaubt man wirklich, daß man mit solchen Bagatellen eine Rebellion anheizen kann?«

»Das sind keine Bagatellen, weil diese Dinge direkt auf ihr Gefühl zielen, unter dem logischen Niveau. Man kann tausend Menschen leichter umschwenken lassen, wenn man an ihre Vorurteile appelliert, als einen Mann durch Logik überzeugen. Dabei muß es sich gar nicht um Vorurteile in wichtigen Dingen handeln. Wir haben es mit der Psychodynamik der Gefühle zu tun . . . und Gefühle sind etwas rein Persönliches, etwas Subjektives, das man erfahren muß, um es zu begreifen. Es kommt eben immer darauf an, wie man etwas ausdrückt! Genauso ist es bei unserer Propaganda. Unser Thema ist der Prophet, wir loben ihn über den grünen Klee, und der Ärger, der sich im Leser entwickelt, wird auf ihn übertragen. Diese Methode unterläuft die bewußten Gedanken des Lesers und richtet sich an die Tabus und Fetische, die sein Unterbewußtsein aufzuweisen hat.«

»Scheint eine recht komplizierte Sache zu sein«, meinte ich.

»Und ob. Die Sprache wird zur schwarzen Magie – wenn man damit umzugehen versteht.«

Nach dem Essen ging ich mit Zeb in sein Zimmer, und wir unterhielten uns lebhaft. Ich fühlte mich wohl und geborgen. Die Tatsache, daß wir einer revolutionären Verschwörung angehörten, deren Siegchancen äußerst gering waren, störte mich überhaupt nicht.

Wir sprachen über dieses und jenes und kamen auch auf die Parias zu sprechen.

»Ich stelle mir vor, daß sogar sie uns irgendwie von Nutzen sein können, sobald es zum Kampf kommt, auch wenn wir sie nicht in die Bruderschaft aufnehmen«, meinte ich.

Zeb warf mir einen Blick zu, den ich nur allzugut kannte. »Ach du heiliger Strohsack! Wann wirst du endlich die Windeln los?«

»Wieso?«

»Hast du denn noch nicht begriffen, daß diese ganze Idee von den ›Parias‹ nur der Sündenbock ist, den jede Diktatur braucht?«

»Ja, aber –«

»Halt den Mund. Nimm den Leuten Sex. Verbiete ihn, stemple ihn zu etwas Bösem, beschränke ihn auf rituelle Fortpflanzung. Zwinge ihn, sich zu unterdrücktem Sadismus zu entwickeln. Dann gib den Leuten einen Sündenbock, den sie hassen können. Laß sie gelegentlich einen Sündenbock töten, zur ›gesunden‹ Erleichterung. Diese Methode ist uralt. Man hat sie Jahrhunderte, bevor das Wort ›Psychologie‹ überhaupt existierte, verwendet. Und es klappt. Sieh nur dich an.«

»Hör mal, Zeb, ich habe nichts gegen die Parias.«

»Das möchte ich dir auch raten. Du wirst hier ein paar Dutzend finden. Übrigens möchte ich dir empfehlen, auch das Wort ›Paria‹ nicht mehr zu verwenden. Das hört man hier nicht gern.«

Er verstummte, und ich schwieg auch. Ich brauchte Zeit, um meine Gedanken zu ordnen. Man möge mich verstehen – es ist leichter, frei zu sein, wenn man in Freiheit aufgewachsen ist. Ein Tiger, der aus dem Zoo entkommen ist, wird oft in den Frieden und die Sicherheit seines Käfigs zurückschleichen. Wenn er nicht zurück kann, läuft er sogar manchmal, wie man mir erzählt hat, in den Grenzen eines

Käfigs hin und her, den es gar nicht mehr gibt; ähnlich ging es auch mir.

Na gut, sagte ich zu mir, wenn ich einem dieser Par – nein, Kameraden – begegne, gebe ich ihm die Hand und bin höflich zu ihm – solange er es zu mir ist! Damals sah ich in diesem Vorbehalt nichts Heuchlerisches.

Zeb lehnte sich zurück, rauchte und ließ mich im eigenen Saft schmoren. Ich wußte, daß er rauchte, und er wußte, daß ich das mißbilligte. Aber es war eine kleine Sünde, und in unserem Zimmer im Palast hätte ich nie daran gedacht, ihn zu melden. Ich wußte sogar, welcher Diener ihm den Tabak brachte. »Wer schmuggelt dir jetzt die Zigaretten?« fragte ich, um das Thema zu wechseln.

»Was? Man kauft sie natürlich in der Kantine.« Er hielt das schmutzige Ding hoch und sah es an. »Diese mexikanischen Zigaretten sind für meinen Geschmack zu stark. Man verwendet wohl richtigen Tabak statt des Abfalls, an den ich gewöhnt bin. Willst du eine?«

»Was? O nein, danke.«

Er grinste. »Na los. Fang schon an mit deinem Vortrag. Dann fühlst du dich wohler.«

»Hör mal, Zeb, ich kritisiere nicht. Das ist eben wieder eines von den vielen Dingen, die ich nicht begreife.«

»O nein. Das ist eine ganz üble Gewohnheit, die mir die Luft wegnimmt, meine Zähne gelb macht und mich vielleicht mit Lungenkrebs behaftet.« Er inhalierte tief, stieß den Rauch langsam aus und machte ein überaus zufriedenes Gesicht. »Zufällig bin ich für üble Gewohnheiten.«

Er sog wieder daran. »Aber es ist keine Sünde, und meine Strafe bekomme ich sofort, wenn ich am anderen Morgen aufwache; ich habe einen schlechten Geschmack im Mund. Der Allmächtige kümmert sich nicht darum. Verstehst du? Er interessiert sich dafür nicht.«

Ich konnte nicht sofort antworten. Schockiert und von plötzlicher Einsamkeit überfallen, sagte ich schließlich: »Zeb . . . ich glaube, ich verstehe dich jetzt. Du bist ein – Atheist. Nicht wahr?«

Zeb sah mich ausdruckslos an. »Nenne mich nicht Atheist«, sagte er langsam, »wenn du es nicht wirklich darauf anlegst, dir Schwierigkeiten zu machen.«

»Dann bist du also keiner?« Ich war maßlos erleichtert, obwohl ich ihn immer noch nicht verstand.

»Nein, das bin ich nicht. Nicht, daß dich das etwas anginge. Mein Glaube ist eine Privatsache zwischen mir und Gott. Was ich innerlich glaube, mußt du nach meinem Verhalten beurteilen . . . denn du bist nicht gebeten, mich danach zu fragen. Ich lehne es ab, es vor dir zu erklären oder zu rechtfertigen. Das würde ich bei keinem Menschen tun . . . bei unseren Vorgesetzten nicht . . . und beim Chefinquisitor auch nicht, wenn es dazu käme.«

»Aber du glaubst an Gott?«

»Das habe ich dir doch gesagt, nicht wahr? Im übrigen geht dich das nichts an.«

»Dann mußt du aber auch an andere Dinge glauben!«

»Natürlich! Ich glaube, daß der Mensch verpflichtet ist, barmherzig zu den Schwachen . . . geduldig mit den Dummen . . . großzügig zu den Armen zu sein. Ich glaube, daß er die Pflicht hat, sein Leben für seine Brüder zu geben, wenn es von ihm verlangt wird. Aber ich habe nicht die Absicht, diese Dinge zu beweisen; sie liegen jenseits aller Beweise. Und ich verlange auch nicht, daß du glaubst wie ich.«

Ich seufzte. »Ich bin zufrieden, Zeb.«

Statt ein erfreutes Gesicht zu machen, sagte er: »Das ist aber sehr lieb von dir, wirklich! Tut mir leid – ich sollte nicht sarkastisch sein. Aber ich hatte nicht die Absicht, dich nach deiner Zustimmung zu fragen. Du hast mich – unabsichtlich gewiß – dazu gebracht, Dinge zu diskutieren, über die ich nicht reden will.« Er zündete sich wieder eine von diesen stinkenden Zigaretten an und fuhr ruhiger fort: »John, ich bin in meiner Art selbst ein engstirniger Mensch. Ich glaube an die Freiheit des Glaubens – aber ich finde, daß diese Freiheit am besten als Freiheit, still zu sein, geübt wird. Von meinem Standpunkt aus ist der Großteil öffentlich gezeigter Frömmigkeit nichts anderes als unglaublicher Dünkel.«

»Wieso?«

»Nicht in jedem Fall – ich weiß die Guten, Demütigen und Frommen zu unterscheiden. Aber was ist mit dem Mann, der zu wissen behauptet, was Gott denkt. Der Mann, der über alles, was der Allmächtige tut, unterrichtet sein will? Ich halte das für einen Dünkel schlimmster Sorte – dieser Kerl war Gott nie näher als wir beide. Aber es macht ihm Vergnügen, seine angeblich engen Beziehungen zu Gott zu behaupten. Pfui! Da kommt ein Kerl daher, mit lauter Stimme und einem Intelligenzquotienten von 90, Haare in den

Ohren und voller Ehrgeiz. Er ist zu faul, um Farmer zu werden, zu dumm für einen Techniker, zu unzuverlässig für einen Bankier – aber beten kann er, und wie! Nach einer Weile hat er andere Kerle um sich versammelt, die zwar nicht seine lebhafte Einbildung und Selbstsicherheit besitzen, aber auch gerne eine direkte Leitung zum Allmächtigen haben wollen. Und dann heißt dieser Kerl nicht mehr Nehemiah Scudder, sondern der ›Erste Prophet‹.«

Ich war durchaus seiner Meinung, bis er den Ersten Propheten nannte. Vielleicht hätte man mich damals als ›primitiven‹ Anhänger des Ersten Propheten bezeichnen können – das heißt, ich hatte entschieden, daß der jetzige Prophet der Teufel selbst war und alle seine Werke böse, aber diese Annahme rührte nicht an die Grundlage des von meiner Mutter erworbenen Glaubens. Meiner Meinung nach mußte man reformieren, aber nicht zerstören. Ich erwähne das, weil mein eigener Fall später in einem sehr ernsten militärischen Problem eine Parallele fand.

Ich bemerkte, daß mich Zeb scharf ansah. »Habe ich dich schon wieder auf die Palme gebracht? Das wollte ich nicht.«

»Nein, gar nicht«, erwiderte ich steif und erklärte, daß meiner Ansicht nach die Sündigkeit der Bande von Teufeln, die jetzt die Macht in Händen hielt, in keiner Weise den echten Glauben berührte. »Der Prophet und seine Anhänger können den Glauben pervertieren, aber nicht vernichten – und es spielt auch keine Rolle, ob der echte Prophet schmutzige Unterwäsche anhatte oder nicht. Die Lehren sind eine Sache logischer Notwendigkeit.«

Zeb seufzte müde. »Johnnie, ich hatte wirklich nicht vorgehabt, mit dir über Religion zu streiten. Ich bin kein aggressiver Typ – das weißt du. Ich mußte in die Bruderschaft getrieben werden.« Er machte eine Pause. »Du sagst, die Lehren seien eine Sache der Logik?«

»Du hast sie mir doch selber erklärt. Das ist ein vollkommenes und ideales Gebäude.«

»Das ist es. Johnnie, das Angenehme, Gott als Autorität zu zitieren, liegt darin, daß man alles beweisen kann, was man beweisen möchte. Es handelt sich nur darum, die geeigneten Postulate auszuwählen und dann zu erklären, sie seien von oben ›inspiriert‹. Dann kann niemand mehr beweisen, daß du im Irrtum bist.«

»Du willst also sagen, daß der Erste Prophet nicht inspiriert war?«

»Ich will gar nichts sagen. Du weißt ja nicht einmal, ob ich nicht der Erste Prophet bin, der zurückkehrt, um die Bösewichter aus seinem Tempel zu weisen.«

»Sei nicht –« Ich wollte mich gerade mit Schwung auf das nächste Argument stürzen, als an Zebs Tür geklopft wurde. Ich verstummte, und er rief: »Herein!«

Es war Schwester Magdalene.

Sie nickte Zeb zu, lächelte über meine Verblüffung und sagte: »Hallo, John Lyle. Willkommen.« Es war das erstemal, daß ich sie in anderer Kleidung sah als in den Roben einer geweihten Schwester. Sie war unglaublich hübsch und wirkte viel jünger.

»Schwester Magdalene!«

»Nein. Stabsfeldwebel Andrews. ›Maggie‹ für meine Freunde.«

»Aber was ist denn geschehen? Warum sind Sie hier?«

»Im Augenblick bin ich hier, weil ich beim Essen hörte, daß Sie angekommen seien. Als ich Sie in Ihrem Quartier nicht fand, sagte ich mir, daß Sie nur bei Zeb sein könnten. Was das andere angeht, so konnte ich genausowenig zurück wie Sie oder Zeb – und unser Versteck in New Jerusalem war so überfüllt, daß man mich versetzte!«

»Es ist schön, Sie wiederzusehen!«

»Ich freue mich auch, John.« Sie tätschelte mir die Wange und lächelte wieder. Dann stieg sie auf Zebs Bett und nahm im Schneidersitz Platz. Zeb zündete eine Zigarette an und gab sie ihr. Sie nahm sie, sog den Rauch tief in die Lunge und stieß ihn wieder aus, als habe sie ihr ganzes Leben lang geraucht.

Ich hatte noch nie eine Frau rauchen sehen – niemals. Ich bemerkte, daß mich Zeb beobachtete, und ignorierte es völlig. Stattdessen grinste ich und sagte: »Das ist ein wunderbares Zusammentreffen! Wenn nur –«

»Ich weiß«, sagte Maggie. »Wenn nur Judith hier wäre. Haben Sie schon von ihr gehört, John?«

»Von ihr gehört? Wie denn?«

»Ja richtig, Sie hatten noch keine Zeit. Aber jetzt können Sie ihr schreiben.«

»Was? Wie?«

»Ich weiß die Codenummer nicht auswendig, aber Sie können den Brief bei mir abgeben – ich bin in G-2. Aber nicht versiegeln. Alle Privatbriefe müssen zensiert und umgeschrieben werden. Ich habe ihr letzte Woche geschrieben, aber noch keine Antwort bekommen.«

Ich überlegte, ob ich mich auf der Stelle verdrücken und einen Brief schreiben sollte, tat es aber nicht. Es war herrlich, mit beiden wieder zusammenzusein, ich wollte den Abend voll genießen. Ich beschloß, vor dem Zu-Bett-Gehen zu schreiben – wobei mir einfiel, daß ich lange nicht einmal Zeit gefunden hatte, an Judith zu denken, zumindest seit – nun, seit Denver.

Aber ich kam nicht einmal später an diesem Abend dazu, ihr zu schreiben. Es war elf Uhr vorbei, und Maggie sagte, daß wir sehr früh aufstehen müßten, als eine Ordonnanz erschien.

»Der Kommandierende General bittet Mr. Lyle, ihn sofort aufzusuchen, Sir.«

Ich bürstete schnell mein Haar und eilte hinaus. Ich bedauerte, nur einen reichlich abgeschabten Zivilanzug zu tragen. Das Büro lag verlassen und im Dunkeln – nur im Zimmer ganz hinten sah ich Licht –, nicht einmal Mr. Giles war mehr da. Ich tastete mich hinein, klopfte an den Türrahmen, trat ein, schlug die Hacken zusammen und salutierte. »Legat Lyle meldet sich zur Stelle, General.«

Ein älterer Mann, der mit dem Rücken zu mir an einem großen Schreibtisch saß, drehte sich um, und ich war wieder völlig verblüfft.

»Ah, ja, John Lyle«, sagte er sanft. Er erhob sich und kam mit ausgestreckter Hand auf mich zu. »Es ist lange her, nicht wahr?«

Es war Colonel Huxley, Chef der Abteilung für Angewandte Mirakel, als ich Kadett gewesen war – und zu dieser Zeit beinahe mein einziger Freund unter den Offizieren. An vielen Sonntagnachmittagen hatte ich mich in seinem Quartier von der strengen Disziplin erholen können.

Ich nahm seine Hand. »Colonel . . . ich meine, General, Sir . . . ich dachte, Sie seien tot!«

»Vom toten Colonel zum lebenden General, wie? Nein, Lyle, obwohl ich tot gemeldet wurde, als ich in den Untergrund ging. Das tun sie immer, wenn ein Offizier verschwindet. Es sieht besser aus. Sie sind auch tot – wußten Sie das?«

»Äh, nein, Sir. Aber es spielt ja wohl keine Rolle. Ich freue mich riesig, Sir!« – »Gut.«

»Aber – ich meine, wie sind Sie denn – na ja –« Ich verstummte.

»Wie ich hierhergekommen bin, noch dazu an die Spitze? Ich war

Mitglied der Bruderschaft, seit ich so alt war wie Sie, Lyle. Aber ich ging nicht in den Untergrund, bis es sein mußte – das tut keiner. In meinem Fall wurde der Druck, sich der Predigerschaft anzuschließen, etwas zu stark; der Superintendent konnte kein Auge zutun, wenn er sich überlegte, wieviel ein Laienoffizier über die abstruseren Zweige von Physik und Chemie wußte. Ich nahm also einen kurzen Urlaub und starb. Sehr traurig.« Er lächelte. »Setzen Sie sich doch. Ich wollte Sie den ganzen Tag schon holen lassen, hatte aber dauernd zu tun. Jeden Tag geht das so. Erst vorhin konnte ich mir die Aufzeichnung Ihres Berichtes anhören.«

Wir nahmen Platz und unterhielten uns. Ich konnte mich vor Begeisterung kaum fassen. Huxley zollte ich größeren Respekt als jedem anderen Offizier, unter dem ich je gedient hatte. Seine Anwesenheit zerstreute jeden Rest von Zweifel, der noch vorhanden gewesen sein mochte – wenn die Bruderschaft das Richtige für ihn war, war sie es auch für mich, und nieder mit den Spitzfindigkeiten!

Nach einer Weile sagte er: »Ich habe Sie nicht so spät rufen lassen, nur um zu plaudern, Lyle. Ich habe eine Aufgabe für Sie.«

»Ja, Sir?«

»Sie haben sicher schon bemerkt, wie unorganisiert unsere Miliz hier ist. Das bleibt unter uns, und ich kritisiere unsere Kameraden nicht – jeder einzelne hat sein Leben unserer Sache gewidmet, das ist viel schwerer für sie als für uns beide, und sie haben sich alle der militärischen Disziplin gefügt, was noch schwerer ist. Aber ich habe nicht genügend ausgebildete Soldaten, um alles richtig zu machen. Sie meinen es gut, aber ich werde dadurch gehindert, eine wirksame Kampforganisation aufzubauen. Ich ertrinke im Bürokratismus. Helfen Sie mir?«

Ich stand auf. »Ich empfinde es als große Ehre, Ihnen nach besten Kräften behilflich sein zu dürfen, General.«

»Fein! Wir nennen Sie zunächst meinen persönlichen Adjutanten. Das wäre alles für heute, Captain. Bis morgen.«

Ich war schon halb draußen, als mir die Anrede auffiel – dann glaubte ich, er hätte sich versprochen.

Aber so war es nicht. Mein Büro fand ich am nächsten Tag dadurch, daß ein Schild an der Tür verkündete: ›Captain Lyle‹. Vom Standpunkt eines Berufssoldaten aus haben Revolutionen wenigstens ein Gutes: Die Gelegenheiten zur schnellen Beförderung sind einmalig . . .

Mein Büro schloß sich direkt an das General Huxleys an, und von diesem Augenblick an lebte ich dort – ich ließ hinter dem Schreibtisch ein Feldbett aufstellen. Am ersten Tag kämpfte ich mich noch um zehn Uhr nachts durch einen Riesenstoß von Papieren. Ich hatte mir vorgenommen, sie durchzuarbeiten und Judith anschließend einen langen Brief zu schreiben. Daraus wurde nur eine ganz kurze Notiz, denn als letztes fand ich ein an mich persönlich gerichtetes Schreiben.

Es trug die Anschrift ›Legat J. Lyle‹, dann hatte jemand ›Legat‹ ausgestrichen und ›Captain‹ darübergeschrieben. Der Text lautete:

Anweisung an alle Neuankömmlinge.
Betrifft: persönlicher Bericht

1. Sie werden aufgefordert und angewiesen, alle Ereignisse, Gedanken, Überlegungen und Vorfälle zu beschreiben, die zu Ihrer Entscheidung, sich unserem Freiheitskampf anzuschließen, geführt haben. Der Bericht sollte so ausführlich und subjektiv wie möglich sein. Ein hastig abgefaßter, zu kurzer oder oberflächlicher Bericht wird zur Ergänzung und Korrektur zurückgegeben und kann durch Hypnoseuntersuchung ergänzt werden.
2. Der Bericht wird als vertraulich behandelt, einzelne Teile können vom Verfasser als streng geheim klassifiziert werden. Buchstaben und Ziffern können statt der richtigen Namen eingesetzt werden, falls das erforderlich erscheint, aber der Bericht muß vollständig sein.
3. Für diese Arbeit dürfen die Dienststunden nicht verwendet werden, vielmehr handelt es sich um einen Zusatzdienst von außergewöhnlicher Eilbedürftigkeit. Ihr Bericht wird erwartet bis – und hier hatte jemand ein Datum eingesetzt, das keine achtundvierzig Stunden in der Zukunft lag –

Auf Anweisung des Kommandierenden Generals
gez. M. Novak F.U.S.A. Chef für Psychologie‹

Ich ärgerte mich maßlos über diese Forderung und beschloß, zuerst auf jeden Fall an Judith zu schreiben. Der Brief kam nicht gut voran – wie soll man einen Liebesbrief schreiben, wenn man weiß, daß Fremde ihn lesen und einer von ihnen sogar die zärtlichsten Worte abändern wird? Außerdem kehrten meine Gedanken während des Schreibens immer wieder zu der Nacht auf dem Wall des Palastes zurück, wo ich ihr zum erstenmal begegnet war. Mir schien, als sei meine persönliche Wandlung, wie der neugierige Colonel Novak das nannte, von diesem Augenblick ausgegangen ... obwohl ich vorher schon Zweifel gehabt hatte. Ich beendete schließlich den Brief und beschloß, nicht sofort zu Bett zu gehen, sondern mit dem albernen Bericht anzufangen.

Nach einer Weile bemerkte ich, daß es ein Uhr war und ich noch nicht einmal bis zu meiner Aufnahme in die Bruderschaft gekommen war. Ich gab widerwillig auf – ich hatte mich warm geschrieben – und sperrte den Bericht in meinen Schreibtisch.

Am nächsten Morgen beim Frühstück nahm ich Zeb beiseite, zeigte ihm die Anweisung und fragte: »Was soll das eigentlich heißen? Du arbeitest doch für diesen Herrn. Ist man immer noch argwöhnisch, auch nachdem man uns hier hereingelassen hat?«

Zeb sah das Schriftstück an. »Ach, das – Quatsch, nein. Obwohl ich hinzufügen möchte, daß ein Spion, wenn er überhaupt so weit käme, erwischt werden würde, sobald man seine persönliche Geschichte einer Semantikanalyse unterzieht. Niemand kann eine derart lange und komplizierte Lüge erzählen.«

»Aber wozu soll das gut sein?«

»Was kümmert's dich? Schreib alles auf – dann liefere es ab.«

Ich wurde wütend. »Ich weiß nicht recht. Ich werde lieber vorher den General fragen.«

»Tu das, wenn du dich lächerlich machen willst. Hör zu, John, die Psychomathematiker, die deinen Käse lesen müssen, interessieren sich für dich als Individuum überhaupt nicht. Sie wollen nicht einmal wissen, wer du bist – ein Mädchen liest den Bericht durch und streicht alle Namen, einschließlich deines eigenen, wenn du das nicht selbst gemacht hast, und ersetzt sie durch Ziffern ... bevor ihn ein Analytiker in die Hände bekommt. Du bist nichts als Information, das ist alles. Der Chef hat eine größere Sache vor – ich weiß selbst nicht, was – und er versucht, ausreichende statistische Unterlagen dafür zu beschaffen.«

Ich war befriedigt. »Warum sagt man denn das nicht? Die Anweisung macht nur Ärger.«

Zeb zuckte die Achseln. »Die Semantikabteilung hat das gemacht. Wenn das Propagandabüro den Brief verschickt hätte, wärst du früh aufgestanden und hättest den Bericht vor dem Frühstück fertig gemacht. Übrigens habe ich von deiner Beförderung gehört«, fügte er hinzu. »Herzlichen Glückwunsch.«

»Danke.« Ich grinste ihn an. »Wie fühlst du dich denn als mein Untergebener, Zeb?«

»Was? Hat man dich so weit vorgeschubst? Ich dache, du bist Captain.«

»Bin ich auch.«

»Na, dann entschuldige mal, daß ich lebe – aber ich bin Major.«

»Oh! Gratuliere.«

»Denk dir nichts dabei. Solange man hier nicht mindestens Oberst ist, muß man sein Bett selber bauen.«

Ich war zu angespannt, um mein Bett oft bauen zu können. Meistens schlief ich auf dem Feldbett in meinem Büro, und einmal kam ich eine ganze Woche nicht zum Baden. Mir wurde bald klar, daß die Bruderschaft weitaus größer war, als ich mir je hätte träumen lassen, und vor allem, daß alles auf eine Entladung drängte. Ich sah vor Bäumen den Wald nicht, obwohl bis auf die geheimsten Unterlagen alles über meinen Schreibtisch ging.

Ich bemühte mich, General Huxley vor dem Ersticken in Papier zu bewahren – und dafür wurde ich unter dem Berg begraben. Es kam darauf an, sich zu überlegen, was er tun würde, hätte er Zeit dafür gehabt, um es dann für ihn zu tun. Ich machte natürlich Fehler, aber offensichtlich nicht allzu viele; denn er warf mich nicht hinaus, und drei Monate später war ich Major mit dem tollen Titel eines stellvertretenden Stabschefs. Zum Großteil war das auf den West-Point-Ring zurückzuführen – ein Berufssoldat hat da große Vorteile.

Ich sollte vielleicht hinzufügen, daß Zeb inzwischen Oberstleutnant und amtierender Propagandachef geworden war, da man seinen Abteilungschef zu einem Regionalhauptquartier versetzt hatte, das ich nur unter dem Codenamen Jericho kannte.

Aber ich eile meiner Geschichte voraus. Ich hörte von Judith ungefähr zwei Wochen später – ich erhielt einen netten Brief, dem aber echte Wärme fehlte, dank der Überarbeitung. Ich wollte ihr sofort antworten, kam aber erst eine Woche später dazu – ich wußte auch nicht recht, was ich schreiben sollte. Ich konnte ihr nur sagen, daß es mir gutging.

Die Post nach Mexiko wurde durch einen langen Tunnel befördert, der zum Teil künstlich, zum größten Teil aber natürlich war und unmittelbar unter der internationalen Grenze verlief. Eine kleine elektrische Eisenbahn, wie man sie in Bergwerken findet, lief durch diesen Tunnel und trug nicht nur meine täglichen Kopfschmerzen in Form von amtlicher Post, sondern auch Frachtgut zur Versorgung unserer Stadt. Es gab auf der Arizona-Seite der Grenze noch ein Dutzend anderer Eingänge zur Zentrale, aber ich erfuhr nie, wo sie sich befanden – das war nicht mein Sachgebiet. Das gesamte Areal lag über einer tief hinabreichenden Schicht von paläozoischem Kalkstein und mochte von Kalifornien bis Texas Höhlen enthalten. Das als Zentrale bekannte Gebiet wurde seit über zwanzig Jahren als Zuflucht für Mitglieder der Bruderschaft verwendet. Niemand kannte die ganze Ausdehnung der Höhlen, in denen wir uns befanden. Wir beleuchteten und benützten einfach, was wir brauchten.

## 11

Der Oberste Rat, bestehend aus den Abteilungschefs, General Huxley und einigen anderen, trat einmal oder mehrmals wöchentlich zusammen, um den General zu beraten, Ansichten auszutauschen und die einlaufenden Meldungen durchzuarbeiten. Ungefähr sechs Wochen nach meinem Eintreffen fand eine Sitzung statt, an der ich als Schriftführer teilnahm. Meine Sekretärin war krank, und ich hatte mir zur Bedienung des Sprechschreibers Maggie von G-2 ausgeborgt, weil sie für die höchste Geheimhaltungsstufe zugelassen war. An fähigen Leuten fehlte es immer. Mein nomineller Vorgesetzter, zum Beispiel, war Brigadegeneral Penoyer, der den Titel eines Stabschefs trug. Aber ich sah ihn kaum, weil er zugleich Chef des Waffenamtes war. Huxley machte seine Stabsarbeit selbst, und ich war eine Art höherer Adjutant – ich sorgte sogar dafür, daß er regelmäßig seine Magentropfen einnahm.

Die jetzt anstehende Sitzung sah mehr Mitglieder als gewöhnlich. Die Gebietskommandeure von Gath, Canaan, Jericho, Babylon und Ägypten waren persönlich anwesend. Nod und Damaskus wurden von Abgesandten vertreten – also alle Bereiche der Bruderschaft in den Vereinigten Staaten außer Eden. Wir hatten Telepathen für den Empfang von Louisville bereit, wobei wir einen Ideen-Code verwendeten, den die Telepathen nicht verstanden. Ich spürte, daß etwas Wichtiges im Kommen war, obgleich mich Huxley nicht ins Vertrauen gezogen hatte.

Wir kämpften uns durch die üblichen Routinemeldungen. Man nahm zur Kenntnis, daß wir über 8709 akzeptierte Mitglieder verfügten. Mehr als zehnmal soviel waren als Mitarbeiter registriert, die im Falle eines Aufstandes gegen den Propheten mittun würden, aber in die eigentliche Verschwörung nicht eingeweiht waren.

Die Zahlen an sich waren nicht sehr ermutigend. Wir steckten immer in der Zange: hunderttausend Mann, eine verschwindend kleine Zahl für die Aufgabe, ein Land von der Größe eines Kontinents zu erobern, während die nicht ganz neuntausend Eingeweihten für die notwendige Geheimhaltung als zu großer Kreis gelten mußten. Wir verließen uns notwendigerweise auf das uralte Zellensystem, bei dem keiner mehr weiß, als unbedingt erforderlich ist, und auch nicht viel verraten kann, gleichgültig, was die Inquisition anstellen mochte – nein, nicht einmal, wenn er ein Spion war. Aber selbst in diesem passiven Stadium hatten wir wöchentlich unsere Verluste.

Eine ganze Gruppe war bei einer Sitzung in Seattle überrascht und gefangengenommen worden; ein ernster Verlust, aber nur drei Leute hatten verfänglichere Informationen besessen, und allen dreien war es gelungen, rechtzeitig Selbstmord zu begehen. Wir hatten vier Attentäter verloren, konnten aber dreiundzwanzig erfolgreiche Attentate verzeichnen – einem davon war der Inquisitor für das untere Mississippital zum Opfer gefallen.

Der Chef des Nachrichtenwesens meldete, man dürfe damit rechnen, daß 91 Prozent der Funk- und Fernsehstationen im Land außer Betrieb gesetzt und mit Hilfe von Truppen auch die übrigen erledigt werden könnten – mit Ausnahme der Station in New Jerusalem, ein besonderes Problem.

Der Leiter für Kampftechnik bestätigte die Bereitschaft, die Energiezufuhr in den sechsundvierzig größten Städten lahmzulegen, wiederum mit Ausnahme New Jerusalems, das über einen unter dem Tempel unangreifbar verborgenen Reaktor verfügte. Selbst dort würde man aber erhebliche Störungen in den Verteilerstationen verursachen können, falls die Aufgabe den Einsatz von größeren Einheiten rechtfertigte. Die Verkehrsschlagadern konnten bei den derzeitigen Plänen derart sabotiert werden, daß sich der Verkehr auf 12 Prozent des derzeitigen Standes vermindern würde.

Die Berichte nahmen kein Ende – Zeitungen, Studenten-Aktionsgruppen, Sabotage, Mirakel, Gerüchtpropaganda, Wasserversorgung, Anstiftung zu Unruhen, Gegenspionage, langfristige Wettervorhersage, Waffenverteilung. Im Vergleich zur Revolution ist der Krieg etwas Unkompliziertes. Krieg gilt als angewandte Wissenschaft, mit wohldefinierten Grundsätzen, analoge Lösungen lassen sich überall finden. Aber jede Revolution ist eine Mißbildung, eine Monstrosität, mit unwiederholbaren Bedingungen, gelenkt von Amateuren und Individualisten.

Während Maggie alles aufzeichnete, ordnete ich die Daten und gab sie an den Rechenraum zur Analyse weiter. Ich war viel zu beschäftigt, um im Kopf eine Überschlagsberechnung anzustellen. Es dauerte kurze Zeit, bis die Analytiker die Informationen programmiert und in das Elektronen-›Gehirn‹ eingeführt hatten – dann schnatterte der Schreiber vor mir. Huxley beugte sich herüber und riß den Streifen ab, bevor ich ihn erwischte.

Er warf einen Blick darauf, räusperte sich und wartete, bis es still geworden war.

»Kameraden«, begann er, »wir haben uns vor langer Zeit auf die Methode zur Entscheidung geeinigt. Sobald alle voraussehbaren Faktoren, in Übereinstimmung mit anderen bedeutsamen Tatsachen, ein errechnetes Risiko von zwei zu eins zu unseren Gunsten ergeben würden, wollten wir zuschlagen. Die heutige Lösung der Wahrscheinlichkeitsgleichung, nachdem die variablen Daten durch die Ergebnisse dieser Woche ersetzt wurden, ergibt eine Antwort von 2,13. Ich schlage vor, die Stunde Null zu bestimmen. Was meinen Sie?«

Der Schock fuhr uns in die Glieder. Niemand sagte etwas. Hoffnung, zu lange hinausgezögert, läßt die Realität unwirklich erscheinen – und diese Männer hatten jahrelang gewartet, manche ein Leben hindurch. Dann sprangen sie auf, schrien, schluchzten, fluchten, schlugen einander auf die Schultern.

Huxley blieb ruhig sitzen, bis sie sich gefaßt hatten, ein merkwürdiges Lächeln um die Mundwinkel. Dann stand er auf und meinte ruhig: »Ich glaube nicht, daß wir die Stimmung zu prüfen brauchen. Ich setze die Stunde fest, sobald ich –«

»General! Wenn Sie mich anhören würden! Ich bin nicht Ihrer Meinung.« Zebs Chef, Sektorengeneral Novak, Chef für Psychologie, hob die Hand.

Huxley verstummte, und die plötzliche Stille wirkte beinahe schmerzhaft. Ich war ebenso betäubt wie die anderen.

Huxley sagte leise: »Dieser Rat handelt gewöhnlich nach einstimmigem Urteil. Wir sind seit langem über die Methode einig . . . aber ich weiß, daß Sie nicht ohne gute Gründe widersprechen. Wir werden Sie anhören.«

Novak trat langsam vor. »Meine Herren«, sagte er und ließ den Blick über verwirrte und feindselige Gesichter gleiten, »Sie kennen mich, und Sie wissen, daß ich diesen Tag genauso herbeisehne wie Sie. Ich habe unserer Sache die letzten siebzehn Jahre gewidmet – sie hat mich Familie und Heim gekostet. Aber ich darf Sie nicht ohne Warnung lassen, solange ich davon überzeugt bin, daß die Zeit noch nicht reif ist. Ich glaube, nein, ich weiß mit mathematischer Sicherheit, daß wir zur Revolution noch nicht fähig sind.« Er mußte aufhören und beide Hände heben; man hatte keine Lust, ihn anzuhören. »Lassen Sie mich zu Ende sprechen! Ich gestehe zu, daß alle militärischen Pläne fertig sind. Ich gebe zu, daß wir mit großer Wahrscheinlichkeit in der Lage sein dürften, zu gewinnen, wenn wir jetzt zuschlagen. Trotzdem sind wir noch nicht soweit –«

»Warum nicht?«

»–weil eine Mehrheit des Volkes noch an die etablierte ›Religion‹ glaubt, an die göttliche Autorität des Propheten. Wir können die Macht ergreifen, aber nicht verteidigen.«

»Ausgeschlossen!«

»Hören Sie mich doch an! Kein Volk konnte ohne seine Zustimmung über längere Zeit hinweg in Knechtschaft gehalten werden. Seit drei Generationen sind die Amerikaner von der Wiege an von den schlauesten und gründlichsten Psychotechnikern der Welt präpariert worden. Sie glauben! Läßt man sie jetzt ohne ausreichende psychologische Vorbereitung frei, dann werden sie zu ihren Ketten zurückkehren . . . wie ein Pferd, das in den brennenden Stall zurückrennt. Wir können den Aufstand gewinnen, aber ein blutiger und langer Bürgerkrieg wird die Folge sein – und ihn werden wir verlieren!«

Er machte eine Pause, fuhr sich mit zitternder Hand über die Stirn und sagte zu Huxley: »Das ist alles.«

Mehrere Männer sprangen auf. Huxley wartete, bis Ruhe eingetreten war, dann erteilte er Brigadier Penoyer das Wort.

»Ich möchte Mr. Novak ein paar Fragen stellen«, sagte Penoyer.

»Bitte.«

»Kann uns seine Abteilung sagen, welcher Prozentsatz der Bevölkerung wirklich fromm ist?«

Zebediah, der seinem Chef assistierte, hob den Kopf. Als Novak nickte, erwiderte er: »Zweiundsiebzig Prozent, plus oder minus drei Prozent.«

»Und der Prozentsatz, der insgeheim gegen die Regierung ist, ob er nun mit uns zusammenarbeitet oder nicht?«

»Einundzwanzig Prozent mit proportionaler Fehlerquote. Der Rest kann als konformistisch eingestuft werden.«

»Auf welche Weise wurden diese Zahlen gewonnen?«

»Überraschungshypnose eines repräsentativen Qurchschnitts.«

»Können Sie den Trend angeben?«

»Jawohl. Die Regierung verlor während der ersten Jahre der laufenden Depression rasch an Boden, dann begradigte sich die Meßkurve. Das neue Gesetz über den Zehnten und bis zu einem gewissen Grade die verschärften Landstreicher-Bestimmungen waren unpopulär. Die Regierung mußte erneut Verluste hinnehmen, bis die Meßkurve sich auf tieferem Niveau wieder einpegelte. Ungefähr um dieselbe Zeit zog die Wirtschaft wieder etwas an, aber zur gleichen Zeit begannen wir mit unserem verstärkten Propagandafeldzug, seither verliert die Regierung während der vergangenen fünfzehn Monate langsam, aber stetig an Vertrauen.«

»Und was zeigt die erste Ableitung?«

Zeb zögerte, und Novak sprang für ihn ein. »Man muß die zweite Ableitung berücksichtigen«, sagte er mit gepreßter Stimme. »Das Tempo nimmt zu.«

»Nun?«

Der Psycho-Chef erwiderte fest, aber widerwillig: »Bei Extrapolierung würde es noch drei Jahre und acht Monate dauern, bis wir angreifen können.«

Penoyer wandte sich wieder an Huxley. »Ich habe meine Antwort, Sir. Bei allem Respekt vor General Novak und seiner wissenschaftlichen Arbeit sage ich – das Eisen schmieden, solange es glüht! Wir bekommen vielleicht nie mehr eine solche Chance.«

Die anderen standen auf seiner Seite. »Penoyer hat recht! Wenn wir warten, wird man uns verraten.« – »So etwas kann man nicht ewig aufschieben.« – »Gewinnen wir doch erst mal . . . und zerbrechen wir uns den Kopf über Anhänger, wenn wir die Nachrichtenverbindungen kontrollieren.« – »Zuschlagen! Jetzt zuschlagen!«

Huxley ließ sie schreien. Er blieb mit ausdruckslosem Gesicht sitzen, bis sie sich beruhigten. Ich blieb still, weil ich dem Rang nach hier keine Stimme hatte, aber ich war Penoyers Meinung. Ich konnte mir keine Wartezeit von weiteren vier Jahren vorstellen.

Ich sah, daß sich Zeb ernsthaft mit Novak unterhielt. Sie schienen verschiedener Meinung zu sein und kümmerten sich nicht um das Geschrei. Als Huxley endlich die Hand hob, stand Novak auf und hastete zum General. Huxley hörte eine Weile zu, wirkte verärgert, dann unentschlossen. Novak winkte Zeb herbei. Die drei Männer flüsterten eine Weile miteinander, während der Rat wartete.

Schließlich wandte sich Huxley wieder an alle. »General Novak hat einen Plan vorgeschlagen, der die ganze Lage verändern könnte. Die Sitzung ist bis morgen vertagt.«

Novaks – oder Zebs – Plan I verlangte eine Verschiebung von beinahe zwei Monaten, bis zum Tag des jährlichen Mirakels der Inkarnation. Man hatte nichts Geringeres vor als das Mirakel selbst anzutasten. Im nachhinein ein wichtiger und wahrscheinlich entscheidender Schachzug. Novak hatte recht. Letztlich beruht die Stärke eines Diktators nicht auf den Waffen, sondern auf dem Glauben, den sein Volk zu ihm hat. Siehe Cäsar, Napoleon, Stalin. Zuerst müßte man die Grundlage der Macht des Propheten angreifen: den allgemeinen Glauben, daß er im direkten Auftrag des Himmels handelte.

Zukünftige Generationen werden die Bedeutung für den religiösen Glauben wie für die politische Macht nie begreifen können. Um sie auch nur verstandesmäßig zu verstehen, muß man erkennen, daß die Leute tatsächlich glaubten, der Erste Prophet kehre jedes Jahr einmal körperlich vom Himmel zurück, um die Herrschaft seines von oben ernannten Nachfolgers zu überprüfen und ihn in seinem Amt zu bestätigen. Die Leute glaubten das – die Minderheit von Zweiflern wagte nicht, das Thema offen zur Diskussion zu stellen, aus Furcht, von den erregten Massen zerrissen zu werden . . . und ich meine das buchstäblich. Es wäre wesentlich ungefährlicher gewesen, die Nationalflagge anzuspucken.

Ich selbst hatte daran geglaubt, mein ganzes Leben lang. Ich wäre nie auf den Einfall gekommen, einen derart grundlegenden Glaubensartikel in Zweifel zu ziehen – dabei bin ich, was man einen gebildeten Mann nennt, der die Geheimnisse kleinerer Mirakel kannte.

Ich glaubte daran.

Die folgenden zwei Monate ließen die endlose Spannung von Warteperioden entstehen; dabei waren wir so überlastet, daß jeder Tag, jede Stunde zu kurz war. Abgesehen von der Vorbereitung der Intervention beim Mirakel benützten wir die Zeit dazu, unsere Waffen zu verfeinern. Zeb und sein Chef, Sektorengeneral Novak, wurden sofort abgestellt. Novaks Befehl lautete: » – begeben Sie sich nach Beulahland und übernehmen Sie die Aktion Bedrock.« Ich las den Befehl.

Huxley verließ die Zentrale gemeinsam mit ihnen und blieb über eine Woche fort. In dieser Zeit fungierte Penoyer als Kommandierender. Der General erzählte mir natürlich nicht, warum er wegging und wohin, aber ich konnte es mir zusammenreimen. Aktion Bedrock war ein psychologisches Manöver, aber die Mittel mußten physischer Art sein – und mein Chef war einmal Leiter der Abteilung für angewandte Mirakel in West Point gewesen, galt sogar als der beste Physiker in der gesamten Bruderschaft. Jedenfalls konnte ich mir ausrechnen, daß er selbst für ausreichende Mittel und narrensichere Methoden zu sorgen gedachte. Er mochte sogar in dieser Woche selbst zu Lötkolben, zu Schraubenzieher und Elektronenmikrometer gegriffen haben – der General scheute sich nicht davor, schmutzige Hände zu bekommen.

Huxley fehlte mir. Penoyer neigte dazu, in Kleinigkeiten meine Entscheidungen umzustoßen und seine wie meine Zeit mit Dingen zu vergeuden, die soviel Aufmerksamkeit nicht verdienten. Aber auch er fehlte vorübergehend. Reges Kommen und Gehen herrschte, und mehr als einmal mußte ich zum jeweils Dienstältesten gehen, ihn informieren, daß er den Chef zu vertreten hatte, und seine Unterschrift erzwingen. Auf alle Routinepapiere des internen Schriftwechsels kritzelte ich eine möglichst unleserliche Unterschrift – ich glaube nicht, daß das jemandem auffiel.

Bevor Zeb wegging, passierte noch etwas, das mit der Bevölkerung der Vereinigten Staaten und dem Kampf um die Wiedergewinnung ihrer Freiheit nichts zu tun hatte – aber meine persönlichen Angelegenheiten sind mit diesem Bericht derart verquickt, daß ich den Vorfall erwähne.

Ich saß an meinem Schreibtisch und versuchte, der Papierflut Herr zu werden, als man mich anrief, ich möge so bald wie möglich bei Zebs Chef vorsprechen. Nachdem er seine Befehle bereits erhalten hatte, verständigte ich Huxleys Ordonnanz und hastete hinüber.

Er winkte ab, als ich salutierte. »Major, ich habe einen Brief für Sie, den man zur Entscheidung herübergegeben hat, ob er umgeschrieben oder vernichtet werden soll. Auf dringende Anregung eines meiner Abschnittsleiter übernehme ich jedoch die Verantwortung, Sie den Brief ohne Umschreibung lesen zu lassen. Sie müssen das aber hier tun.«

Ich sagte: »Jawohl, Sir«, und machte ein dummes Gesicht.

Er gab ihn mir. Er war ziemlich lang und hätte wohl ein halbes Dutzend verschlüsselter Mitteilungen enthalten können, sogar Dinge, die auch die Umschreibung zu überstehen vermochten. Ich kann mich nicht mehr an den genauen Wortlaut entsinnen – nur an die Wirkung, die er auf mich hatte. Er stammte von Judith.

»Mein lieber John . . . ich werde immer gerne an dich denken und niemals vergessen, was du für mich getan hast . . . nie für einander bestimmt . . . Mr. Mendoza äußerst zuvorkommend . . . du wirst mir sicher verzeihen . . . er braucht mich; das Schicksal hat uns zusammengeführt . . . falls du jemals nach Mexiko City kommen solltest, mußt du unser Heim als dein eigenes betrachten . . . ich werde dich immer als meinen älteren, klügeren Bruder sehen und stets deine Schwester sein.« Da war noch mehr, viel mehr, alles im selben Stil – ›jemandem etwas vorsichtig beibringen‹ nennt man das wohl.

Novak nahm mir den Brief ab. »Ich wollte Ihnen nicht Zeit lassen, ihn auswendig zu lernen«, sagte er trocken, dann warf er den Brief in seinen Tischbrenner. Er sah mich an. »Vielleicht setzen Sie sich einen Augenblick. Rauchen Sie?«

Ich setzte mich nicht, aber um mich drehte sich die Welt mit solcher Geschwindigkeit, daß ich die Zigarette nahm und mir von ihm Feuer geben ließ. Dann wäre ich beinahe am Tabakrauch erstickt, und das körperliche Unbehagen brachte mich in die Wirklichkeit zurück. Ich dankte ihm und ging – eilte zu meinem Zimmer, rief mein Büro an und hinterließ, wo man mich finden konnte, falls mich der General dringend brauchte. Aber ich sagte meiner Sekretärin, ich sei plötzlich erkrankt, und man möge mich nicht stören, wenn sich das irgendwie machen ließe.

Ich blieb etwa eine Stunde dort – auf dem Bett liegend, mit dem Gesicht nach unten. Ich tat nichts, ich dachte nicht einmal nach. Dann wurde leise an die Tür geklopft, und Zeb steckte den Kopf herein.

»Wie fühlst du dich?« fragte er.

»Miserabel«, sagte ich.

Er kam herein, setzte sich auf einen Stuhl und sah mich an. Ich rollte mich zur Seite und setzte mich auf.

»Laß dich nicht unterkriegen, Johnnie«, meinte er ruhig.

»Du hast ja keine Ahnung!«

»Nein, die habe ich nicht«, stimmte er zu. »Jeder Mensch ist sein eigener Gefangener, auf Lebenszeit in Einzelhaft. Trotzdem, in dieser Hinsicht ist die Statistik durchaus verläßlich. Tu mir einen Gefallen. Stell dir Judith vor. Ruf dir ihre Züge ins Gedächtnis. Versuch, ihre Stimme zu hören.«

»Was?«

»Tu's.«

Ich versuchte es, ich bemühte mich wirklich – man möchte es nicht glauben, es ging nicht. Ich hatte nie ein Bild von ihr gehabt. Ihr Gesicht blieb verschwommen.

Zeb beobachtete mich. »Du wirst wieder gesund«, sagte er nachdrücklich. »Paß auf, Johnnie . . . ich hätte dir Bescheid sagen können. Judith ist eine sehr weibliche Frau, aber ohne Verstand. Und sehr attraktiv. Sie mußte einen Mann finden, das war ganz klar. Aber es hat keinen Zweck, das einem Verliebten einzureden.« Er stand auf. »Johnnie, ich muß fort. Es paßt mir gar nicht, dich jetzt in diesem Zustand alleine zu lassen, aber Novak ist schon fertig. Er wird mich sowieso abkanzeln, weil ich ihn so lange aufgehalten habe. Aber noch ein Rat, bevor ich gehe –«

Ich wartete.

»Ich schlage vor«, fuhr er fort, »daß du dich sehr oft mit Maggie triffst, während ich fort bin. Sie ist großartige Medizin.«

Er wandte sich zur Tür.

Ich sagte scharf: »Zeb – was ist mit Maggie und dir gewesen? Etwas Ähnliches wie das hier?«

Er sah mich an. »Was? Nein. Ganz und gar nicht das gleiche. Es war nicht - - - nun, es läßt sich nicht vergleichen.«

»Ich verstehe dich nicht – ich glaube, ich verstehe die Menschen einfach nicht. Du drängst mich, daß ich viel mit Maggie zusammensein soll – und ich dachte, sie wäre dein Mädchen. Äh – wirst du nicht eifersüchtig?«

Er starrte mich an, lachte und schlug mir auf die Schulter. »Sie ist freie Bürgerin, Johnnie, glaub mir. Wenn du Maggie jemals weh tun würdest, bräche ich dir jeden Knochen einzeln. Aber da brauche ich bei dir keine Angst zu haben. Eifersüchtig? Nein. Das hat nichts damit zu tun. Ich halte sie für die großartigste Frau, die mir je begegnet ist – aber lieber würde ich eine Berglöwin heiraten.«

Damit ging er, und ich starrte ihm mit offenem Mund nach. Aber ich befolgte seinen Rat, oder Maggie tat es für mich. Maggie wußte über alles Bescheid – über Judith, meine ich –, und ich nahm an, daß ihr Zeb Bescheid gesagt hatte. Das stimmte nicht. Judith hatte ihr geschrieben. Jedenfalls brauchte ich sie nicht zu suchen; sie kam sofort an diesem Abend, nach dem Essen. Ich unterhielt mich eine Weile mit ihr und fühlte mich besser, so viel besser, daß ich ins Büro zurückging und die versäumte Zeit aufholte.

Danach machten Maggie und ich es uns zur Gewohnheit, nach dem Abendessen miteinander spazierenzugehen. Manchmal konnte ich nur zwanzig Minuten oder weniger erübrigen, bevor ich wieder am Schreibtisch sein mußte – aber das war immer der Höhepunkt des Tages. Ich freute mich jedesmal darauf.

Auch ohne die von Flutlicht erhellte große Höhle, ohne die bezeichneten Wege zu verlassen, konnte man herrliche Spaziergänge machen. Hatte ich mindestens eine Stunde Zeit, dann gab es vor allem einen Platz, den wir bevorzugten – im Norden der großen Höhle, knapp einen Kilometer von den Häusern entfernt. Der Pfad schlängelte sich zwischen erstarrten Kalksteinpilzen, großen Säulen und phantastischen Formen dahin, die keine Namen haben und je nach Stimmung wie gequälte Seelen oder riesige exotische Blumen aussehen. Dreißig Meter über dem Hauptplateau hatten wir eine Stelle nur wenige Meter vom zugelassenen Weg gefunden, wo eine natürliche Steinbank stand. Dort saßen wir, auf das Spielzeugdorf hinunterstarrend, und unterhielten uns, während Maggie rauchte. Ich hatte mir angewöhnt, ihr Feuer zu geben, wie ich es bei Zeb gesehen hatte. Diese Aufmerksamkeit gefiel ihr.

Ungefähr sechs Wochen nach Zebs Abreise und nur Tage vor der Stunde Null saßen wir wieder oben und besprachen, wie nach der Revolution alles sein und was wir mit uns anfangen würden. Ich meinte, ich würde wohl in der regulären Armee bleiben, vorausgesetzt, daß es sie gab und man mich nahm.

»Was wirst du tun, Maggie?«

»Soweit habe ich noch nicht gedacht, John. Ich habe keinen Beruf – das heißt, wir tun unser Bestes, um jenen, den ich hatte, überflüssig zu machen.« Sie lächelte. »Ich habe nichts Vernünftiges gelernt. Ich kann kochen, nähen und einen Haushalt führen. Ich stellte mich wohl als Haushälterin ganz gut – geschultes Dienstpersonal ist immer rar, heißt es.«

Maggie? Maggie, die mir mindestens zweimal das Leben gerettet und nie gezögert hatte, zu tun, was getan werden mußte, als Haushälterin? Niemals!

»Hör mal, das ist doch nicht nötig«, erklärte ich.

»Das kann ich aber.«

»Na ja, schon – aber hör mal, warum kochst du nicht für mich, warum führst du mir nicht den Haushalt? Ich werde genug für uns beide verdienen, selbst wenn ich in meinen früheren Rang zurückversetzt werde. Vielleicht ist das nicht sehr viel – aber, na ja, es würde reichen.«

Sie sah auf. »John, wie großzügig!« Sie drückte die Zigarette aus und warf sie weg. »Ich weiß es zu schätzen – aber das läßt sich nicht machen. Nach unserem Sieg wird es wohl genausoviel Klatschbasen geben wie vorher. Dein Colonel wäre sicher nicht einverstanden.«

Ich wurde feuerrot und schrie: »So habe ich das doch gar nicht gemeint!«

»Was? Wie denn dann?«

Ich hatte es noch nicht gewußt, bis es ausgesprochen war. Jetzt wußte ich es und fand die Worte nicht. »Ich habe gemeint – hör zu, Maggie, du scheinst mich doch ganz gut leiden zu können . . . und wir verstehen uns. Das heißt, warum wollen wir nicht . . .« Ich verstummte.

Sie stand auf und sah mich an. »John, machst du mir einen Heiratsantrag?«

»Na ja, so ungefähr«, brummte ich. Es störte mich, sie vor mir stehen zu sehen, also stand ich auch auf.

Sie sah mich ernst an und forschte in meinem Gesicht, dann sagte sie leise: »Ich bin . . . dir dankbar . . . und ich bin tief gerührt. Aber – o nein, John.« Sie begann zu weinen, faßte sich aber bald und sagte: »Jetzt hast du mich zum Weinen gebracht. Ich habe jahrelang nicht geweint.«

Ich wollte die Arme um sie legen, aber sie schob mich weg. »Nein, John! Hör mich erst an. Ich nehme die Stellung als Haushälterin bei dir an, aber ich heirate dich nicht.«

»Warum nicht?«

»Warum nicht? Ach, Lieber, mein Lieber – weil ich eine müde, alte Frau bin, deswegen.«

»Alt? Du kannst doch höchstens ein oder zwei Jahre älter sein als ich. Das spielt doch keine Rolle.«

»Ich bin tausend Jahre älter als du. Denke daran, was ich bin – wo ich war – was ich erlebt habe. Zuerst war ich ›Braut‹, wenn man es so nennen will, beim Propheten.«

»Dafür kannst du nichts.«

»Vielleicht. Dann war ich die Geliebte deines Freundes Zebediah. Wußtest du das?« – »Na ja . . . ich war ziemlich sicher.«

»Das ist nicht alles. Es gab viele Männer. Manche, weil es sein mußte und eine Frau wenig bieten kann. Manche aus Einsamkeit oder sogar aus Langeweile. Wenn der Prophet einer Frau überdrüssig ist, hält sie sich nicht mehr für sehr wertvoll.«

»Das ist mir egal! Das spielt keine Rolle!«

»Das sagst du jetzt. Später würde es dich stören, sehr sogar. Ich glaube, ich kenne dich.«

»Dann kennst du mich eben nicht. Wir fangen von neuem an.«

Sie seufzte. »Du glaubst, daß du mich liebst, John?«

»Was? Ja, ich denke schon.«

»Du liebst Judith. Jetzt bist du verletzt – also glaubst du, daß du mich liebst.«

»Aber – ach, ich weiß doch gar nicht, was Liebe ist. Ich möchte, daß du mich heiratest und bei mir lebst.«

»Ich weiß es auch nicht«, sagte sie sehr leise. Dann kam sie in meine Arme, so einfach und natürlich, als hätte sie schon immer dorthin gehört.

Ich fragte sie: »Du wirst mich also heiraten?«

Sie warf den Kopf in den Nacken und schien zu erschrecken. »O nein.«

»Was? Aber ich dachte –«

»Nein, Liebster, nein! Ich führe deinen Haushalt, koche für dich. Aber du brauchst mich nicht zu heiraten.«

»Aber – Maggie, so will ich es aber nicht!«

»Du willst nicht? Das werden wir sehen.« Sie löste sich aus meinen Armen. »Wir sehen uns heute nacht. Gegen ein Uhr – wenn alles schläft. Laß die Tür unverriegelt.«

»Maggie!« schrie ich.

Sie lief den Pfad hinunter, wie im Flug. Ich versuchte sie einzuholen, stolperte über einen Stalagmiten und stürzte. Als ich mich aufgerafft hatte, war sie verschwunden.

Etwas fand ich merkwürdig – ich hatte Maggie immer für ziemlich groß gehalten, stattlich, beinahe so groß wie ich. Aber als ich sie in den Armen hielt, war sie klein. Ich mußte mich hinunterbeugen, um sie zu küssen.

## 12

Am Abend des Mirakels waren wir im Haupt-Nachrichtenraum versammelt – mein Chef und ich, der Nachrichtenleiter und seine Techniker, einige Stabsoffiziere. Eine Handvoll Männer und einige Dutzend Frauen, zu viele, um in diesem Raum Platz zu finden, befanden sich im Zentralkasino, wo man einen Fernsehschirm für sie aufgestellt hatte. Unsere unterirdische Festung war zu einer Geisterstadt geworden, besetzt von einer kleinen Mannschaft, um die Nachrichtenverbindung für den Kommandeur aufrechtzuerhalten. Alles andere hatte sich in Kampfstellung begeben. Wir wenigen Zurückgebliebenen hatten in diesem Stadium keine Kampfaufgabe. Die Strategie stand fest; die Stunde Null begann mit dem Mirakel. Taktische Entscheidungen für einen ganzen Kontinent ließen sich nicht vom Hauptquartier aus treffen, und Huxley wußte das. Seine Truppen waren auseinandergezogen, die Verantwortung lag jetzt bei den einzelnen Offizieren. Er konnte nichts anderes tun als warten und hoffen.

Uns ging es genauso – ich war in meinem ganzen Leben noch nie so nervös gewesen.

Der Bildschirm vor uns zeigte in strahlenden Farben und vollkommener Perspektive das Innere des Tempels. Die Zeremonien hatten den ganzen Tag beansprucht – Prozessionen, Hymnen, Gebete und wieder Gebete, Gesang, die endlose Monotonie eines prächtigen Rituals. Mein altes Regiment hatte Aufstellung genommen, mit schimmernden Helmen und präzise ausgerichteten Speeren. Ich entdeckte Peter van Doorn, regungslos vor seiner Abteilung.

Ich wußte aus eigener Erfahrung, daß van Doorn eine Kopie des Films gestohlen hatte, den wir unbedingt brauchten. Seine Anwesenheit bei der Zeremonie hob unsere Stimmung: unsere Pläne wären undurchführbar gewesen, hätte man den Diebstahl entdeckt.

Aber dort stand er.

An den Wänden waren ein Dutzend kleinerer Fernsehschirme aufgestellt, die Bilder aus ebenso vielen Großstädten zeigten – Massenversammlungen im Rittenhouse Square, die überfüllte Hollywood Bowl, Scharen in den örtlichen Tempeln. Überall waren die Augen der Menschen auf einen gigantischen Fernsehschirm gerichtet, der dieselbe Szene aus dem Großtempel übertrug, die auch wir verfolgten. In ganz Amerika spielte sich in diesem Augenblick das gleiche ab – jeder, der es nur irgendwie schaffte, saß oder stand irgendwo vor einem Fernsehschirm und erwartete das Mirakel der Inkarnation.

Hinter uns beugte sich ein Psychotechniker über eine hypnotisierte Telepathin, ein Mädchen von ungefähr neunzehn Jahren, das plötzlich zu murmeln begann. Der Techniker rückte näher heran. Dann wandte er sich an Huxley und den Nachrichtenchef. »Der Sender ist in unserer Gewalt.«

Huxley nickte nur. Ich hätte am liebsten Purzelbäume geschlagen, wäre ich nicht so mitgenommen gewesen. Hier ging es um den entscheidenden Schlag, der sich erst Minuten vor dem Mirakel ausführen ließ. Da der Fernsehfunk nur in Sichtlinie oder über eigene Kabel senden kann, vermochten wir das Programm nur am Ursprungsort zu beeinflussen. Dieser Erfolg machte mich trunken – bis mir einfiel, daß keiner dieser Männer die Nacht überleben würde.

Aber wenn sie sich auch nur wenige Minuten hielten, so war ihr Leben verwirkt.

Der Nachrichtenchef berührte Huxley am Arm. »Es kommt, Sir.« Das Kameraauge glitt zur Rückseite des Tempels, über den Altar und richtete sich auf einen elfenbeinernen Bogengang über und hinter den Altar auf den Eingang zum Sanctum sanctorum. Es war mit schweren Goldbrokatportieren verhängt.

»Sie können jetzt jeden Augenblck übernehmen, Sir.«

Huxley wandte sich dem Psychotechniker zu. »Sind wir soweit? Versuchen Sie eine Meldung aus der Station zu bekommen.«

»Noch nicht, Sir. Ich sage Ihnen Bescheid.«

Ich konnte die Augen nicht vom Bildschirm lösen. Nach endlosem Warten bewegten sich die Vorhänge, teilten sich langsam, glitten zur Seite – und dort, beinahe in Lebensgröße, so wirklich, daß ich das Gefühl hatte, er würde im nächsten Augenblick aus dem Bild auf uns zutreten, war der Prophet!

Er drehte den Kopf, ließ den Blick hin und her gleiten, dann sah er mir direkt in die Augen. Ich atmete tief ein und sagte unwillkürlich: »Sie meinen, daß wir das kopieren können?«

Der Nachrichtenchef nickte. »Bis auf den Millimeter, so wahr ich hier sitze. Unser bester Schauspieler, vorbereitet durch die besten Kosmetikchirurgen. Das kann schon unser Film sein.«

»Aber das ist doch echt.«

Huxley sah mich von der Seite an. »Etwas weniger Gerede, Lyle, wenn ich bitten darf.« Ich verstummte und starrte wieder den Bildschirm an. Dieses machtvolle, überwältigende Gesicht – dieser durchbohrende Blick – ein Schauspieler? Nein! Ich kannte dieses Gesicht. Ich hatte es in zu vielen Zeremonien zu oft gesehen. Irgend etwas war schiefgegangen, und hier stand der Prophet selbst. Ich begann vor Angst zu schwitzen. Ich glaube wirklich, ich hätte meinen Verrat gestanden und mich seiner Gnade anempfohlen, hätte er mich vom Bildschirm her mit dem Namen angesprochen.

»Erreichen Sie New Jerusalem nicht?« fragte Huxley gereizt.

Der Psychotechniker hob die Brauen. »Nein, Sir. Tut mir leid, Sir.«

Der Prophet begann mit seiner Beschwörung.

Seine zwingende, tiefe Stimme rollte durch überzeugende Satzbauten. Dann erbat er den Segen des Ewigen Gottes für sein Volk. Er machte eine Pause, sah mich wieder an, hob die Augen zum Himmel, streckte die Arme empor und begann seine Bitte an den Ersten Propheten, flehte ihn an, seinem Volk die Gnade zuteil werden zu lassen, sich im Fleisch zu zeigen, und bot für diesen Zweck das Fleisch des derzeitigen Propheten als Mittel an. Er wartete.

Und die Umwandlung begann – es lief mir kalt über den Rücken. Ich wußte jetzt endgültig, daß wir verloren hatten. Irgendwie hatte unser Plan versagt –, und Gott allein wußte, wie viele von unseren Leuten durch diesen Fehler den Tod gefunden hatten.

Die Züge des Propheten begannen sich zu verwandeln. Er wuchs um mehrere Zentimeter; seine Robe wurde schwarz – und an seiner Stelle, im Cutaway einer vergangenen Zeit, stand Reverend Nehemia Scudder, Erster Prophet und Gründer des Neuen Reichs. Mein Magen verkrampfte sich vor Angst und Qual; ich war wieder ein kleiner Junge, der das Schauspiel zum erstenmal in der Kirche seines Sprengels verfolgte.

Zuerst sprach er zu uns von seiner Sorge um unser Volk. Langsam geriet er in Erregung, sein Gesicht war schweißüberströmt, die Hände verkrampften sich. Mein Herz begann schneller zu schlagen. Er predigte gegen die Sünde in allen Gestalten – gegen die Hure, deren Mund wie Honig ist, gegen die Sünden des Fleisches, gegen die Sünden des Geistes, gegen die Geldwechsler . . .

Auf dem Höhepunkt seiner Leidenschaft wandte er sich überraschend einem neuen Thema zu. »Aber ich bin heute nicht zu Euch zurückgekehrt, um von den Sünden der kleinen Leute zu sprechen. Nein! Ich komme, um Euch etwas Furchtbares zu sagen und Euch zu bitten, daß Ihr Euch zum Kampf gürtet. Armaggedon steht vor der Tür! Steht auf und kämpft! Denn Satan ist unter Euch! Er ist hier! Hier unter Euch! Mit der Falschheit der Schlange ist er unter Euch getreten und hat die Gestalt des Vertreters des Allmächtigen Propheten angenommen! Ja! Er hat sich verkleidet und ist in die Gestalt des Propheten geschlüpft!

Tötet ihn! Tötet seine Anhänger! Vernichtet sie!«

## 13

»Bruehler meldet sich von der Station«, sagte der Psychotechniker leise. »Die Station hat zu senden aufgehört und wird in etwa dreißig Sekunden zerstört. Wir werden versuchen, vor der Explosion den Rückzug anzutreten. Viel Glück, Ende der Meldung.«

Huxley murmelte etwas vor sich hin und verließ den Raum. Der Bildschirm war dunkel geworden. Die kleineren Bildröhren, Monitorbilder aus dem ganzen Land, zeigten grenzenlose Verwirrung. Überall wurde gekämpft. Ich verfolgte die Ereignisse und versuchte auszumachen, wer Freund und wer Feind war. In der Hollywood Bowl stürmte die Menge auf die Bühne und trampelte Beamte und Prediger nieder. Außen waren zahlreiche Wachen aufgestellt, aber statt des erwarteten mörderischen Feuers gab es nur ein Aufblitzen von einem Stativ auf dem Hügel nordöstlich der Bühne, und die Wachen brachen zusammen.

Anscheinend hatte das Unternehmen gegen den Propheten mehr Erfolg als erwartet. Wenn die Regierungstruppen überall so in Unordnung gerieten wie in der Hollywood Bowl, würde es keinen Kampf, sondern nur die Konsolidierung einer feststehenden Tatsache geben.

Das Bild aus Hollywood verschwand, und ich wandte mich einem anderen Schirm zu. Portland, Oregon. Auch hier war der Kampf in vollem Gange. Ich sah Männer mit weißen Armbinden, das einzige an Uniform, was wir uns für die Stunde Null zugestanden hatten – aber nicht nur unsere Leute kämpften. Ich sah, wie ein bewaffneter Wächter niedergestreckt wurde und sich nicht mehr erhob.

Meldungen und erste Kampfberichte liefen ein, nun, da wir unsere eigenen Funkverbindungen einzusetzen wagten – nun, da wir endlich auf den Plan getreten waren. Ich kehrte zu meinem Chef zurück, um ihm zu helfen. Ich war wie betäubt und sah immer noch das Gesicht des Propheten – beider Propheten vor mir. Wenn ich schon so beeinflußt gewesen war, was mußten die anderen Leute denken? Die Frommen, die Gläubigen?

Der erste klare Bericht kam von Lucas aus New Orleans:

›Stadtzentrum, Energieanlagen und Funkstationen in unserer Gewalt. Aufräumgruppen bemächtigten sich der Polizeistationen. Bundestruppen durch Stereosendung demoralisiert. Vereinzelte Kämpfe unter den Wachtruppen. Kaum organisierter Widerstand. Unter Kriegsrecht wird Ordnung wiederhergestellt. –

Lucas.‹

Dann strömten die Berichte heran: Kansas City, Detroit, Philadelphia, Denver, Boston, Minneapolis – alle großen Städte. Sie waren unterschiedlich, erzählten aber alle die gleiche Geschichte; der Ruf unseres künstlichen Propheten, unmittelbar gefolgt von sofortiger Unterbrechung aller Nachrichtenverbindungen, hatte die Regierungsstreitkräfte zu einem Körper ohne Kopf werden lassen. Die Macht des Propheten beruhte auf Aberglauben und Betrug; wir hatten ihn mit seinen eigenen Waffen geschlagen.

## 14

St. Louis wurde vorübergehend zur Hauptstadt bestimmt, der zentralen Lage wegen. Ich flog Huxley selbst dorthin. Wir übernahmen den Stützpunkt des Propheten und gaben ihm den alten Namen – Jefferson-Kaserne – zurück. Wir übernahmen auch die Gebäude der Universität und gaben ihr den Namen Washington wieder. Auch wenn den Leuten die wahre Bedeutung dieser Namen nicht mehr vertraut war, würden sie sie bald wieder verstehen.

Huxleys erste Handlung als Militärgouverneur – er lehnte es ab, sich auch nur als Übergangspräsident bezeichnen zu lassen – bestand jedoch darin, jede offizielle Beziehung zwischen uns und der freien Armee der Vereinigten Staaten zu beenden. Die Bruderschaft hatte ihren Zweck erfüllt, hatte die Hoffnungen freier Menschen wachgehalten; jetzt war es an der Zeit, die öffentlichen Angelegenheiten auch von der Öffentlichkeit regeln zu lassen. Der Befehl wurde nicht bekanntgegeben, weil die meisten Menschen nichts von uns wußten.

Eine notwendige Ausnahme wurde gemacht: bei der Gruppe in New Jerusalem, denn wir hatten New Jerusalem noch nicht besetzen können, obwohl das Land uns gehörte.

Das war ernster, als es klingen mag. Wir hatten zwar das Land unter militärischer Kontrolle und alle Nachrichtenzentralen besetzt; obwohl die Regierungstruppen demoralisiert, zum großen Teil zerstreut oder entwaffnet und gefangen waren, hielten wir das Herz des Landes immer noch nicht in unseren Händen. Über die Hälfte der Bevölkerung gehörte nicht zu uns; die Menschen waren betroffen, verwirrt und unorganisiert. Solange der Prophet lebte, solange der Tempel noch als Sammelpunkt diente, bestand die Möglichkeit für ihn, uns den Sieg abzujagen.

Ein Betrug, wie wir ihn gewagt hatten, wirkt nur vorübergehend; die Menschen kehren zu ihren alten Denkgewohnheiten zurück. Der Prophet und seine Kohorten waren keine Dummköpfe, zu ihnen gehörten die klügsten Psychologen der Erde. Unsere Gegenspionage begann deutlich zu spüren, daß sie ihren eigenen Untergrund aufbauten, sich der Frommen und jener großen Minderheit bedienend, die sich unter dem alten Regime bereichert hatte. Wir vermochten diese Konterrevolution nicht zu stoppen. Nun – dem Propheten war es auch nicht gelungen, uns aufzuhalten, trotz der um vieles größeren Schwierigkeiten. Die Spione des Propheten konnten in den kleineren Städten und auf dem Lande beinahe ganz offen operieren. Wir hatten kaum genug Leute, die Fernsehstationen zu bewachen – und konnten nicht unter jeden Tisch einen Aufpasser setzen.

Bald war es ein offenes Geheimnis, daß wir den Streitruf gefälscht hatten. Man möchte glauben, diese Tatsache hätte allen Leuten die

Augen darüber geöffnet, daß alle Mirakel der Inkarnation Schwindel gewesen waren – Trickfernsehen, mehr nicht. Ich erwähnte das Zebediah gegenüber und wurde meiner Naivität wegen ausgelacht. Die Leute glauben, was sie glauben wollen, Logik hat damit nichts zu tun, versicherte er mir. In diesem Fall wollten sie an ihre alte Religion glauben, wie sie ihnen von den Eltern eingepflanzt worden war; sie gab ihnen ihre Sicherheit zurück. Ich konnte das nachfühlen.

Jedenfalls mußte New Jerusalem fallen – und die Zeit war gegen uns.

Während wir uns über dieses Problem die Köpfe zerbrachen, wurde im großen Auditorium der Universität eine provisorische verfassunggebende Versammlung einberufen. Huxley eröffnete sie und lehnte erneut den durch Akklamation angebotenen Präsidententitel ab – dann erklärte er rundheraus, daß alle Gesetze seit dem Amtsantritt von Präsident Nehemiah Scudder null und nichtig seien und die alte Verfassung ab sofort wieder in Kraft trete, eingeschränkt nur von den Erfordernissen vorübergehender militärischer Kontrolle. Der einzige Zweck dieser Maßnahmen sei, die Wiederherstellung einer freien demokratischen Regierung zu fördern; alle dauerhaften Änderungen, falls überhaupt nötig, müßten bis nach den freien Wahlen zurückgestellt werden.

Dann überließ er Novak den Vorsitz und ging.

Ich hatte keine Zeit für Politik, drückte mich aber vor der Arbeit und verfolgte fast eine ganze Nachmittagssitzung, weil mir Zebediah verraten hatte, daß Spektakuläres vor sich gehen werde. Einer von Novaks Assistenten führte einen Film vor. Ich sah nur den letzten Teil, aber es schien sich um einen mehr oder weniger üblichen Instruktionsfilm zu handeln, der die Geschichte der Vereinigten Staaten im Abriß zeigte, die Freiheiten und Pflichten eines Bürgers in der freien Demokratie erklärte – Dinge, die man in den Schulen des Propheten nie zu sehen bekommen hatte. Der Film ging zu Ende, und der clevere junge Mann – ich konnte mich nie an seinen Namen erinnern, vielleicht weil ich ihn nicht leiden konnte – Stokes? Gut, nennen wir ihn Stokes –, begann zu sprechen.

»Dieser Umerziehungsfilm«, sagte er, »hat natürlich keinen Zweck beim Erwachsenen. Seine Denkgewohnheiten liegen zu sehr fest, um von derart einfachen Methoden beeinflußt werden zu können.«

»Warum vergeuden wir dann unsere Zeit damit?« rief jemand.

»Bitte! Trotzdem ist dieser Film für Erwachsene vorbereitet worden – vorausgesetzt, man versetzt den Erwachsenen in eine empfängliche Stimmung. Hier ist der Prolog.« Die Bildwand wurde wieder hell. Man sah eine einfache, schöne Landschaft, hörte sanfte Musik. Ich begriff nicht, worauf er hinauswollte, aber es war beruhigend. Ich erinnerte mich, daß ich die vergangenen vier Nächte nicht viel Schlaf gefunden hatte – eigentlich wußte ich überhaupt nicht, wann ich das letztemal hatte richtig ausschlafen können. Ich lehnte mich angenehm entspannt zurück.

Der Wandel von Landschaft zu abstrakten Mustern fiel mir nicht auf. Ich glaube, daß die Musik weiterspielte, aber eine Stimme gesellte sich dazu, warm, beruhigend, monoton. Die Muster drehten sich im Kreis – und ich begann . . . in . . . die . . . Bildwand . . . zu . . . versinken . . .

Dann verließ Novak fluchend seinen Stuhl und schaltete den Projektor ab. Ich fuhr entsetzt hoch. Novak sprach leise, aber eindringlich auf Stokes ein, dann wandte er sich uns zu.

»Aufstehen!« befahl er. »Kurze Pause, tief einatmen. Drücken Sie Ihrem Nebenmann die Hand. Schlagen Sie ihm auf die Schulter, fest!«

Wir taten es, und ich kam mir albern vor. Augenblicke zuvor hatte ich mich wohl gefühlt, aber jetzt fiel mir wieder der Berg von Arbeit ein, den ich abzutragen hatte, bevor ich mir am Abend zehn Minuten für Maggie Zeit nehmen konnte. Ich wollte schon gehen, aber der clevere junge Mann hatte wieder zu sprechen begonnen.

»Wie Dr. Novak klarmachte«, fuhr er etwas unsicher fort, »ist es nicht nötig, diesem Publikum den Prolog vorzuführen, weil Sie keines Sinneswandels bedürfen. Aber dieser Film zusammen mit der Vorbereitungstechnik, in manchen Fällen auch mit einer leichten Dosis eines Rauschmittels, wird verläßlich bei 83 Prozent der Bevölkerung eine günstige politische Einstellung hervorrufen. Entsprechende Versuche haben das bewiesen. Der Film selbst stellt das Produkt mehrjähriger Arbeit dar. Das Unwichtige ist ausgemerzt; das Wesentliche abstrahiert. Der Rest wird jeden Anhänger des Propheten in einen freien Menschen verwandeln – vorausgesetzt, er befindet sich in einer entsprechenden Stimmung.«

Deswegen hatten wir also unsere innersten Gedanken zu Papier bringen müssen. Wir saßen auf einer Zeitbombe und konnten nicht darauf warten, bis jeder Trottel sich in eine geweihte Schwester verliebte und dadurch aus seinem Gleis geworfen wurde; soviel Zeit hatten wir nicht. Aber ein älterer, mir unbekannter Mann hatte sich erhoben – er glich den Bildern von Mark Twain: einem zornigen Mark Twain.

»Vorsitzender!«

»Ja? Nennen Sie Namen und Bezirk.«

»Sie wissen, wie ich heiße, Novak – Winter, aus Vermont. Haben Sie diesen Plan gutgeheißen?«

»Nein.«

»Das ist aber einer Ihrer Leute.«

»Er ist freier Bürger. Ich habe die Herstellung des Films und die Vorarbeiten überwacht. Der Gebrauch dieser Techniken entstammt der Forschungsgruppe, in der er gearbeitet hat. Ich mißbilligte den Vorschlag, erklärte mich aber bereit, eine Demonstration zuzulassen. Ich wiederhole, er ist freier Bürger und kann seine Meinung frei sagen, genau wie Sie.«

»Kann ich jetzt sprechen?«

»Bitte.«

Der alte Mann richtete sich auf. »Meine Damen und Herren! Ich mache hier seit mehr als vierzig Jahren mit. Ich habe einen Bruder, mit dem ich viele Jahre kein Wort wechselte – weil er ehrlich an den Propheten glaubte und mich der Ketzerei verdächtigt. Dieser junge Mann möchte meinen Bruder ›umdrehen‹, um ihn ›politisch zuverlässig‹ zu machen.«

Er atmete tief und fuhr fort: »Freie Menschen werden nicht ›umgedreht‹. Freie Menschen sind frei, weil sie eigensinnig und bockig sind und auf eigene Art zu ihren Vorurteilen gelangen wollen – nicht mit Hilfe eines selbsternannten Gedankentrainers! Wir haben nicht gekämpft, unsere Kameraden sind nicht gefallen, nur um die Bosse zu wechseln, gleichgültig, wie schön ihre Motive sein mögen. Ich sage Ihnen, wir sind nur durch die Bemühungen dieser Gehirnakrobaten in das Chaos hineingeraten. Sie studieren seit Jahrzehnten, wie man öffentliche Meinung satteln und reiten kann. Sie fingen mit Werbung und Propaganda an und perfektionierten diese Methoden so weit, daß der einfache, ehrliche Schwindel, wie ihn manche Verkäufer treiben, zu einer mathematischen Wissenschaft wurde, der der einfache Mann hilflos ausgeliefert ist.« Er deutete mit dem Finger auf Stokes. »Ich sage Ihnen, daß die amerikanischen Bürger keinen Schutz brauchen – höchstens vor Ihnen.«

»Das ist lächerlich«, fauchte Stokes mit hoher Stimme. »Sie würden doch Kindern Sprengstoff in die Hand geben. Und nur darum geht es im Augenblick.«

»Die amerikanischen Bürger sind keine Kinder.«

»Die meisten schon.«

Winter sah sich im Saal um. »Sie verstehen, was ich meine? Er ist genauso bereit, den lieben Gott zu spielen, wie es der Prophet war. Ich sage, gebt ihnen ihre Freiheit, gebt ihnen ihr Recht als Menschen, als freie Menschen ... Wenn sie den Karren wieder in den Dreck steuern, ist das ihre Sache – wir haben kein Recht, ihre Gehirne zu beeinflussen.« Er verstummte und rang nach Atem. Stokes machte ein verächtliches Gesicht. »Wir können diese Welt nicht zu einem ungefährlichen Platz für Kinder machen, auch nicht für Männer – und dafür sind wir auch nicht auf der Welt.«

Novak sagte leise: »Sind Sie fertig, Mr. Winter?«

»Ich bin fertig.«

»Und Sie haben auch Ihre Chance gehabt, Stokes. Setzen Sie sich.«

Ich mußte weg, also schlich ich hinaus – und versäumte ein wirklich dramatisches Ereignis, wenn man für dergleichen etwas übrig hat. Der alte Mr. Winter brach ungefähr in dem Augenblick tot zusammen, als ich auf die Straße trat.

Novak vertagte die Sitzung nicht. Man verabschiedete zwei Resolutionen: daß kein Bürger ohne seine eigene schriftliche Zustimmung der Hypnose oder anderen Psycho-Manipulationstechniken unterzogen werden durfte, und daß keine religiösen oder politischen Tests vor den ersten Wahlen die Stimmabgabe behindern durften.

Ich weiß nicht, wer im Recht war. Das Leben wäre in den nächsten Wochen sicher einfacher gewesen, hätte man gewußt, daß die Leute voll und ganz hinter uns standen. Wir waren vielleicht die derzeitigen Machthaber, wagten aber nachts kaum zu weniger als sechs Mann in Uniform auszugehen.

Ja, wir hatten inzwischen Uniformen – beinahe für jeden eine, aus dem billigsten Material und in den üblichen Größen, zu groß oder zu klein. Meine Uniform war zu eng. Man hatte die Sachen in Kanada gestapelt, und wir steckten unsere Leute in Uniform, so schnell es nur ging. Ein Taschentuch, um den Arm gebunden, genügte nicht.

Abgesehen von unseren einfachen blauen Overalls gab es noch

einige andere Uniformen zu sehen; Freiwilligenbrigaden von außerhalb des Landes und einige Sondereinheiten. Die Mormonenbataillone erschienen in eigener Kluft und ließen sich dazu Bärte wachsen. Um Utah brauchten wir uns keine Sorgen mehr zu machen, seit die Heiligen der letzten Tage ihren Tempel zurückbekommen hatten. Die katholische Legion besaß ihre eigene Uniform, was ganz günstig war, weil die meisten kein Englisch sprachen. Die Christian-Science-Soldaten kleideten sich anders als wir, weil sie als rivalisierende Untergrundbewegung aufgetreten waren – sie neideten uns den Staatsstreich; wir hätten warten sollen, meinten sie. Joshuas Armee aus den Parialagern im Nordwesten – zuzüglich Freiwilliger aus der ganzen Welt – kam in einem Aufzug daher, den man nur als ausgefallen bezeichnen konnte.

Huxley führte das taktische Kommando über alle Truppen. Aber eine richtige Armee war das nicht.

Das einzige, was die Hoffnung nicht ganz verblassen ließ, war die Tatsache, daß die Armee des Propheten nicht groß gewesen war – knapp zweihunderttausend Mann, mehr Polizei denn Militär, und daß nur wenige den Rückweg nach New Jerusalem geschafft hatten, wo sie die Palasttruppen verstärkten. Außerdem hatten die Vereinigten Staaten seit über einem Jahrhundert keinen Krieg mehr erlebt, so daß der Prophet auch keine gedienten Leute aus den verbleibenden Anhängern heranzuziehen vermochte.

Für uns galt das natürlich genauso. Die meisten Leute waren nur zur Bewachung von Funkstationen und anderen wichtigen Anlagen geeignet, und selbst für diesen Zweck reichten sie kaum aus. Ein Angriff auf New Jerusalem bedeutete Mobilisierung aller Reserven.

Dazu rafften wir uns auf, unter einer Papierlawine stöhnend, die selbst die Zeit in der Zentrale gemütlich erscheinen ließ. Ich hatte dreißig Angestellte unter mir und wußte nicht, was die Hälfte davon trieb. Viel Zeit verbrachte ich allein damit, wichtige Persönlichkeiten von Huxley fernzuhalten.

Ich entsinne mich eines Vorfalls, der vielleicht nicht maßlos bedeutsam war, aber doch aus dem Rahmen fiel und mir wichtig schien. Meine Chefsekretärin kam mit merkwürdigem Gesichtsausdruck herein.

»Colonel«, sagte sie, »Ihr Zwillingsbruder ist draußen.«

»Was? Ich habe keine Brüder.«

»Ein Sergeant Reeves«, erläuterte sie.

Er kam herein, wir schüttelten uns die Hände und tauschten Belanglosigkeiten aus. Ich freute mich sehr über seinen Besuch und erzählte von den Aufträgen, die ich für ihn ergattert und dann wieder verloren hatte. Ich entschuldigte mich, verwies auf die Notwendigkeiten des Krieges und fügte hinzu: »In Kansas City haben Sie einen neuen Kunden, Emery Bird Thayer. Sie könnten sich einmal um ihn kümmern.«

»Wird gemacht. Vielen Dank.«

»Ich wußte nicht, daß Sie Soldat sind.«

»Eigentlich bin ich gar keiner. Aber ich habe ein bißchen mitgetan, seit mein Reisepaß – äh – verlorenging.«

»Das tut mir sehr leid.«

»Macht nichts. Ich kann mit einem Strahler umgehen, sogar mit Handgranaten. Ich darf bei der Operation Strikeout mitmachen.«

»Wie? Diese Bezeichnung ist doch geheim.«

»So? Das würde ich den Leuten aber sagen, die meisten scheinen das nicht zu wissen. Jedenfalls bin ich dabei. Sie auch? Oder darf ich das nicht fragen?«

Ich wechselte das Thema. »Wie gefällt Ihnen die Soldatenspielerei? Wollen Sie dabeibleiben?«

»Na ja, ich kann mich nicht beklagen – aber es gibt etwas Schöneres. Was ich eigentlich fragen wollte, Colonel: Bleiben Sie dabei?«

»Wie meinen Sie das?«

»Wollen Sie nachher in der Armee bleiben? Sie haben sicher eine Laufbahn vor sich, bei Ihrer Ausbildung – während ich sicher nicht zum Zuge käme. Falls Sie aber aus irgendeinem Grund nicht weitermachen wollen, was halten Sie vom Textilgeschäft?«

Ich war überrascht, sagte aber: »Ja, um die Wahrheit zu sagen, ich hatte Spaß dabei – beim Verkauf wenigstens.«

»Gut. Ich habe natürlich keine Stellung mehr – möchte mich aber selbständig machen. Ich werde einen Partner brauchen. Was meinen Sie?«

Ich dachte nach. »Ich weiß nicht«, sagte ich langsam. »Ich habe über das Unternehmen Strikeout nicht hinausgedacht. Vielleicht bleibe ich in der Armee – obwohl ich fürs Militär nicht mehr soviel übrig habe wie früher . . . Der Papierkrieg ist mir zu groß. Aber ich weiß noch nicht. Was ich eigentlich möchte, ist, auf meinem eigenen Land zu sitzen.«

»Kein schlechter Gedanke«, meinte er. »Aber ich wüßte nicht, warum Sie dabei nicht auch mein Teilhaber sein könnten. Die Ernte kann ja mal verregnen. Überlegen Sie es sich.«

»Mit Vergnügen.«

## 15

Maggie und ich heirateten am Tag vor dem Angriff auf New Jerusalem. Wir hatten zwanzig Minuten Flitterwochen und hielten auf der Feuerleiter vor meinem Büro Händchen, dann flog ich Huxley zum Sammelplatz. Ich war während des Angriffs im Flaggschiff. Ich hatte gebeten, mich als Raketenpiloten einzusetzen, war aber zurückgewiesen worden.

»Wozu, John?« hatte er gefragt. »Dieser Kampf entscheidet sich nicht in der Luft, sondern auf dem Boden.«

Er hatte, wie gewöhnlich, recht. Wir besaßen wenige Schiffe und noch weniger vertrauenswürdige Piloten. Die Maschinen des Propheten waren zum Teil am Boden zerstört worden; eine beträchtliche Anzahl hatte sich nach Kanada und anderen Ländern retten können, wo die Piloten interniert wurden. Mit den wenigen Flugzeugen, die uns zur Verfügung standen, hatten wir regelmäßig Palast und Tempel bombardiert, um den Gegner in Atem zu halten.

Aber damit vermochten wir ihn nicht ernsthaft zu gefährden. Das begriffen beide Seiten. Der Tempel, reiner Schmuckbau über dem Boden, war vermutlich eines der bombensichersten Gebäude, die je gebaut wurden. Er sollte sogar eine Atombombe überstehen, jedenfalls, was das Personal in den tiefsten Tunnels anging – und dort verbrachte der Prophet unzweifelhaft seine Tage. Selbst der Bau über der Erde war gegen normale Bomben, wie wir sie verwendeten, immun.

Wir benützten Atombomben aus dreierlei Gründen nicht: wir besaßen keine; die Vereinigten Staaten besaßen seit dem Vertrag von Johannesburg nach dem Dritten Weltkrieg angeblich keine Nuklearwaffen mehr, und wir konnten auch keine bekommen. Von der Weltföderation hätten wir vielleicht ein paar Bomben erhalten können, wären wir als gesetzmäßige Regierung der Vereinigten Staaten angesehen worden, aber diese Anerkennung hatte uns zwar Kanada, nicht aber Großbritannien und der Nordafrikanische Staatenbund zuteil werden lassen. Brasilien schwankte, ein Geschäftsträger war nach St. Louis entsandt worden. Selbst wenn wir jedoch in die Föderation aufgenommen worden waren, sprach einiges dagegen, daß man uns für innerpolitische Zwecke Massenvernichtungswaffen zur Verfügung stellen würde.

Im übrigen hätten wir sie nicht eingesetzt, auch wenn man sie uns in den Schoß gelegt hätte. Nein, wir waren keine Hasenfüße. Aber eine direkt auf den Palast abgeworfene Atombombe hätte in der Stadt mindestens hunderttausend unserer Mitbürger getötet – und dem Propheten wahrscheinlich nicht einmal etwas anhaben können.

Es blieb uns nichts anders übrig, als ihn herauszuholen wie einen Maulwurf.

Gesammelt wurde am Ostufer des Delaware-River. Eine Minute nach Mitternacht rückten wir ostwärts vor, vierunddreißig Landkreuzer, dreizehn davon moderne Panzer, der Rest leichte Kreuzer und veraltete Modelle – die Überbleibsel der einst mächtigen Ost-Mississippi-Flotte des Propheten; alle anderen waren von den früheren Kommandeuren in die Luft gesprengt worden. Die schweren Kreuzer sollten zur Durchstoßung der Mauern verwendet werden, die leichten Tanks zehn gepanzerte Truppentransporter mit insgesamt fünftausend Mann, ausgesucht im ganzen Land, begleiten. Einige davon konnten, abgesehen von unseren Belehrungen, auf militärische Ausbildung zurückblicken. Alle hatten am Straßenkampf teilgenommen.

Auf der Fahrt hörten wir das Bombardement von New Jerusalem, das dumpfe Crrump! Das Zittern der Erde unter der Schockwelle, das Grollen des Bodenschalls. Wir belegten die Festung seit sechsunddreißig Stunden ununterbrochen mit Bomben. Wir hofften, daß niemand im Palast seit dieser Zeit zum Schlafen gekommen war, während unsere Truppen durch zwölfstündigen ununterbrochenen Schlaf erfrischt waren.

Keiner der Schlachtwagen war als Flaggschiff benannt worden, und wir hatten über dem Drehturm eine Flagge aufgepflanzt und statt des Langstrecken-Telegeräts das Kampfspürgerät und die Strategieanlage eingebaut. Ich schwitzte über meinem Spürgerät und hoffte, daß die provisorisch eingebauten Schockabsorber ihren Dienst versehen konnten. Hinter mir drängten sich ein Psychotechniker und seine Mannschaft von Telepathen, sechs Frauen und ein neurotischer Junge von vierzehn Jahren. Im Notfall mußte jeder einzelne von ihnen vier Leitungen übernehmen. Ich wußte nicht, ob sie das schaffen würden. Ein schmales, blondes Mädchen hatte einen trockenen, chronischen Husten.

Wir rückten in Zickzackformation an. Huxley wanderte vom Sender zur Strategieanlage und zurück, kühl wie ein Eisblock, sah mir über die Schulter, las Berichte und beobachtete den Angriff auf den Teleschirmen.

Der Stapel von Meldungen neben mir wuchs. Bei der ›Cherub‹ war die Steuerbord-Raupe gerissen; sie hatte ausscheren müssen, sollte aber in dreißig Minuten wieder einsatzfähig sein. Penoyer kommandierte den linken Flügel und sein eigenes Gefährt. Huxley war Kommandeur und Chef seines Flaggfahrzeugs.

Um 12.32 Uhr fielen die Telegeräte aus. Der Feind hatte unser Frequenzwechselsystem ausgemacht und alle Röhren in den Geräten kurzgeschlossen. Theoretisch ist das unmöglich, aber sie schafften es. Um 12.37 Uhr fiel der Funkverkehr aus.

Huxley wirkte gelassen. »Auf Licht-Teleleitungen umschalten.«

Der Nachrichtenoffizier war ihm zuvorgekommen; unsere Audioleitungen liefen jetzt auf infraroten Wellen, direkt von Tank zu Tank. Huxley hing fast während der ganzen nächsten Stunde über meiner Schulter. Dann sagte er: »Wir müssen uns formieren, John. Ein paar von den Piloten weichen ab.«

Ich gab den Befehl durch und schaltete das Spürgerät für eine Viertelstunde ab. Neunzehn Minuten später hatte sich der letzte Transporter gemeldet, ich programmierte die Angaben ein und legte einen Hebel um. Einige Minuten lang hatte ich alle Hände voll zu tun, dann war die Anlage mit ihren eigenen Voraussagen einverstanden, und ich meldete: »Geschafft, Sir.«

Huxley beugte sich über meine Schulter. Die Linie war etwas krumm, aber ich konnte stolz auf die Piloten sein – noch vor vier Wochen waren viele nur Frachtfahrer gewesen.

Um 3.31 Uhr gab Huxley den Befehl: »Konzentrationsplan III, Feuer frei.«

Der erste Schuß ließ eine Riesenstaubwolke aufsteigen. Meine Augen tränten. Das Fahrzeug rollte unter dem Rückstoß auf den Raupen zurück, und ich wäre beinahe aus meinem Sattelsitz gefallen. Ich hatte noch nie eines dieser riesigen Geschütze gefahren und hatte demzufolge auch nicht mit einem derart langen Rückstoß gerechnet.

Unser großes Geschütz besaß zusätzliche Feuerkammern. Deren Zündsystem war elektronisch mit der Bewegung der Granate durch den Lauf so synchronisiert, daß diese währenddessen ständig unter Höchstdruck blieb. Das führte zu erheblich gesteigerter Mündungsgeschwindigkeit und Schlagkraft. Und zu einem markerschütternden Rückstoß. Aber beim zweitenmal war ich gewappnet.

Huxley stand zwischen den Schüssen am Periskop und versuchte die Wirkung unseres Feuers auszumachen. New Jerusalem erwiderte, hatte uns aber noch nicht genau orten können. Wir besaßen den Vorteil, auf ein stationäres Ziel feuern zu können, dessen Entfernung auf den Meter genau bekannt war. Andererseits vermochte nicht einmal ein schwerer Landkreuzer mit der Armierung aufzuwarten, über die der Palast verfügte.

Huxley sah mich an und sagte: »Rauch, John.«

Ich gab den Befehl an den Nachrichtenoffizier weiter. »Achtung, alle Telepathen, alle Fahrzeuge!«

Der Befehl kam nicht durch. Der Nachrichtenoffizier meldete in diesem Augenblick, daß alle Verbindungen abgebrochen seien. Aber der Psychotechniker hatte sich bereits an die Arbeit gemacht, und dasselbe geschah in allen anderen Fahrzeugen.

Von unseren neun Telepathen waren drei – der Junge und zwei Frauen – Wachpersonen, die anderen sechs Hypnotiker. Der Techniker stellte zunächst über den Jungen eine Verbindung mit Penoyers Kreuzer her. Der Junge reagierte schnell, und Penoyer übermittelte eine Nachricht.

»Starke Vernebelung. Linker Flügel auf Psycho umgestellt. Welche Verbindung? Penoyer.«

Ich erwiderte: »Durch die Reihe.« Es gab zwei Arten von Telepathie-Verbindungen: Das Relaissystem, wodurch eine Meldung weitergereicht werden konnte, bis sie ihr Ziel erreichte, und Kommandogitter, bei dem direkte Verbindung vom Flaggschiff zu allen unter seinem Kommando stehenden Kreuzern bestand.

Der Techniker setzte die anderen beiden Wachpersonen mit dem linken Flügel in Verbindung, dann wandte er sich den Hypnotikern zu. Vier davon brauchten Spritzen; die anderen beiden schliefen auf Befehl ein. Kurz danach waren wir nicht nur mit den Transportern und Kreuzern im zweiten Glied, sondern auch mit den Bombern und einer Rakete verbunden. Der Düsenpilot meldete Sicht Null und beschwerte sich, daß er auch mit Radar nichts Vernünftiges erkennen könne. Ich wies ihn an, abzuwarten. Der Morgenwind mochte den Rauch noch vertreiben.

Wir waren nicht auf ihn angewiesen. Wir kannten unsere Position genau. Der Rauch störte uns nicht besonders, und wir konnten auch noch zielgenau schießen, wenn die Radargeräte ausfielen. Solange uns der Palastkommandeur einnebelte, mußte er sich auch ausschließlich auf Radar verlassen.

Seine Geräte schienen zu funktionieren; rings um uns donnerten die Einschläge. Wir waren noch nicht getroffen worden, spürten aber die Explosionen. Penoyer meldete, daß ›Martyr‹ getroffen sei; die Granate habe den Steuerbord-Maschinenraum durchschlagen. Der Befehlshaber habe mit halber Geschwindigkeit vorzurücken versucht, aber das Getriebe sei ausgefallen; wir mußten auf den Kreuzer verzichten. Bei der ›Archangel‹ war das Geschütz überhitzt. Sie befand sich noch in der Formation, war aber harmlos, bis der Turmcaptain den Defekt beseitigen konnte.

Huxley ordnete Umstellung auf Formation E an, mit wechselnden Geschwindigkeiten und scheinbar chaotischen Kursveränderungen – sorgfältig kalkuliert, um Zusammenstöße zwischen Kreuzern zu vermeiden.

Um 4.11 Uhr schickte Huxley die Bomber zum Stützpunkt zurück. Wir waren in die Stadt eingedrungen, und die Mauern des Palastes lagen direkt vor uns – zu nah am Ziel also, wir wollten nicht von den eigenen Bomben getroffen werden.

Um 4.17 Uhr wurden wir getroffen. Die vordere obere Raupe riß, und die Geschützbank wurde so schwer beschädigt, daß die Zielvorrichtung ausfiel. Der Pilot starb am Steuer.

Ich half dem Psychotechniker, den Hypnotikern Gashelme überzustülpen. Huxley raffte sich vom Boden auf, setzte seinen eigenen Helm auf und studierte den Plan auf meinem Spürgerät.

»Die ›Benison‹ müßte in drei Minuten hier vorbeikommen, John. Geben Sie durch, daß man hier halten und uns aufnehmen soll. Teilen Sie Penoyer mit, daß ich umsteige.«

Wir schafften das Umsteigen, Huxley, ich, der Techniker und seine Telepathen. Eine Telepathin wurde von einem Granatsplitter getötet. Eine andere verfiel in Trance und konnte nicht geweckt werden. Wir ließen sie im beschädigten Kreuzer zurück, dort war sie sicherer als anderswo.

Ich hatte das Spürgerät mitgenommen; denn es enthielt die fertigen Pläne für Formation E. Huxley studierte die Karte.

»Umschalten auf Kommandogitter, John. Ich will in Kürze angreifen.«

Ich half dem Techniker, die Kontakte umzustellen. Indem wir die ›Martyr‹ zurückließen, konnten wir den Verlust von zwei Telepathen ausgleichen. Alle bewältigten jetzt vier Kontaktleitungen, bis auf den Jungen, der fünf schaffte, und das Mädchen mit dem Husten, das es auf sechs brachte. Der Psychotechniker machte sich Sorgen, aber es gab keine andere Möglichkeit.

Ich wandte mich wieder General Huxley zu. Er hatte sich hingesetzt, und zuerst glaubte ich ihn in Gedanken. Aber ich sah, daß er bewußtlos war. Erst als ich ihn wachrütteln wollte, sah ich das Blut über seine Uniform rinnen. Ich untersuchte ihn und fand zwischen seinen Rippen, nahe der Wirbelsäule, einen Stahlsplitter.

Der Techniker berührte mich am Arm. »Penoyer meldet, daß er in vier Minuten den Angriffsradius erreicht. Er bittet um Erlaubnis, die Formation zu verlassen, und möchte den genauen Zeitpunkt für die Attacke wissen.«

Huxley war ohne Besinnung. Tot oder verwundet, er konnte diesen Kampf nicht mehr führen. Nach allen Vorschriften ging das Kommando auf Penoyer über, und ich hätte ihm das sofort mitteilen müssen. Aber die Zeit drängte, eine krasse Planänderung wäre erforderlich gewesen, und wir hatten Penoyer mit nur drei Telepathen in den Kampf schicken müssen. Rein physisch war das nicht zu schaffen.

Was sollte ich tun? Das Kommando an den leitenden Offizier der ›Benison‹ weitergeben? Ich kannte den Mann, schwerfällig, phantasielos, reiner Artillerist. Er war nicht einmal in seinem Gefechtsstand, sondern im Geschützturm. Wenn ich ihn dort verständigte, würde er lange brauchen, um die Situation ganz zu erfassen – und dann die falschen Befehle erteilen.

Ohne Huxley hatte ich keinerlei Autorität. Ich war ein kleiner Oberst, erst vor Tagen befördert, Huxleys Lakai. Sollte ich das Kommando an Penoyer weitergeben – und die Schlacht verlieren, nur um der militärischen Hierarchie Rechnung zu tragen? Was hätte Huxley gewünscht, wäre ihm die Entscheidung überlassen gewesen?

Ich hatte das Gefühl, daß inzwischen Stunden vergangen sein mußten. Aber die Uhr zeigte nur einen Ablauf von dreizehn Sekunden an, als ich antworten ließ: »Formation nach Wunsch verändern. Angriffssignal in sechs Minuten.« Dann verständigte ich den Sanitätsraum, daß man sich um den General kümmern solle.

Endlich waren wir soweit. »Achtung, alle Einheiten, fertig zum Angriff. Rechter Flügel, äußere Flanke der rechten Bastion, linker Flügel, äußere Flanke der linken Bastion. Zickzack volle Geschwindigkeit, bis zur Angriffsdistanz. Eine Salve, dann Angriff. Bestätigen.«

Die Bestätigungen liefen ein, und ich beobachtete meinen Chronometer, um das Signal auf die Sekunde genau geben zu können, als der Junge mitten in einer Meldung verstummte und sich schüttelte. Der Techniker fühlte seinen Puls, aber der Junge machte sich los.

»Ein neuer«, sagte er. »Ich komme nicht ganz mit.« Dann fuhr er im Sing-Sang fort: »An Kommandeur von Captain van Doorn. Angriff mit gesamter Truppe auf Zentralbastion. Ich lenke ab.«

»Warum die Mitte?« fragte ich.

»Sie ist viel stärker zerstört.«

Wenn das authentisch war, konnte der Angriffspunkt entscheidend sein. Aber ich war argwöhnisch. Falls man van Doorn entdeckt hatte, wollte man uns in eine Falle locken. Und ich sah nicht ein, wie er in seiner Lage mitten im Kampf einen telepathischen Kontakt hatte herstellen können.

»Losung«, sagte ich.

»Nein, Sie.«

»Nein, ich nicht.«

»Dann jeder zur Hälfte.«

Wir taten es, und ich war zufrieden. »Letzte Anweisung aufgehoben. Schwere Kreuzer greifen Zentralbastion an, linker Flügel zur linken Flanke, rechter Flügel zur rechten. Ablenkungsangriffe der ungeraden Hilfsfahrzeuge auf linke und rechte Bastionen. Gerade Nummern bleiben bei den Transportern. Bestätigen.«

Neunzehn Sekunden später gab ich das entscheidende Kommando, und es ging los. Wir brachen durch Mauern, drohten bei scharfen Wendungen umzukippen, rollten in tiefe Löcher, arbeiteten uns wieder hoch. Ich konnte nichts mehr tun, jetzt hing der Erfolg von jedem einzelnen Kreuzerchef ab.

Als wir uns in Schußposition bewegten, sah ich, daß der Psychotechniker die Lider des Jungen hob. »Ich fürchte, er ist tot«, sagte er tonlos. »Es war zuviel für ihn.« Zwei weitere Frauen waren zusammengebrochen.

Unser großes Geschütz ließ die letzte Salve los, und wir warteten eine endlose Zeit – ganze zehn Sekunden. Dann rollten wir dahin, immer schneller werdend. Die ›Benison‹ prallte gegen die Palastmauer, daß ich glaubte, unser Fahrzeug müsse auseinanderbrechen. Der Pilot hatte jedoch sofort die vorderen Hydraulikbeine ausgeschoben; langsam reckte sich der Kreuzer. Wir standen so steil, daß ich uns schon umfallen sah, dann griffen die Raupen, wir rückten vorwärts und glitten durch die Lücke in der Mauer.

Unser Geschütz feuerte in den inneren Palast hinein. Ein Gedanke zuckte durch mein Hirn: Das war genau die Stelle, an der ich Judith zum erstenmal begegnet war. Der Kreis hatte sich geschlossen.

Die ›Benison‹ rollte umher und zerstörte durch ihr bloßes Gewicht. Ich wartete, bis der letzte Kreuzer eingedrungen war, dann gab ich den Befehl: »Transporter – angreifen.« Ich rief Penoyer, teilte ihm mit, daß Huxley verwundet sei und er das Kommando zu übernehmen habe.

Ich war fertig. Ich hatte nicht einmal eine Kampfaufgabe. Die Schlacht tobte ringsumher, aber ich gehörte nicht dazu – ich, der ich noch vor zwei Minuten das alleinige Kommando besessen hatte.

Ich zündete mir eine Zigarette an und fragte mich, was ich mit mir anfangen sollte. Ich drückte sie nach einem herzerfrischenden Zug aus, kletterte in den Geschützturm hinauf und starrte durch die Sehschlitze. Wind war aufgekommen, und der Rauch verzog sich; der Transporter ›Jacobs Ladder‹ kam gerade durch die Lücke herauf. Die Seitenwände fielen herunter, und Hunderte von Infanteristen sprangen heraus, die Strahler im Anschlag. Sporadisches Feuer begrüßte sie; einige fielen, aber die meisten erwiderten das Feuer und erstürmten den inneren Palast. Die ›Jacobs Ladder‹ machte der ›Ark‹ Platz.

Der Kommandeur der ›Ark‹ hatte Anweisung, den Propheten lebend zu fangen. Ich hastete hinunter, rannte den Gang zwischen den Maschinenräumen entlang und fand den Ausstieg im Boden. Irgendwie brachte ich den Deckel auf und steckte den Kopf hinaus. Draußen konnte ich Männer laufen sehen. Ich zog meinen Strahler, sprang hinunter und versuchte sie einzuholen.

Es waren tatsächlich die Männer der ›Ark‹. Ich schloß mich einer Abteilung an. Wir rannten in den inneren Palast.

Aber der Kampf war vorbei. Wir trafen auf keinen organisierten

Widerstand mehr. Wir stiegen hinab, immer weiter hinab, und fanden die bombensichere Zuflucht des Propheten. Die Tür stand offen, und er war da.

Aber wir nahmen ihn nicht fest. Die Jungfrauen hatten ihn zuerst erwischt. Es war kaum soviel von ihm übriggeblieben, daß man bei der gerichtlichen Untersuchung seine Leiche zu identifizieren vermochte.

# *Die Barriere*

»Haben Sie vor der Urteilsverkündung noch etwas zu sagen?« Die milden Augen des Seniorrichters studierten das Gesicht des Angeklagten. Seine Frage wurde von mürrischem Schweigen beantwortet.

»Nun gut – die Geschworenen haben entschieden, daß Sie gegen eine verfassungsmäßig anerkannte Sitte verstoßen und dadurch einen freien Bürger geschädigt haben. Nach Meinung der Geschworenen und des Gerichts haben Sie die Tat bewußt begangen, obwohl Sie die Wahrscheinlichkeit, daß ein freier Bürger davon beeinträchtigt werden würde, erkennen mußten. Sie werden deshalb verurteilt, zwischen den Alternativen zu wählen.«

Ein geschulter Beobachter hätte eine Spur von Schrecken in der Maske der Gleichgültigkeit sehen können, hinter der dieser junge Mann sich dem Verfahren gestellt hatte. Schrecken war unvernünftig; angesichts der Tat mußte das Urteil als unausweichlich gelten – aber vernünftige Menschen brauchen dieses Urteil nicht über sich ergehen zu lassen.

Nach einer angemessenen Pause wandte sich der Richter an den Gerichtsdiener. »Führen Sie ihn ab.«

Der Gefangene erhob sich plötzlich und stieß seinen Stuhl um. Er starrte wild auf die Versammlung und platzte heraus.

»Halt!« schrie er. »Zuerst möchte ich noch etwas sagen!« Trotz seines ungebärdigen Benehmens ließ sich ihm die edle Würde eines gefesselten Tieres nicht absprechen. Er starrte die anderen an, schwer atmend, wie eine von Hunden umstellte Jagdbeute.

»Nun?« fragte er. »Nun? Darf ich reden oder nicht? Das wäre doch der beste Spaß bei der ganzen Komödie, wenn ein Verurteilter nicht endlich seine Meinung sagen dürfte!«

»Sie können reden«, erklärte der Seniorrichter ebenso ruhig, wie er das Urteil verkündet hatte. »David MacKinnon, so lange Sie wollen und wie Sie wollen. Diese Freiheit gilt uneingeschränkt auch für Personen, die gegen die Verfassung verstoßen haben. Bitte sprechen Sie in das Bandgerät.«

MacKinnon blickte angeekelt auf das Mikrophon vor seinem Mund. Das Wissen, daß jedes Wort aufgezeichnet und analysiert werden würde, hemmte ihn. »Ich verlange keine Aufzeichnung«, fauchte er.

»Aber wir brauchen sie«, erwiderte der Richter geduldig, »damit andere entscheiden können, ob wir Sie gerecht und nach der Verfassung behandelt haben. Tun Sie uns bitte den Gefallen.«

»Na, meinetwegen.« Er wandte sich dem Mikrophon zu. »Es hat eigentlich gar keinen Sinn, daß ich etwas sage – aber ich will trotzdem sprechen, und Sie werden mir zuhören ... Sie reden von Ihrer kostbaren ›Verfassung‹, als sei sie etwas Heiliges. Ich bin nicht einverstanden damit und akzeptiere sie nicht. Sie tun so, als habe sie uns der Himmel geoffenbart. Meine Großväter kämpften in der zweiten Revolution, aber sie traten an, um den Aberglauben zu beseitigen ... nicht, um ihn von albernen Narren restaurieren zu lassen.

Damals gab es noch Männer!« Er sah sich verächtlich um. »Was bleibt heute? Vorsichtige, kompromißbereite, ›sichere‹ Schwächlinge, mit Wasser in den Adern. Ihr habt eure Welt so sorgfältig eingerichtet, daß an Spaß und Genuß nichts geblieben ist. Niemand hat Hunger, niemand tut sich weh. Eure Schiffe können nicht zerschellen, Mißernten gibt es nicht. Ihr habt sogar das Wetter so gezähmt, daß es nur noch heimlich regnet – nach Mitternacht. Warum man bis Mitternacht wartet, weiß ich nicht ... ihr steigt ja alle um neun Uhr ins Bett!

Sollte einer von euch kleinen Würmchen eine unangenehme Gefühlsregung verspüren – was der Himmel verhüten möge! –, dann marschiert er zur nächsten Psychodynamik-Klinik und läßt sein weiches, kleines Gehirn behandeln. Gott sei Dank habe ich mich nie darauf eingelassen. Ich bleibe bei meinen Gefühlen, vielen Dank, gleichgültig, wie sie hier gerade schmecken mögen.

Ihr liebt nicht einmal, ohne einen Psychotechniker zu konsultieren. ›Ist Ihr Verstand so flach und schal wie der meine? Gibt es in Ihrer Familie Gefühlslabilität?‹ Man möchte sich am liebsten übergeben. Und Kampf um eine Frau – wenn jemand den Mumm dazu hätte, würde er binnen zwei Minuten einen Proktor neben sich auftauchen sehen, der sich die günstigste Stelle aussucht, um ihn zu lähmen, und mit gräßlicher Demut fragt: ›Darf ich Ihnen behilflich sein, Sir?‹«

Der Gerichtsdiener rückte näher zu MacKinnon heran. Der Angeklagte fauchte ihn an: »Bleiben Sie mir vom Leib, ich bin noch nicht fertig.« Er wandte sich an den Richter und sagte: »Sie haben mir erklärt, daß ich zwischen den beiden Alternativen wählen soll. Nun, die Wahl fällt mir nicht schwer. Bevor ich mich einer Behandlung unterziehe, bevor ich eines eurer sauberen, netten, kleinen Umerziehungsheime betrete und meinen Verstand von euren Ärzten betapsen lasse – bevor ich das täte, zöge ich einen sauberen, ordentlichen Tod vor. O nein – für mich gibt es nur eine Möglichkeit, nicht zwei. Ich wähle den Weg nach Coventry – mit Vergnügen ... hoffentlich höre ich nie mehr etwas von den Vereinigten Staaten!

Bevor ich mich auf den Weg mache, möchte ich nur eine einzige Frage stellen – warum macht ihr euch überhaupt die Mühe, zu leben? Ich könnte mir vorstellen, daß jeder von euch aus reiner Langeweile das Ende für sein albernes, sinnloses Dasein herbeisehnen müßte. Das wäre alles.« Er drehte sich dem Gerichtsdiener zu. »Dann mal los.«

»Einen Augenblick, David MacKinnon.« Der Seniorrichter hob die Hand. »Wir haben Sie angehört. Obgleich es nicht üblich ist, möchte ich einige Ihrer Erklärungen beantworten. Wollen Sie mich anhören?«

Unwillig, aber angesichts eines so vernünftigen Verlangens von dem Wunsch beseelt, nicht flegelhaft zu erscheinen, stimmte der junge Mann zu.

Der Richter begann mit ruhigen Worten zu sprechen. »David MacKinnon, Sie haben gesprochen, wie es Ihnen zweifellos richtig erschien. Trotzdem waren Ihre Worte übereilt und auch unsinnig. Ich sehe mich veranlaßt, Ihre Fehlinterpretationen zu korrigieren. Die Verfassung ist kein Aberglaube, sondern ein einfacher zeitgebundener Vertrag, den die von Ihnen erwähnten Revolutionäre aus Erfahrungsgründen eingegangen sind. Sie wollten die höchstmögliche Freiheit für jeden einzelnen Menschen sichern.

Sie selbst haben diese Freiheit genossen. Keine Handlung, keine denkbare Verhaltensweise war Ihnen verboten, solange dadurch nicht ein anderer geschädigt wurde. Selbst eine vom Gesetz ausdrücklich verbotene Tat durfte Ihnen nicht zur Last gelegt werden, solange der Staat nicht beweisen konnte, daß dadurch ein Individuum geschädigt oder gefährdet wurde.

Selbst wenn jemand absichtlich und bewußt einen anderen schädigt – wie Sie es getan haben –, bemüht sich der Staat, nicht als moralischer Richter, als Strafender aufzutreten. Wir sind nicht weise genug dazu, und die Kette von Ungerechtigkeiten, die solchem moralischen Zwang zu folgen pflegte, gefährdet die Freiheit aller. Statt dessen bleibt dem Verurteilten die Wahl zwischen psychologischer Umstellung zur Korrektur der Tendenz, andere zu schädigen, und dem Entschluß des Staates, sich von ihm abzuwenden – und ihn nach Coventry zu schicken.

Sie beklagen sich darüber, daß unsere Lebensweise langweilig und unromantisch sei; Sie deuten an, daß wir Sie der Aufregung beraubt hätten, auf die Sie ein Anrecht zu besitzen glauben. Sie haben das Recht, unseren Lebensstil vom ästhetischen Standpunkt aus zu kritisieren, aber Sie dürfen nicht von uns erwarten, daß wir nach Ihrem Geschmack leben. Sie haben das Recht, Gefahr und Abenteuer zu suchen, wenn Sie wollen – in Experimentallabors gibt es Gefahren genug, auf den Bergen des Mondes genug Strapazen, Tod im Dschungel der Venus – aber Sie haben kein Recht, uns den Gewalttätigkeiten Ihres Charakters auszusetzen.«

»Warum soviel Aufregung?« protestierte MacKinnon verächtlich. »Sie reden, als hätte ich einen Mord begangen – ich knallte einem Mann meine Faust ans Kinn, weil er mich ungeheuerlich beleidigt hatte!«

»Ich stimme Ihrer ästhetischen Beurteilung dieser Person bei«, fuhr der Richter gelassen fort, »und bin persönlich durchaus mit dem Faustschlag einverstanden – aber die an Ihnen durchgeführten psychometrischen Untersuchungen zeigen, daß Sie sich für fähig halten, Ihre Mitbürger nach moralischen Grundsätzen zu werten, daß Sie sich gerechtfertigt glauben, ihre Fehler zu korrigieren und zu bestrafen. Sie sind gefährlich, David MacKinnon, eine Gefahr für uns alle; denn niemand könnte voraussagen, welchen Schaden Sie beim nächstenmal anrichten. Vom sozialen Standpunkt aus macht Sie Ihre Einbildung zu einem Wahnsinnigen.

Sie widersetzen sich der Behandlung – deshalb wenden wir unsere Gesellschaft von Ihnen ab, wir stoßen Sie aus. Nach Coventry mit Ihnen.« Er wandte sich an den Gerichtsdiener. »Führen Sie ihn ab.«

MacKinnon starrte mit unterdrückter Erregung zur Bugkanzel des großen Transporthubschraubers hinaus. Dort mußte es sein – das schwarze Band in der Ferne. Der Hubschrauber rückte näher, und er spürte die Gewißheit, die Barriere vor sich zu sehen – jene geheimnisvolle, undurchdringliche Mauer, die die Vereinigten Staaten von dem als Coventry bekannten Gebiet trennte.

Der Wächter sah von seiner Zeitung auf und folgte seinem Blick. »Wir sind fast da«, meinte er freundlich. »Na, lange dauert es nicht mehr.« – »Für mich kann es gar nicht früh genug sein!«

Der Wächter sah ihn skeptisch, aber tolerant an. »Sie sind wohl schon sehr scharf drauf, was?«

MacKinnon rächte sich. »Sie haben noch nie jemand zum Tor gebracht, der sich mehr darauf gefreut hat!«

»Hmmm . . . vielleicht. Das sagen alle, wissen Sie. Niemand geht gegen seinen Willen durch das Tor.«

»Ich meine es aber ernst.«

»Das meinen alle. Manche kommen trotzdem zurück.«

»Sagen Sie – vielleicht könnten Sie mich über die dortigen Verhältnisse unterrichten.«

»Tut mir leid«, sagte der Wächter kopfschüttelnd, »aber das geht die Vereinigten Staaten und ihre Bediensteten nichts an. Sie werden es früh genug erfahren.«

MacKinnon runzelte ein wenig die Stirn. »Es ist merkwürdig – ich habe versucht, mich zu erkundigen, aber niemand wollte zugeben, daß er über das Innere auch nur das geringste wußte. Sie sagten doch, daß manche wieder herauskommen. Sie werden doch erzählt haben . . .«

»Ganz einfach«, meinte der Wächter lächelnd. »Zu ihrer Umerziehung gehört auch der unbewußte Zwang, ihre Erfahrungen nicht zu diskutieren.«

»Das ist ein schäbiger Trick. Warum bemüht sich die Regierung, mich und Gleichgesinnte daran zu hindern, daß wir erfahren, womit wir uns auseinandersetzen müssen?«

»Hören Sie mal zu, Freundchen«, erwiderte der Wächter etwas ungeduldig. »Sie haben uns alle zum Teufel gewünscht. Sie haben erklärt, daß Sie sehr gut ohne uns auskämen. Sie bekommen freien Auslauf in einer der schönsten Gegenden auf diesem Kontinent, und man erlaubt Ihnen, alles mitzunehmen, was Sie besitzen oder sich kaufen können. Was, zum Teufel, wollen Sie eigentlich noch?«

MacKinnons Gesicht verhärtete sich: »Welche Sicherheit habe ich, daß überhaupt noch Land für mich da ist?«

»Das ist Ihr Problem. Die Regierung sorgt dafür, daß der Bevölkerung Raum genug bleibt. Die Aufteilung ist eine Angelegenheit von euch Individualisten, die ihr unter euch ausmachen müßt. Sie haben unsere Art von gesellschaftlicher Zusammenarbeit abgelehnt.

Warum verlangen Sie unsere Sicherheiten?« Der Wächter vertiefte sich wieder in seine Zeitung.

Sie landeten auf einem kleinen Flugfeld nahe der glatten, schwarzen Mauer. Man sah keine Öffnung, aber am Rand des Feldes stand ein Wachhaus. MacKinnon war der einzige Passagier. Während sein Begleiter zum Gebäude ging, stieg er aus dem Passagierabteil und ging zum Frachtraum. Zwei Mitglieder der Besatzung klappten die Rampe herunter. Als er herankam, starrte ihn einer der beiden Männer an und sagte: »So, hier ist Ihr Zeug. Holen Sie's 'raus.«

Er sah sich das Gepäck an und meinte: »Ziemlich viel, was? Ich brauche ein bißchen Unterstützung. Würden Sie mir behilflich sein?«

Der andere zündete sich eine Zigarette an, bevor er erwiderte: »Das sind Ihre Sachen. Holen Sie sie 'raus, wenn Sie sie mitnehmen wollen. Wir starten in zehn Minuten.« Die beiden gingen um ihn herum und betraten den Hubschrauber.

»Na, ihr –« MacKinnon verstummte und unterdrückte seinen Ärger. Die blöden Kerle! Jede Spur des Bedauerns darüber, daß er die Zivilisation hinter sich ließ, war verflogen. Er würde es ihnen schon zeigen! Er kam auch ohne sie aus.

Aber es dauerte über zwanzig Minuten, bevor er sich neben seiner gestapelten Habe aufrichtete und den Hubschrauber beim Abflug beobachtete. Zum Glück war der Pilot nicht engherzig gewesen. Er drehte sich um und begann seine Stahlkröte zu beladen. Unter dem romantischen Einfluß der klassischen Literatur einer vergangenen Ära hatte er vorgehabt, Maulesel zu mieten, aber kein Zoo wollte ihm diese Tiere verkaufen.

Das Fahrzeug, das er schließlich gewählt hatte, war kein schlechter Ersatz für Maulesel. Es war äußerst strapazierfähig und beinahe narrensicher. Es bezog seine Energie aus sechs Quadratmetern Sonnenbatterie-Schirmen auf dem niedrigen, gewölbten Dach. Sie trieben einen Gleichstrommotor, und wenn dieser nicht gebraucht wurde und still stand, luden sie die Speicherbatterien, um Reserven für den Fall von wolkigem Wetter oder für Nachtfahrten zu schaffen. Die Lager waren ›immerwährend‹, alle beweglichen Teile, abgesehen von den Raupen und der Steuerung, hatte man eingekapselt.

Das Fahrzeug konnte auf glattem, ebenem Pflaster neun Stundenkilometer zurücklegen. In hügeligem Gelände kam es nicht zum Stillstand, sondern wurde immer langsamer, bis der gleichmäßige

Energieanfall der verlangten Leistung entsprach.

Die Stahlkröte gab MacKinnon ein Gefühl robinsonhafter Unabhängigkeit. Seine Habe füllte den kompakten kleinen Frachter bis obenhin. Er hakte das letzte Stück auf seiner Liste ab und überflog sie mit zufriedener Miene. Falthütte – Isolierwände und Boden – rostfrei. Sie war so leicht, daß man sie in fünf Minuten aufstellen konnte, aber auch so stabil, daß man unbesorgt schlafen durfte, selbst wenn sich draußen der größte Grislybär aller Zeiten herumtrieb.

Konzentrierte und getrocknete Nahrung für sechs Monate. Das ließ ihm Zeit, Gewächshäuser für die Hydroponik zu bauen und den Samen zum Wachsen zu bringen. Medikamente – die brauchte er wohl nicht, aber man konnte nicht vorsichtig genug sein. Handbücher aller Sorten. Eine leichte Sportflinte – aus dem vergangenen Jahrhundert. Das Kriegsministerium hatte sich rundweg geweigert, ihm einen tragbaren Strahler zu verkaufen. Nur einen Plan und die Maße hatte er bekommen können. Nun, gleich in den ersten freien Stunden gedachte er sich selbst eine Waffe zu bauen.

Alles andere war in Ordnung. MacKinnon kletterte in die Kanzel, packte die beiden Griffe und richtete die Nase der Stahlkröte auf das Wachhaus. Seit der Landung hatte sich niemand um ihn gekümmert. Er wollte das Tor geöffnet sehen und abziehen.

Am Haus standen einige Soldaten. Er suchte sich nach den Rangabzeichen am Kilt einen Legaten aus und sprach ihn an. »Ich wäre soweit. Würden Sie bitte aufmachen?«

»Okay«, sagte der Offizier und wandte sich an einen Soldaten, der den einfachen grauen Kilt des Schützen trug. »Jenkins, verständigen Sie das Kraftwerk, daß man dilatieren soll – ungefähr Öffnung Nummer drei«, fügte er hinzu, nachdem er die Größe der Stahlkröte abgeschätzt hatte.

Er wandte sich an MacKinnon. »Es ist meine Pflicht, Ihnen zu erklären, daß Sie auch jetzt noch in die Zivilisation zurückkehren können, wenn Sie bereit sind, Ihrer Neurose wegen ein Krankenhaus aufzusuchen.«

»Ich habe keine Neurose!«

»Gut. Sollten Sie Ihre Meinung irgendwann einmal ändern, dann kehren Sie zu der Stelle zurück, wo Sie eingetreten sind. Dort befindet sich eine Rufanlage, über die Sie der Wache mitteilen können, daß Sie das Tor geöffnet haben wollen.«

»Ich kann mir nicht vorstellen, wozu ich das wissen muß.«

»Vielleicht«, meinte der Legat achselzuckend, »aber wir schicken immer wieder Flüchtlinge in die Quarantäne. Wenn *ich* bestimmen könnte, käme man nicht so leicht heraus.« Ein Klingelzeichen ertönte. Die Soldaten in ihrer Nähe hasteten davon und zogen die Strahler. Die häßliche Schnauze eines montierten Strahlers erschien über dem Gebäude und richtete sich auf die Barriere.

Der Legat beantwortete die stumme Frage MacKinnons. »Das Kraftwerk öffnet gleich.« Er wies auf das andere Gebäude. »Fahren Sie mitten durch die Öffnung. Zur Aufhebung der Stasis gehört sehr viel Energie. Wenn Sie den Rand berühren, müssen wir die Reste zusammenklauben.«

Am Fuß der Barriere, ihrem Standort gegenüber, tauchte ein winziger, schimmernder Punkt auf. Er weitete sich zu einem Halbkreis im pechschwarzen Nichts. Dann war er groß genug, um MacKinnon durch den Bogen auf die Landschaft jenseits der Mauer Ausblick zu ermöglichen.

Die Öffnung wuchs, bis sie sechs Meter breit war. Sie umrahmte eine Landschaft aus rauhen, unfruchtbaren Hügeln. Er sah sich das an und wirbelte herum. »Man hat mich übertölpelt!« schrie er den Legaten an. »Auf diesem Land kann niemand existieren!«

»Nur nicht so voreilig«, erwiderte der andere. »Dahinter liegt gutes Land. Außerdem – Sie müssen ja nicht hinein. Aber wenn Sie's vorhaben, dann machen Sie endlich, daß Sie wegkommen!«

MacKinnon schoß das Blut ins Gesicht. Er zog an den Handgriffen. Die Raupen faßten, und die Kröte rollte davon.

Einige Meter hinter dem Tor sah er sich um. Die Barriere ragte hinter ihm empor, ohne die geringste Spur einer Öffnung. Neben der Stelle, wo er durchgefahren war, befand sich eine kleine Blechhütte. Sie enthielt wohl die Alarmanlage, die der Offizier erwähnt hatte, aber er interessierte sich nicht dafür und konzentriete sich auf die Steuerung seines Fahrzeugs.

Die Straße war leer. Das war ihm angenehm; er hatte nicht den Wunsch, anderen menschlichen Wesen zu begegnen, bis er geeignetes Land gefunden und seinen Claim abgesteckt hatte. Aber die Hügel zeigten Leben; mehrmals sah er kleine, schwarze Wesen zwischen dem Fels dahinhuschen, und hier und da starrten ihn glitzernde Augen an.

Er dachte zunächst gar nicht daran, mit diesen Tieren seine Vorräte zu ergänzen. Als ihm der Gedanke kam, schreckte er zuerst davor zurück – die Gewohnheit, aus ›Sport‹ zu jagen, war längst vor seiner Geburt aus der Mode gekommen. Da durch die Entwicklung billiger synthetischer Proteine der Beruf des Viehzüchters ausgestorben war, stand im Zweifel, ob er in seinem Leben überhaupt schon tierisches Fleisch gegessen hatte.

Aber er unterdrückte seinen Widerwillen und holte die Flinte heraus, lud sie und legte sie bereit. Mit der üblichen Tücke des Objekts war die nächste halbe Stunde nichts Jagdbares zu sehen. Er kam gerade an einer Felsnase vorbei, als er seine Beute sah. Sie lugte hinter einem kleinen Felsblock hervor, argwöhnisch, aber unerschrocken. Er hielt die Kröte an, zielte und legte den Lauf auf die Kanzelwand. Seine Beute hoppelte freundlicherweise ins Freie.

Er drückte ab, unwillkürlich die Muskeln anspannend und die Augen zukneifend. Natürlich ging der Schuß weit daneben.

Aber er war zunächst zu beschäftigt, um das zu bemerken. Die Welt rings um ihn schien explodiert zu sein, seine rechte Schulter war taub, sein Mund schmerzte wie nach einem harten Schlag, und die Ohren dröhnten. Überrascht stellte er fest, daß die Flinte unbeschädigt war.

Er legte sie weg, stieg aus dem Wagen und lief zu der Stelle, wo das kleine Wesen gesessen hatte. Es war nirgends zu sehen. Er suchte die Umgebung ab, konnte es aber nicht finden. Verwirrt kehrte er zu seinem Fahrzeug zurück, nachdem er entschieden hatte, daß die Flinte offensichtlich nicht betriebssicher war und er sie wohl besser genau überprüfte, bevor er den nächsten Schuß wagte.

Seine Beute beobachtete ihn von einem sicheren Standort aus. Sie war von den Ereignissen auch überrascht und an Schußwaffen ebensowenig gewöhnt wie MacKinnon.

Bevor er die Kröte wieder in Bewegung setzte, mußte sich MacKinnon um seine Oberlippe kümmern, die geschwollen war und eine Rißwunde aufwies. Er betupfte sie mit einem Antisepsismittel und setzte seine Fahrt ein wenig bedrückt fort. Das trockene Flußbett, in dem er gefahren war, verbreiterte sich, die Hügel wurden grün. Er erreichte eine starke Biegung und sah ein breites, fruchtbares Tal vor sich.

Der Boden war zum größten Teil bestellt, und er konnte Siedlungen erkennen. Mit gemischten Gefühlen fuhr er darauf zu. Die Anwesenheit von Mitmenschen ließ zwar geringere Strapazen erwarten, aber es sah nicht so aus, als könne er ganz einfach irgendein schönes Stück Land besetzen. Immerhin – Coventry war groß.

Er hatte die Stelle erreicht, an der die Straße den Talboden erreichte, als sich ihm zwei Männer in den Weg stellten. Sie hatten irgendwelche Waffen im Anschlag. Einer davon rief ihn an.

»Halt!«

MacKinnon hielt. Als sie auf ihn zukamen, fragte er: »Was wollen Sie?«

»Zollinspektion. Fahren Sie zum Büro hinüber.« Er deutete auf ein wenige Meter von der Straße entferntes kleines Gebäude, das MacKinnon bislang nicht bemerkt hatte.

»Was, zum Teufel, soll das heißen?« brauste er auf. »Gehen Sie weg und lassen Sie mich vorbei.«

Der Schweigsame hob die Waffe und zielte auf MacKinnon. Der andere packte ihn beim Arm und drückte den Lauf zur Seite.

»Schieß doch den Trottel nicht nieder, Joe«, sagte er gereizt. »Du bist immer so voreilig.« Dann wandte er sich an MacKinnon: »Sie haben ungesetzlichen Widerstand geleistet. Kommen Sie mit – aber ein bißchen plötzlich!«

»Ungesetzlich?« MacKinnon lachte bitter und riß die Flinte hoch. Sie erreichte seine Schulter nicht – der Sprecher hatte abgedrückt, anscheinend ohne zu zielen. MacKinnon spürte, wie ihm die Flinte aus der Hand gerissen wurde; sie flog durch die Luft und landete im Graben hinter der Kröte.

Der andere verfolgte die Flugbahn der Waffe mit Interesse und meinte: »Guter Schuß, Blackie. Kein Kratzer.«

»Das war Glück«, meinte der andere bescheiden, grinste aber zufrieden. »Bin froh, daß ich ihn nicht erwischt habe – wenigstens brauchen wir keinen Bericht zu schreiben.« Er setzte seine Amtsmiene auf und wandte sich wieder an MacKinnon, der verblüfft dasaß und sich die geprellten Hände rieb. »Na, starker Mann? Benehmen Sie sich anständig, oder müssen wir Sie holen?«

MacKinnon gab auf. Er fuhr die Kröte zur bezeichneten Stelle und erwartete mürrisch weitere Anweisungen.

»Steigen Sie aus und laden Sie ab«, hörte er.

Er gehorchte dem Zwang. Während er seine kostbare Habe herausholte, teilte Blackie sie in zwei Haufen, und Joe trug sie in Formulare ein. MacKinnon bemerkte bald, daß Joe nur die Dinge im ersten Stapel notierte. Er sah den Grund, als Blackie ihn anwies, die

Stahlkröte mit diesem Stapel wieder zu beladen, während er sich daranmachte, die anderen Sachen ins Haus zu tragen. David protestierte –

Joe schlug ihn gelassen und ohne Erbitterung nieder. MacKinnon raffte sich sofort wieder auf. Er war in eine derart blinde Wut geraten, daß er sich auf ein angreifendes Rhinozeros gestürzt hätte. Joe wich geschickt aus und schlug wieder zu. Diesmal konnte MacKinnon nicht sofort aufstehen.

Blackie ging zum Waschbecken in der Ecke. Er kam mit einem nassen Handtuch zurück und warf es MacKinnon zu. »Wischen Sie sich das Blut ab und steigen Sie ein. Wir müssen weiter.«

MacKinnon hatte Zeit zu ernsthaftem Nachdenken, während er Blackie in die Stadt fuhr. Abgesehen von der brüsken Erwiderung »zum Gericht«, auf seine Frage nach dem Ziel, zeigte sich Blackie nicht gesprächig.

Coventry war offenbar nicht das anarchistische Neusiedlerland, mit dem er gerechnet hatte. Es schien auch eine Art Regierung zu geben, wenngleich sie mit den ihm bekannten Formen keinerlei Verwandschaft zeigte. Immerhin setzte er seine ganze Hoffnung auf das Wissen, daß sie vor Gericht treten würden. Mehr als die Chance, dem Richter alles haarklein zu erzählen, verlangte er nicht. Die Justiz war dazu da, Gerechtigkeit walten zu lassen. Er fühlte sich berechtigt, seine Unabhängigkeit zu verteidigen, erwartete aber von anderen Leuten, daß sie sich benahmen, als seien sie an die Verfassung gebunden – andere Typen waren ihm bislang nicht begegnet.

MacKinnon vergaß, sich zu erheben, als der Richter den Saal betrat. Das trug ihm einen bösen Blick ein. Erscheinung und Benehmen des Richters konnten kein Vertrauen erwecken. Er war ein gutgenährter Mann mit rotem Gesicht, dessen sadistische Veranlagung an Gesicht und Gesten abzulesen war. Während er einige kleine Gesetzesübertreter mit drakonischer Strenge behandelte, mußte MacKinnon warten. Beim Zuhören bekam er das Gefühl, daß hier so ziemlich alles gegen die Gesetze verstieß.

Trotzdem war er erleichtert, als man ihn aufrief. Er trat vor und begann mit seiner Darstellung. Der Hammer des Richters unterbrach ihn.

»Was ist mit diesem Fall?« sagte der Richter grimmig. »Trunkenheit und Widerstand, offenbar. Ich werde diese Frechheiten bei den jungen Leuten ausmerzen, koste es, was es wolle!« Er wandte sich an den Schriftführer. »Vorstrafen?«

Der Schriftführer flüsterte ihm etwas ins Ohr. Der Richter warf MacKinnon einen halb verärgerten, halb argwöhnischen Blick zu, dann befahl er dem Zollbeamten, vorzutreten. Blackie machte seine Aussage mit der Gelassenheit des geübten Zeugen. MacKinnons Zustand wurde dem Widerstand gegen einen Beamten im Dienst zugeschrieben. Er legte das Inventarverzeichnis vor, das sein Kollege aufgestellt hatte, verschwieg aber die vielen Sachen, die sich die beiden angeeignet hatten.

Der Richter sah MacKinnon an. »Haben Sie irgend etwas zu Ihren Gunsten vorzubringen?«

»Versteht sich, Doktor«, begann dieser. »Daran ist kein Wort –«

Peng! Der Hammer schnitt ihm das Wort ab. Ein Gerichtsdiener hastete zu MacKinnon und versuchte ihm zu erklären, wie er den Richter anzureden hatte. Die Erklärung verwirrte ihn. Nach seiner Erfahrung konnte nur ein Mediziner ›Richter‹ sein – ein in den Sozialwissenschaften geschulter Psychiater. Aber er hielt sich an die Anweisung.

»Möge es dem Hohen Gericht gefallen, dieser Mann lügt. Er und sein Begleiter haben mich überfallen und beraubt. Ich war nur –«

»Schmuggler glauben sich immer bestohlen, wenn sie der Zoll erwischt«, fauchte der Richter. »Bestreiten Sie, sich der Durchsuchung widersetzt zu haben?«

»Nein, Euer Ehren, aber –«

»Das genügt. Als Strafe wird das Eineinhalbfache des üblichen Zolls erhoben. Zahlen Sie beim Schriftführer.«

»Aber das kann ich nicht, Euer Ehren –«

»Sie können nicht bezahlen?«

»Ich habe kein Geld, nur meinen Besitz.«

»So?« Er starrte den Schriftführer an. »Beschlagnahmen Sie seine Sachen. Zehn Tage wegen Landstreicherei. Wir können nicht zulassen, daß sich diese verarmten Einwanderer herumtreiben und anständige Leute aussaugen. Nächster Fall!«

Man trieb ihn hinaus. Erst das Knirschen des Schlüssels in der vergitterten Tür rief ihn in die Wirklichkeit zurück.

»Na, Freund, wie ist das Wetter draußen?« In der Zelle hielt sich bereits jemand auf, ein kleiner, gutgebauter Mann, der von seiner Patience aufsah. Er hockte im Reitsitz auf einer Bank, die Karten vor sich ausgebreitet, und betrachtete den Neuankömmling mit ruhigen, hellen Augen.

»Klar genug draußen – aber stürmisch im Gerichtssaal«, erwiderte MacKinnon, bemüht, sich dem humorvollen Ton anzupassen, was ihm nicht ganz gelang. Sein Mund schmerzte bei jeder Lippenbewegung.

Der andere kam leichtfüßig auf ihn zu.

»Da haben Sie aber eine schöne Ohrfeige erwischt«, meinte er und besichtigte MacKinnons Mund. »Tut's weh?«

»Leider«, gab MacKinnon zu.

»Dann müssen wir etwas dagegen tun.« Er ging zur Zellentür und rüttelte daran. »He, Lefty!« schrie er. »Es brennt! Komm sofort her.«

Der Wächter schlenderte heran und blieb an der Tür stehen. »Was gibt es denn, Fader?« fragte er.

»Mein alter Schulfreund hat sich das Gesicht angeschlagen, und es tut unglaublich weh. Du kannst dir einen Platz im Himmel verdienen, wenn du in die Apotheke hinunterschleichst, einen Verband und zwei Gramm Neoanodyn holst.« Die Miene des Wächters hellte sich nicht auf. Der Gefangene war beleidigt. »Na, hör mal, Lefty, ich dachte, du hättest nur darauf gewartet, dich als Menschenfreund zu zeigen.« Er wartete einen Augenblick, dann fügte er hinzu: »Paß auf – du tust es, und ich erkläre dir die Sache mit dem Rätsel. Einverstanden?«

»Erklären Sie es mir zuerst.«

»Das würde zu lange dauern. Ich schreib's dir auf und geb's dir dann.«

Als der Wächter zurückkam, behandelte MacKinnons Zellengenosse die Wunde mit großer Geschicklichkeit. »Man nennt mich Fader Magee. Wie heißen Sie, Freund?«

»David MacKinnon. Entschuldigen Sie, aber den Vornamen habe ich nicht richtig verstanden.«

»Fader. Meine Mutter hat mich noch nicht so gerufen«, erklärte er grinsend. »Das ist eher ein beruflicher Tribut an mein scheues und unauffälliges Wesen.«

MacKinnon sah ihn verwirrt an. »Beruflicher Tribut? Welchen Beruf haben Sie denn?«

Magee verzog den Mund. »Das habe ich Sie doch auch nicht gefragt«, sagte er. »Immerhin, es ist wohl derselbe wie bei Ihnen – Selbsterhaltung.«

Magee war ein guter Zuhörer, und MacKinnon begrüßte die Gelegenheit, jemandem von seinen Schwierigkeiten erzählen zu können.

»Überrascht mich gar nicht«, meinte Magee, als MacKinnon von der gewaltsamen Enteignung berichtet hatte. »Wer geht schon zum Zoll!«

»Aber was wird denn aus meinen Sachen?«

»Man versteigert sie, um den Zoll herauszuholen.«

»Wieviel wird da für mich übrigbleiben?«

Magee starrte ihn an. »Übrigbleiben? Nichts natürlich. Wahrscheinlich müssen Sie noch eine Defizitgebühr zahlen.«

»Wie, was ist denn das?«

»Damit bezahlt der Verurteilte den Strafvollzug«, erklärte Magee nachdrücklich. »Für Sie bedeutet es, daß Sie nach den zehn Tagen immer noch Schulden beim Gericht haben. Dann geht es los mit der Zwangsarbeit – einen Dollar pro Tag.«

»Sie nehmen mich auf den Arm.«

»Warten Sie nur ab. Sie müssen noch viel lernen, Dave.«

Coventry war weit komplizierter, als MacKinnon sich das vorgestellt hatte. Magee machte ihm klar, daß es drei verschiedene, voneinander unabhängige Jurisdiktionen gab. Das Gefängnis, in dem sie festgehalten wurden, lag im sogenannten Neu-Amerika. Es verfügte über die Formen demokratischer Regierung, aber die Behandlung, die man ihm hatte zuteil werden lassen, durfte als repräsentatives Beispiel für die Art und Weise gelten, wie man sie hier verstand.

»Aber hier ist es noch großartig im Vergleich zum Freistaat«, behauptete Magee. »Ich bin dort gewesen –« Der Freistaat war eine absolute Diktatur; der oberste Mann der herrschenden Clique wurde ›Befreier‹ genannt. Die Losung hieß ›Pflicht und Gehorsam‹, man setzte eine eiserne Disziplin mit solcher Härte durch, daß von freier Meinungsäußerung keine Rede sein konnte. Den Staat dachte man sich als Organismus mit einem Kopf, einem Gehirn und einem Zweck. Alles nicht Erlaubte war verboten.

»So wahr ich hier sitze«, sagte Magee, »man kann dort nicht ins Bett gehen, ohne einem ihrer verdammten Geheimpolizisten zu begegnen. Aber immerhin lebt es sich dort leichter als bei den Engeln«, fuhr er fort.

»Bei den Engeln?«

»Sicher. Die gibt es immer noch. Nach der Revolution müssen es immer noch zwei- oder dreitausend ganz Halsstarrige gewesen sein, die nach Coventry gingen – das wissen Sie ja. In den Hügeln im Norden existiert noch eine Kolonie, komplett mit Prophet und allem drum und dran. Sie sind nicht übel, aber ihre Beterei geht dem frömmsten Menschen auf die Nerven.«

Alle drei Staaten hatten einen seltsamen Zug gemein – jeder behauptete, die einzig legale Regierung der gesamten Vereinigten Staaten zu sein, und alle erhofften jenen künftigen Tag, an dem der ›unbefreite‹ Teil, nämlich die Außenwelt, heimgeholt werden konnte. Für die Engel sollte dieses Ereignis eintreten, sobald der Erste Prophet zur Erde zurückkehrte, um sie zu führen. In Neu-Amerika war es nicht mehr als ein passendes Wahlversprechen, das nach jeder Stimmabgabe vergessen wurde. Im Freistaat jedoch galt das als politischer Grundsatz.

Demzufolge hatte es zwischen dem Freistaat und Neu-Amerika eine ganze Reihe von bewaffneten Auseinandersetzungen gegeben. Der Befreier war logischerweise der Ansicht, Neu-Amerika sei ein unbefreiter Teil, und man müsse es unter die Herrschaft des Freistaates bringen, bevor sich die Vorteile ihrer Kultur auch auf die Außenwelt übertragen ließen.

Magees Worte zerstörten MacKinnons Traum, innerhalb der Barriere ein anarchistisches Utopia zu finden, aber er ließ sich diese Illusion nicht ohne Protest rauben.

»Hören Sie, Fader«, meinte er, »gibt es denn keine Gegend, wo man ruhig für sich leben kann, ohne von allen möglichen Leuten gestört zu werden?«

»Nein –«, sagte Fader nach einiger Überlegung, »nein . . . außer Sie wollen sich im Gebirge verstecken. Dort kann Ihnen nichts passieren, solange Sie nicht von den Engeln erwischt werden. Aber dieses Leben wäre höchst strapaziös. Haben Sie so etwas schon einmal versucht?«

»Nein . . . eigentlich nicht – aber ich habe alle Klassiker gelesen, Zane Grey, Jack London, und so weiter.«

»Na ja . . . vielleicht könnten Sie es schaffen. Aber wenn Sie wirklich als Eremit leben wollen, sollten Sie das lieber draußen versuchen, wo man nicht soviel dagegen hat.«

»Nein« – MacKinnons Rückgrat war ungebrochen –, »nein, das werde ich nie tun. Ich unterziehe mich nicht der psychologischen Umerziehung, nur um endlich in Ruhe gelassen zu werden. Wenn ich dort wieder anfangen könnte, wo ich vor meiner Verhaftung stand, ließe sich eher darüber reden ... aber bei dieser Diagnose ... nachdem man mir erzählt hat, daß ich nicht für menschliche Gesellschaft geeignet bin, bis meine Leidenschaften gezähmt sind, könnte ich das nicht ertragen. Nicht, wenn ich in ein Sanatorium müßte –«

»Aha«, sagte Fader, »Sie wollen nach Coventry, aber die Barriere soll Sie nicht vom Rest der Welt abschließen.«

»Nein, das ist ungerecht ... na, vielleicht stimmt es in gewisser Beziehung. Sagen Sie, Sie glauben doch nicht, daß ich nicht in Ihrer Gesellschaft sein dürfte, wie?«

»Mir kommen Sie ganz normal vor«, versicherte Magee lachend, »aber ich bin auch in Coventry, vergessen Sie das nicht. Vielleicht kann ich mir kein Urteil erlauben.«

»Sie reden nicht so, als gefiele es Ihnen maßlos. Warum sind Sie hier?«

Magee hob mahnend den Zeigefinger. »Na, na! Diese eine Frage darf man hier nicht stellen. Sie müssen davon ausgehen, daß jeder hergekommen ist, weil er wußte, wie großartig es hier ist.«

»Trotzdem ... Sie scheinen sich nicht wohl zu fühlen.«

»Ich habe nicht gesagt, daß es mir nicht gefällt. Es gefällt mir durchaus. Es hat Pfiff. Die kleinen Ungereimtheiten sind ein Quell unschuldiger Freude. Und falls es mal heiß werden sollte, kann ich immer noch durchs Tor zurück und mich für eine Weile in einem netten kleinen Krankenhaus ausruhen, bis es ruhiger wird.«

»Heiß?« fragte MacKinnon unsicher. »Verstehe ich nicht.«

»Das werden Sie schon noch erleben.«

Nach dem Abendessen – Brot, Stew in einer Metallschüssel, ein kleiner Apfel – führte Magee MacKinnon in die Geheimnisse des Cribbage-Spiels ein. MacKinnon hatte kein Bargeld zu verlieren. Nach einer Weile legte Magee die Karten weg. »Dave«, sagte er, »genießen Sie die Gastfreundschaft, die man uns hier bietet?«

»Kaum – warum?«

»Ich bin dafür, daß wir uns verdrücken.«

»Gute Idee, aber wie?«

»Darüber denke ich schon die ganze Zeit nach. Glauben Sie, daß Sie für eine gute Sache noch einen Schlag auf Ihren Schädel einstecken könnten?«

MacKinnon betastete vorsichtig sein Gesicht. »Ich denke schon – wenn es nötig ist. Viel kann ja nicht mehr verdorben werden.«

»Na prima! Hören Sie zu – dieser Wächter, Lefty, ist nicht nur ein Trottel, sondern auch sehr empfindlich, was sein Aussehen betrifft. Sobald das Licht ausgemacht wird, tun Sie . . .«

»Laßt mich 'raus hier! Laßt mich 'raus!« MacKinnon hämmerte gegen die Gitterstäbe und schrie aus Leibeskräften. Nichts rührte sich. Er machte wieder Lärm, bis seine Stimme in hysterisches Falsett umkippte. Murrend erschien Lefty, um nachzusehen.

»Was, zum Donnerwetter, ist denn mit Ihnen los?« fragte er und starrte durch die Stäbe.

MacKinnon verlegte sich auf tränenreiches Flehen. »Oh, Lefty, bitte lassen Sie mich hier 'raus. Bitte! Ich kann die Dunkelheit nicht ertragen. Es ist so dunkel hier – bitte lassen Sie mich nicht allein.« Er warf sich schluchzend gegen das Gitter.

Der Wächter fluchte vor sich hin. »Schon wieder ein Verrückter. Hör mal zu – halt's Maul und leg dich schlafen, sonst komm ich 'rein und geb dir mal 'nen Grund zum Schreien.« Er wandte sich ab.

MacKinnon schaltete augenblicklich auf die gemeine, unvorhersehbare Wut des Unverantwortlichen um. »Du schäbiger Affe! Du Idiot! Wo hast du denn diese Nase her?«

Lefty drehte sich um, mit wutverzerrtem Gesicht. Er machte den Mund auf. MacKinnon schnitt ihm das Wort ab. »Ja! Ja! Ja!« kreischte er, »Leftys Mutter ist vor einem Warzenschwein erschrokken –«

Der Wächter ließ die Faust auf die Stelle sausen, wo MacKinnons Gesicht zwischen die Gitterstäbe gepreßt war. MacKinnon duckte sich und griff gleichzeitig zu. Der Wächter verlor infolge des fehlenden Widerstandes das Gleichgewicht und fiel mit den Unterarmen durch die Stäbe. MacKinnons Finger glitten am Arm entlang und packten Leftys Handgelenke.

Er warf sich nach rückwärts und zerrte Lefty mit, bis der Aufseher an der Außenseite der Tür festgeklemmt war.

Der Schrei in Leftys Kehle erstickte. Magee hatte sofort gehandelt. Aus der Dunkelheit glitten seine schlanken Hände zwischen den Gitterstäben hindurch und krallten sich in den fleischigen Hals des Wächters. Lefty bäumte sich auf und wäre beinahe entkommen, aber MacKinnon warf sich mit dem ganzen Gewicht dagegen.

MacKinnon schien es, als verharrten sie eine Ewigkeit lang in dieser Stellung. Das Blut pochte so laut in seinen Schläfen, daß er befürchtete, man könne den Lärm meilenweit hören. Endlich flüsterte Magee: »Genügt. Taschen durchsuchen.«

Er stellte sich ungeschickt an, seine Hände zitterten, und zwischen den Stäben hatte er wenig Bewegungsfreiheit. Aber er fand die Schlüssel, in der letzten Tasche. Er gab sie an Magee weiter, der den Wächter zu Boden hatte gleiten lassen.

Magee beeilte sich. Mit gräßlichem Ächzen ging die Tür auf. Dave stieg über Lefty hinweg, aber Magee kniete nieder, hakte einen Knüppel von Leftys Gurt und knallte ihm eins über den Schädel. MacKinnon blieb stehen.

»Haben Sie ihn umgebracht?« fragte er.

»Nein, Mensch!« flüsterte Magee. »Lefty ist mein Freund. Los!«

Sie eilten durch den trüb beleuchteten Korridor zwischen den Zellen zur Tür, die zu den Verwaltungsbüros führte – dem einzigen Ausgang. Lefty hatte sie fahrlässigerweise offenstehen lassen, und durch den Türspalt schimmerte Licht, aber als sie leise darauf zuschlichen, hörten sie von der anderen Seite schwere Schritte. Dave schaute sich hastig nach einem Versteck um, aber er konnte sich nur in die Ecke zwischen Zellenblock und Wand pressen. Er hielt nach Magee Ausschau, aber der war verschwunden.

Die Tür ging auf. Ein Mann kam herein, blieb stehen und sah sich um. MacKinnon sah, daß er eine UV-Lampe trug und eine Spezialbrille dazu. Erst jetzt begriff er, daß ihn die Dunkelheit nicht schützte. Das UV-Licht fiel in seine Richtung. Er duckte sich zum Sprung.

Dann hörte er ein dumpfes Aufklatschen. Der Wächter seufzte, schwankte wie ein Rohr im Wind, dann brach er zusammen. Magee stand neben ihm, auf den Zehenspitzen, und betrachtete sein Werk, während er die Rundung des Knüppels mit den Fingern streichelte.

»Das reicht wohl«, meinte er. »Gehen wir, Dave!«

Er zwängte sich durch die Tür, ohne eine Antwort abzuwarten. MacKinnon blieb ihm auf den Fersen. Der beleuchtete Gang bog nach rechts und endete an einer großen Doppeltür, die auf die Straße führte. An der linken Wand, nahe dem Eingang, stand eine Bürotür offen.

Magee zog MacKinnon zu sich heran. »Glatte Sache«, flüsterte er. »Dort ist jetzt niemand als ein Sergeant. Wir schleichen an ihm vorbei, durch die Tür und hinaus in den Ozon –« Er winkte Dave, hinter ihm zu bleiben, und schlich geräuschlos zur Tür. Nachdem er einen kleinen Spiegel aus der Tasche gezogen hatte, legte er sich auf den Boden, preßte den Kopf an den Türrahmen und schob den winzigen Spiegel ein paar Zentimeter durch die Öffnung.

Anscheinend war er mit dem Ergebnis seines Spähunternehmens zufrieden; denn er raffte sich auf und drehte den Kopf so, daß MacKinnon die nächsten Worte an seinen Lippen ablesen konnte. »In Ordnung«, hauchte er, »nur ein –«

Hundert Kilo uniformierter Nemesis landeten auf seinen Schultern. Ohrenbetäubendes Klingeln schrillte durch den Korridor. Magee wehrte sich heftig, aber in dieser Gewichtsklasse konnte er nicht mithalten. Er machte sich kurz frei, um zu rufen: »Verschwinde, Dave!«

MacKinnon hörte irgendwo schnelle Schritte, sah aber nichts als die kämpfenden Gestalten vor sich. Er schüttelte sich plötzlich, dann stieß er dem größeren der beiden Kämpfer den Schuh an den Kopf. Der Mann schrie auf und ließ los, MacKinnon packte seinen kleinen Begleiter beim Genick und zerrte ihn hoch.

Magees Augen glitzerten fröhlich. »Gut gemacht, mein Junge«, keuchte er, als sie hinausrannten, »wenn auch nicht ganz sportlich! Wo hast du denn das her?«

MacKinnon konnte nichts erwidern, weil er sich anstrengen mußte, mit Magees Zickzackspurt Schritt zu halten. Sie rasten über die Straße, eine Gasse entlang und zwischen zwei Gebäude hinein.

Die folgenden Minuten, oder Stunden, waren für MacKinnon eine einzige Verwirrung. Er entsann sich später, auf einem Dachfirst entlanggekrochen zu sein und sich in der Dunkelheit eines Innenhofs versteckt zu haben, wußte aber nicht mehr, wie sie auf das Dach gekommen waren. Auch hatte er eine unerträglich lange Zeit allein in einer Abfalltonne verbracht und erinnerte sich seines Entsetzens, als Schritte näher gekommen waren und ein Lichtstrahl durch den Spalt fiel.

Donnerndes Krachen und eine wilde Jagd unmittelbar danach stellten klar, daß Fader die Verfolger abgelenkt haben mußte. Dann kam Magee zurück.

Nachdem die Verfolgung abgeflaut war, führte Magee ihn durch die Stadt, intime Kenntnis von Seitengassen und Abkürzungen verratend. Sie erreichten in einer Slumgegend den Stadtrand.

Dann blieb er stehen.

»Endstation«, sagte er. »Wenn du diese Straße entlanggehst,

kommst du bald auf offenes Land. Das willst du doch, nicht wahr?«

»Ich glaube schon«, meinte MacKinnon unsicher und starrte ins Dunkel. Dann wandte er sich wieder Magee zu.

Aber Magee war verschwunden. Er hatte sich in den Schatten verloren.

Schweren Herzens starrte MacKinnon in die angegebene Richtung. Es gab keinen vernünftigen Grund, warum Magee bei ihm hätte bleiben sollen. Der Dienst, den ihm Dave mit dem Fußtritt geleistet hatte, war mit Zins und Zinseszins zurückgezahlt – aber er hatte seinen einzigen Freund verloren. Er fühlte sich einsam und deprimiert.

Er hatte ein paar hundert Meter zurückgelegt und fragte sich, wie weit das offene Land noch sein mochte, als ihm ein Zischen aus einem dunklen Türbogen Gänsehaut über den Rücken jagte.

Ein Schatten löste sich aus dem Dunkel und berührte ihn am Arm.

»Dave«, sagte er leise.

MacKinnon spürte eine beinahe kindliche Erleichterung. »Fader!«

»Ich habe es mir anders überlegt, Dave. Die Gendarmen würden dich noch vor morgen einkassieren. Du kennst dich nicht aus ... deswegen bin ich zurückgekommen.«

Dave war erfreut und verblüfft zugleich. »Menschenskind, Fader«, protestierte er. »Sie brauchen sich keine Sorgen um mich zu machen. Ich komme schon durch.«

Magee schüttelte ihn. »Sei nicht kindisch. Du bist doch noch so grün, daß du irgendwann den Mund aufreißt und auf deinen Bürgerrechten bestehst oder irgendwas, dann bekommst du wieder eins auf die Schnauze.

Hör zu«, fuhr er fort, »ich bringe dich zu Freunden von mir, die dich verstecken, bis du hinter die Schliche hier gekommen bist. Aber sie stehen auf der anderen Seite des Gesetzes, verstehst du? Du darfst nichts Böses sehen, nichts Böses hören, nichts Böses erzählen. Glaubst du, daß du das schaffen kannst?«

»Ja, aber –«

»Kein ›aber‹. Komm mit.«

Der Eingang befand sich an der Rückseite eines alten Lagerhauses. Stufen führten in eine Vertiefung hinunter. Dort war eine Tür eingelassen. Magee klopfte in bestimmter Reihenfolge, wartete und lauschte. Dann flüsterte er: »Psss! Hier ist Fader!«

Die Tür öffnete sich schnell, und Magee wurde von zwei großen dicken Armen umfaßt und hochgehoben, während die Eigentümerin dieser Arme einen schmatzenden Kuß auf seine Wange drückte.

»Fader!« rief sie. »Sind Sie gesund? Wir haben Sie vermißt.«

»Das ist der richtige Willkommensgruß, Mother«, erwiderte er, als er wieder auf den Füßen stand, »aber ich möchte Ihnen einen Freund vorstellen. Mother Johnston, das ist David MacKinnon.«

»Darf ich Ihnen zu Diensten sein?« sagte David mit automatischer Förmlickeit, aber Mother Johnstons Augen verengten sich argwöhnisch.

»Gehört er dazu?« fragte sie scharf.

»Nein, er ist ein neuer Einwanderer – aber ich stehe für ihn ein. Er ist auf der Flucht, und ich habe ihn mitgebracht, damit er sich hier ausruhen kann.«

»Na ja –«

Magee zwickte sie in die Wange. »Das ist fein! Wann heiraten Sie mich endlich?«

Sie schlug seine Hand weg. »Wenn ich vierzig Jahre jünger wäre, würde ich einen solchen Gauner auch nicht nehmen! Na, kommen Sie mit«, sagte sie zu MacKinnon, »wenn Sie ein Freund von Fader sind – obwohl das kein Vorzug ist!« Sie watschelte eine Treppe hinunter und rief, man möge unten die Tür öffnen.

Der Raum war schwach beleuchtet. An einem langen Tisch saßen ungefähr ein Dutzend Menschen, tranken und unterhielten sich.

Magee wurde überschwenglich begrüßt. Er akzeptierte die Ovation mit ausgebreiteten Armen, dann wandte er sich MacKinnon zu. »Leute«, sagte er laut, »ich möchte euch Dave vorstellen, der beste Freund, der je im richtigen Augenblick einen Aufseher knockout geschlagen hat. Ohne Dave wäre ich nicht hier.«

Dave wurde zwischen zwei Männern an den Tisch gesetzt und bekam von einer hübschen jungen Frau einen Bierkrug in die Hand gedrückt. Ihm gegenüber saß ein mürrischer junger Mann, der sich an der Begrüßung Magees nicht beteiligt hatte. Er besah sich MacKinnon mit ausdrucksloser Miene, abgesehen von einem Tick, der sein rechtes Oberlid alle paar Sekunden angestrengt zucken ließ.

»Was machen Sie hier?« fragte er.

»Laß ihn in Ruhe«, fuhr Magee sofort dazwischen, aber in freundlichem Ton. »Er ist eben erst angekommen, das habe ich doch schon gesagt. Er ist in Ordnung«, fuhr er laut fort, auch zu den anderen gewandt, »innerhalb von nicht einmal vierundzwanzig Stunden hier brach er aus dem Gefängnis aus, verprügelte zwei Zollpolypen und sagte dem alten Richter Fleischacker Bescheid. Was meint ihr dazu?«

Dave war Mittelpunkt anerkennenden Interesses, aber der Mann mit dem Tick ließ sich nicht so leicht abspeisen. »Das ist alles recht und schön, aber ich habe ihn anständig gefragt, was er hier macht. Wenn er dieselbe Tour hat wie ich, bin ich nicht einverstanden – da ist sowieso schon alles überfüllt.«

»In deiner billigen Branche immer, aber er gehört nicht dazu. Mach Schluß!«

»Warum gibt er nicht selber Antwort?« fragte Alec argwöhnisch. Er richtete sich auf. »Ich glaube nicht, daß er zu uns gehört –«

Magee schien sich plötzlich mit einem schmalen, langen Messer die Fingernägel reinigen zu wollen. »Steck die Nase wieder ins Glas, Alec«, meinte er leichthin, ohne aufzusehen, »oder soll ich sie dir abschneiden?«

Der andere befingerte nervös einen Gegenstand in seiner Hand. Magee schien ihn nicht zu sehen, sagte aber: »Wenn du glaubst, daß du mit deinem Vibrator schneller bist als ich mit dem Messer, dann versuch's doch.«

Der andere blieb einen Augenblick lang unsicher stehen, während sein Lid ununterbrochen zuckte. Mother Johnston trat zu ihm und drückte ihn auf den Stuhl zurück. »Na, na! Benimmt man sich denn so? – Noch dazu vor einem Gast! Fader, stecken Sie den Zahnstocher weg – ich schäme mich für Sie.«

Das Messer war verschwunden. »Sie haben recht wie immer«, sagte er lächelnd. »Molly soll mein Glas noch einmal füllen.«

Ein alter Mann neben MacKinnon starrte David lange an, dann fragte er: »Bist du ein Eingeweihter?«

Dave sah Magee fragend an. Magee antwortete für ihn. »Nein, das ist er nicht – Mother Johnston wußte es, als sie ihn hereinließ. Er ist hier, weil er eine Zuflucht braucht – wie es unsere Gebräuche vorsehen.«

Gemurmel lief durch die Tischrunde. Molly blieb stehen und hörte zu. Aber der alte Mann schien zufrieden zu sein.

»Stimmt . . . stimmt«, sagte er und trank, »Zuflucht muß gewährt werden, wenn –« Seine Worte verloren sich in unverständlichem

Gebabbel.

Die Spannung legte sich. Magee wandte sich wieder Dave zu. »Ich dachte, was man nicht weiß, macht einen nicht heiß – aber nachdem nun einmal davon gesprochen worden ist –«

»Was meint er denn damit?«

»Gramps fragte, ob du Mitglied der alten und ehrenwerten Bruderschaft von Dieben, Halsabschneidern und Taschenfilzern bist.«

Magee starrte Dave mit sardonischem Vergnügen an. Dave blickte unsicher von Magee zu den anderen, sah, daß sie Blicke wechselten, und fragte sich, welche Antwort man von ihm erwartete. Alec brach das Schweigen. »Na«, sagte er verächtlich, »worauf wartest du denn? Los, stell ihm die Frage – oder dürfen die Freunde des großen Fader hier so ohne weiteres 'reinkommen?«

»Ich habe dich schon einmal gewarnt, Alec«, sagte Fader gelassen. »Außerdem vergißt du eine Regel. Alle Anwesenden müssen zuerst entscheiden, ob die Frage gestellt werden soll oder nicht.«

Ein kleiner Mann mit sorgenvoller Miene gab ihm Antwort. »Ich glaube, das paßt hier nicht ganz, Fader. Wenn er von selbst gekommen oder uns in die Hände gefallen wäre, dann ja. Aber Sie haben ihn mitgebracht. Ich glaube, ich spreche für alle, wenn ich sage, daß er die Frage beantworten soll. Falls niemand Einspruch erhebt, frage ich ihn selbst.« Er wartete einige Zeit. Niemand meldete sich zu Wort. »Also gut . . . Dave, du hast zuviel gesehen und gehört. Verläßt du uns jetzt – oder bleibst du und schwörst du den Eid unserer Gilde? Ich muß dich warnen, daß du dann für dein ganzes Leben gebunden bist – und für Verrat gibt es nur eine Strafe.«

Er fuhr sich mit dem Daumen quer über die Kehle. Gramps kicherte.

Dave sah sich um. Magees Gesicht brachte ihm keine Hilfe. »Was muß ich schwören?« wich er aus.

Das Palaver andete plötzlich, als draußen heftiges Klopfen laut wurde. »Aufmachen, da unten!«

Magee stand auf und winkte Dave zu.

»Das gilt uns«, sagte er. »Komm mit.«

Er trat zu einem großen, altmodischen Rundfunkschrank an der Wand, griff hinein und klappte eine Seitenwand auf. Dave sah, daß man den Apparat so umgebaut hatte, daß ein Mann sich hineinzwängen konnte. Magee drängte ihn hinein, klappte die Wand zu und verschwand.

Daves Gesicht war nahe an dem Gitter, das den Lautsprecherteil verdeckte. Molly hatte die zwei überzähligen Gläser vom Tisch genommen und hatte den Inhalt über die Stelle geschüttet, wo sich die Ringe abzeichneten.

MacKinnon sah Fader unter den Tisch gleiten und nach oben greifen. Dann war er verschwunden. Anscheinend hatte er sich auf irgendeine Weise an der Unterseite der Tischplatte festgemacht.

Mother Johnston machte die untere Tür auf, dann stapfte sie langsam die Stufen hinauf, schnaufend und fluchend. Er hörte sie die Außentür aufschließen.

»Um diese Zeit anständige Leute aufzuwecken!« protestierte sie. »Es ist schwer genug, die Arbeit zu schaffen und sich am Leben zu halten, ohne alle fünf Minuten alles hinwerfen zu müssen –«

»Das genügt«, erwiderte eine Männerstimme. »Kommen Sie mit nach unten. Wir haben geschäftlich mit Ihnen zu reden.«

»Worüber?« fragte sie.

»Vielleicht über Schnapsverkauf ohne Lizenz, aber das ist es nicht – diesmal nicht.«

»Das tu ich nicht – hier ist ein privater Club. Der Schnaps gehört den Mitgliedern; ich serviere ihn nur.«

»Schon gut. Mit den Mitgliedern möchte ich sprechen. Los.«

Sie betraten den Raum. Der Sprecher war ein Polizeisergeant, begleitet von einem Wachtmeister. Dahinter erschienen zwei weitere Uniformierte, Soldaten.

Der Sergeant kümmerte sich nicht mehr um Mother Johnston.

»Los, Leute«, rief er, »aufstellen!«

Sie taten es, unwillig, aber ohne zu zögern. Molly und Mother Johnston beobachteten sie und rückten näher zusammen. Der Sergeant rief: »Gut, Korporal – übernehmen Sie!«

Der Mann, der Dave befragt hatte, meldete sich zu Wort.

»Was soll das heißen?«

Der Sergeant erwiderte grinsend: »Aushebung, das soll es heißen. Ihr seid alle in die Armee aufgenommen.«

»Preßpatrouille!« entfuhr es jemandem.

Der Korporal trat vor. »In Zweierreihen aufstellen«, sagte er. Aber der kleine Mann mit der Sorgenmiene war noch nicht fertig.

»Das verstehe ich nicht«, wandte er ein. »Wir haben doch erst vor drei Wochen mit dem Freistaat einen Waffenstillstand unterzeichnet.«

»Das geht dich nichts an«, sagte der Sergeant, »und mich auch nicht. Wir nehmen jeden gesunden Mann, der nicht in der Industrie gebraucht wird. Los!«

»Dann könnt ihr mich nicht mitnehmen.«

»Warum nicht?«

Er hob den Arm. Die Hand fehlte. Der Sergeant sah den Korporal an, der widerwillig nickte und sagte: »Gut – aber melden Sie sich morgen im Büro und lassen Sie sich einschreiben – vorwärts, marsch!«

Die Männer marschierten hinaus. Der Sergeant verließ den Raum als letzter. Er drehte sich an der Tür um und sagte zu Mother Johnston: »Haben Sie kürzlich den Fader gesehen?«

»Den Fader?« sagte sie stirnrunzelnd. »Aber der ist doch im Gefängnis.«

»O ja . . . das ist wahr.« Er ging hinaus.

Magee lehnte das von Mother Johnston angebotene Glas ab. Dave sah überrascht, daß er sich zum erstenmal Sorgen zu machen schien.

»Das versteh ich nicht«, murmelte Magee, halb zu sich selbst, halb zu dem Einhändigen. »Ed – was ist passiert?«

»Nicht viel, seit man Sie erwischt hat, Fader. Der Waffenstillstand war ja schon vorher. Nach den Zeitungen dachte ich, daß die Sache ein für allemal geregelt wird.«

»Ich auch. Aber die Regierung rechnet mit einem Krieg, wenn sie die allgemeine Wehrpflicht einführt.« Er stand auf. »Ich muß mehr wissen. Al!« Der Küchenjunge steckte den Kopf herein.

»Was willste denn, Fader?«

»Geh 'raus und mach mit fünf oder sechs Bettlern ein Palaver. Such ihren ›König‹ auf. Du weißt, wo er zu finden ist?«

»Sicher, drüben beim Auditorium.«

»Laß dir erklären, was vorgeht, aber sag nicht, wer dich schickt.«

»Gut, Fader. Wird gemacht.« Der Junge verschwand.

»Molly!«

»Ja, Fader?«

»Würdest du dasselbe bei den Mädchen versuchen? Ich möchte wissen, was sie von ihren Kunden erfahren.« Sie nickte. Er fuhr fort: »Am besten sprichst du mit der kleinen Rothaarigen, die am Union Square steht. Hier –« Er zog ein Bündel Geldscheine aus der Tasche und gab ihr ein paar davon. »Nimm das lieber mit . . . du mußt vielleicht einen Polypen schmieren, damit er dich wieder aus dem Bezirk läßt.«

Magee hatte keine Lust zum Reden und bestand darauf, daß Dave ein paar Stunden schlief. Mother Johnston machte ihm in einem dunklen, muffigen Nebenraum eine Matratze zurecht. Er mußte zum erstenmal ohne die gewohnten hygienischen Bequemlichkeiten auskommen, schlief aber bald ein, angekleidet und unter einer Decke.

Er erwachte mit starken Kopfschmerzen, stand auf und entdeckte, daß ihm alle Knochen und Muskeln weh taten. Außerdem war er schmutzig. Es juckte überall.

Er ging in den großen Raum und sah Magee am Tisch sitzen. Er begrüßte Dave. »Na, wie geht's? Ich wollte dich gerade wecken. Du hast fast den ganzen Tag geschlafen. Wir haben allerhand zu bereden.«

»Okay – gleich. Wo ist der Erfrischer?«

»Da drüben.«

Er entsprach nicht Daves Vorstellungen von einer Erfrischungskammer, aber es gelang ihm, sich trotz des glitschigen Bodens zu duschen. Es gab keine Heißlufttrockner, und er mußte sich halbwegs mit dem Taschentuch abtrocknen. Er konnte keine frische Kleidung aussuchen. Er mußte die alte anziehen oder nackt gehen.

Mother Johnston hatte ihm ein appetitliches Frühstück hergerichtet. Er ließ sich vom Kaffee wieder Mut machen, während Magee erzählte. Eine ernste Situation sei entstanden, berichtete Fader. Neu-Amerika und der Freistaat hätten ihre Differenzen begraben und sich zusammengeschlossen. Sie seien ernsthaft dabei, aus Coventry auszubrechen und die Vereinigten Staaten anzugreifen.

»Das ist doch lächerlich«, meinte MacKinnon. »Sie wären hoffnungslos in der Minderheit. Und was ist mit der Barriere?«

»Weiß ich noch nicht. Aber sie glauben, die Barriere durchbrechen zu können ... Und es heißt, daß man auch eine neue Waffe entwikkelt hat, mit der auch kleine Armeen die Vereinigten Staaten schlagen könnten.«

»Ich weiß nur, daß es theoretisch unmöglich sein soll, die Barriere zu durchstoßen«, erwiderte MacKinnon. »Natürlich soll man sie überfliegen können, aber selbst das scheint niemand lebend zu überstehen.«

»Angenommen, man hätte einen Weg gefunden, sich vor der Wirkung des Barrierefelds zu schützen«, meinte Magee. »Aber darauf kommt es uns gar nicht an. Wichtiger ist folgendes: Sie haben sich zusammengeschlossen. Der Freistaat liefert die Techniken und die meisten Offiziere, Neu-Amerika, mit seiner größeren Bevölkerung, die Mehrzahl der Soldaten. Für uns bedeutet das, daß wir uns nirgends blicken lassen dürfen, sonst sind wir in der Armee, bevor wir uns umsehen.

Und das bringt mich dazu, etwas vorzuschlagen. Ich verschwinde hier, sobald es dunkel wird, und verdrücke mich zum Tor, bevor einer kommt, der klug genug ist, auch unter dem Tisch nachzusehen. Ich dachte, du möchtest vielleicht mitkommen.«

»Zurück zu den Psychologen?« MacKinnon war entgeistert.

»Sicher – warum nicht? Was hast du zu verlieren? In der ganzen Ggend hier wird es in ein paar Tagen genau wie im Freistaat zugehen – und da ginge es dir schlecht. Was hast du gegen ein schönes, ruhiges Krankenzimmer, wo du dich verkriechen kannst, bis es ruhiger geworden ist? Du brauchst dich ja um die Psychoknaben nicht zu kümmern – knurr sie an, wenn sie ins Zimmer kommen – bis sie die Lust verlieren.«

Dave schüttelte den Kopf. »Nein«, sagte er, »das kann ich nicht.«

»Was willst du dann unternehmen?«

»Ich weiß es noch nicht. Vielleicht ins Gebirge gehen. Bei den Engeln leben, wenn es nicht anders geht. Sie können ruhig für meine Seele beten, solange sie mein Gehirn in Ruhe lassen.«

Sie schwiegen eine Weile. Magee ärgerte sich ein wenig über Daves Halsstarrigkeit. MacKinnon schaufelte währenddessen hastig gegrillten Schinken hinunter. »Das schmeckt!« sagte er, um die peinliche Stille zu überbrücken, »ich wüßte nicht, wann ich je etwas Besseres bekommen hätte – Moment!«

»Was denn?« fragte Magee.

»Dieser Schinken – ist er synthetisch oder richtiges Fleisch?«

»Richtiges natürlich. Wieso?«

Dave antwortete nicht. Er erreichte die Toilette rechtzeitig.

Bevor Magee ging, gab er Dave Geld, damit er sich für den Marsch ins Gebirge ausrüsten konnte. MacKinnon protestierte, aber Fader unterbrach ihn. »Sei kein Narr, Dave. Ich kann draußen das Geld nicht gebrauchen, und du schaffst es im Gebirge ohne die richtige Ausrüstung nie. Bleib ein paar Tage hier, bis Al oder Molly für dich die Sachen besorgt haben, dann hast du eine Chance – außer du überlegst es dir noch und kommst mit mir?«

Dave schüttelte den Kopf und nahm das Geld.

Es war einsam, als Magee gegangen war. Mother Johnston spielte später Dame mit ihm, um ihn etwas aufzuheitern.

Ein leises Klopfen einige Stunden später schreckte sie auf. Mother Johnston überlegte. »Das ist nicht unser Zeichen«, meinte sie, »aber für die Polypen ist es nicht laut genug.«

MacKinnon wartete neben dem Versteck, während Mother Johnston nachschaute. Er hörte, wie die Tür entriegelt und aufgesperrt wurde, dann rief sie leise: »Dave! Kommen Sie schnell, Dave – beeilen Sie sich!«

Es war Fader, bewußtlos, eine blutige Spur hinterlassend.

Gemeinsam schleppten sie ihn nach unten und legten ihn auf den langen Tisch. Er kam für einen Augenblick zu sich.

»Na, Dave«, flüsterte er. »Jemand hat mich übertrumpft.«

»Sei still!« fauchte Mother Johnston, dann sagte sie leise zu Dave: »Ach, der Arme . . . Dave, wir müssen ihn zum Doktor bringen.«

»Geht . . . nicht«, murmelte Fader. »Ich . . . muß . . . zum . . . Tor –« seine Stimme verklang. Mother Johnston hatte inzwischen eine kleine Schere geholt und Faders Kleidung aufgeschnitten. Sie besichtigte kritisch die Verletzung.

»Das ist kein Job für mich«, sagte sie, »und er muß schlafen, während wir ihn fortschaffen. Dave, hol die Spritze aus dem Arzneischrank.«

»Nein, Mother!« sagte Magee laut und deutlich. »Holt mir eine Aufmunterungspille«, fuhr er fort. »Im –«

»Aber, Fader –«

»Ich muß zum Doktor, stimmt, aber wie soll ich hinkommen, wenn nicht auf meinen eigenen Beinen?«

»Wir könnten dich tragen.«

»Danke, Mother«, sagte er weich. »Das weiß ich – aber die Polizei würde sich dafür interessieren. Gebt mir die Pille.«

Dave folgte ihr in die Toilette und fragte: »Warum holen wir nicht einfach einen Arzt?«

»Es gibt nur einen Arzt, dem wir trauen können, und das ist der Doktor. Außerdem sind die anderen keinen Schuß Pulver wert.«

Magee hatte wieder das Bewußtsein verloren, als sie zurückkamen. Mother Johnston gab ihm ein paar Ohrfeigen, bis er blinzelnd und fluchend zu sich kam. Dann nahm er die Pille.

Das starke Reizmittel, komplizierter Abkömmling gewöhnlichen Kohlenteers, wirkte beinahe sofort. Dem äußeren Anschein nach war Magee ein gesunder Mann. Er setzte sich auf und fühlte seinen Puls. »Prima«, sagte er, »diese Dosis halte ich leicht aus.«

Er wartete, bis Mother Johnston seine Wunden verbunden hatte, dann verabschiedete er sich. MacKinnon sah Mother Johnston an. Sie nickte.

»Ich geh mit«, sagte er zu Fader.

»Wozu? Damit verdoppelt sich das Risiko nur.«

»Sie können nicht alleine gehen – mit oder ohne Pille.«

»Quatsch. Ich müßte mich um dich kümmern.«

»Ich gehe mit.«

Magee fügte sich achselzuckend.

Mother Johnston wischte sich den Schweiß vom Gesicht und küßte beide Männer.

Bis sie die Stadt hinter sich hatten, wurde MacKinnon an die alptraumhafte Flucht vom vergangenen Abend erinnert. Danach hielten sie Kurs nach Nordnordwest entlang einer Straße, die auf hügeliges Gebiet zuführte; sie verließen sie nur, wenn sie sich vor den wenigen Fahrzeugen verstecken mußten. Einmal hätte sie beinahe ein Streifenwagen der Polizei überrascht, ausgerüstet mit UV-Licht und beinahe unsichtbar, aber Fader spürte es rechtzeitig, und sie verbargen sich hinter einer niedrigen Mauer, die das angrenzende Feld von der Straße trennte.

Je weiter die Nacht voranschritt, desto weniger sprach Fader. In sein Gesicht gruben sich tiefe Falten. Die Wirkung der Droge nahm rapide ab.

Nach einer Weile setzte sich Magee an den Straßenrand. »Es hat keinen Zweck«, sagte er. »Ich schaffe es nicht.«

»Natürlich schaffen wir es. Ich trage Sie.«

Magee grinste schwach.

»Nein, im Ernst«, drängte Dave. »Wie weit ist es noch?«

»Vier bis fünf Kilometer, ungefähr.«

»Steigen Sie auf.« Er nahm Magee auf den Rücken und machte sich auf den Weg. Die ersten paar hundert Meter waren nicht allzu schwierig. Magee war dreißig Pfund leichter als Dave. Danach wirkte sich die Belastung durch das zusätzliche Gewicht aus. Die Arme verkrampften, die Füße wurden schwer, und Magees Arme um seinen Hals behinderten die Atmung.

Vier Kilometer noch – vielleicht mehr. Das Gewicht nach vorne fallen lassen, die Beine müssen nach, sonst stürzt man. Automatisch – wie beim Zähneziehen. Wie lang ist ein Kilometer? Nichts in einer Rakete, zwanzig Sekunden in einem Aussichtswagen, acht Minuten in einer Stahlkröte, zehn Minuten für ausgebildete Soldaten mit Gepäck. Wie weit ist es, mit einem Mann auf dem Rücken, auf unebener Straße, ermüdet, bevor man den Weg angetreten hat?

Tausend Meter – eine sinnlose Zahl. Aber jeder Schritt nimmt einen dreiviertel Meter weg. Der Rest ist immer noch unfaßbar – eine Unendlichkeit. Zähle. Zähle, bis du verrückt wirst und die Zahlen sich außerhalb deines Kopfes sprechen . . . und der Aufprall deiner riesigen, gefühllosen Füße dein Gehirn erschüttert. Zähle rückwärts, jedesmal zwei abziehend – nein, das ist noch schlimmer – jeder Rest ist eine unerreichbare, unvorstellbare Zahl.

Seine Welt schrumpfte zusammen, verlor ihre Geschichte, besaß keine Zukunft. Es gab nichts, gar nichts als die peinigende Notwendigkeit, den Fuß zu heben und vorzusetzen. Kein Gefühl als die herzzerreißende Willensanstrengung, die für diese bedeutungslose Handlung notwendig war.

Er wurde plötzlich ins Bewußtsein zurückgeholt, als Magees Arme sich von seinem Hals lösten. Er beugte sich vor und ließ sich auf ein Knie nieder, um seine Last nicht abzuwerfen, dann senkte er sie langsam auf den Boden. Für einen Augenblick glaubte er Fader tot – er fand seinen Puls nicht, aber er preßte das Ohr an Magees Brust und hörte erleichtert den schwachen Herzschlag.

Er band Magees Handgelenke mit seinem Taschentuch zusammen und zwängte seinen eigenen Kopf durch die Arme. Aber in seinem erschöpften Zustand vermochte er die Last nicht auf den Rücken zu stemmen. Fader kam wieder zu sich, während MacKinnon sich abmühte. Seine ersten Worte waren: »Nur mit der Ruhe, Dave. Was ist denn passiert?«

Dave erklärte es ihm. »Mach meine Handgelenke wieder los«, riet Fader, »ich glaube, ich kann eine Weile gehen.«

Und er ging, nahezu dreihundert Meter, bevor er wieder aufgeben mußte. »Paß auf, Dave«, sagte er, nachdem er sich teilweise erholt hatte, »hast du ein paar von diesen Pillen mitgebracht?«

»Ja – aber Sie dürfen keine mehr nehmen. Das wäre Ihr Tod.«

»Ja, ich weiß – so sagt man. Aber das meine ich nicht – noch nicht. Ich wollte vorschlagen, daß du eine nimmst.«

»Aber natürlich! Ich bin doch ein Trottel!«

Magee erschien ihm nicht schwerer als ein leichter Mantel, der Morgenstern schimmerte heller, und seine Kraft schien unerschöpflich. Selbst als sie die Straße verließen und den Pfad hinaufstiegen, der zum Haus des Doktors in den Hügeln führte, war die Last nicht zu schwer. MacKinnon wußte, daß die Droge seine letzten Reserven angriff und daß er Tage brauchen würde, um sich von diesem brutalen Raubbau zu erholen, aber das war ihm egal. Kein Preis erschien ihm für den Augenblick zu hoch, als er endlich an der Tür zum Haus des Doktors ankam – auf seinen eigenen Beinen.

MacKinnon durfte Magee vier Tage lang nicht sehen. In der Zwischenzeit mußte er sich als Rekonvaleszent gebärden, um die fünfundzwanzig Pfund aufzuholen, die er in zwei Tagen und Nächten verloren hatte, um die schwere Belastung, der er sein Herz in der letzten Nacht ausgesetzt hatte, auszugleichen. Kalorienreiches Essen, Sonnenbäder, Ruhe und eine friedliche Umgebung ließen ihn Gesundheit und Gewicht bald wiedererlangen, aber er war gerne ›krank‹, weil er die Gesellschaft des Doktors und Persephones genoß.

Persephone war, dem Kalender nach, fünfzehn Jahre alt. Dave wußte nie, ob sie ihm viel älter oder viel jünger vorkam. Sie war in Coventry geboren und hatte ihr kurzes Leben im Hause des Doktors verbracht, seit ihre Mutter bei der Geburt gestorben war. In vieler Hinsicht war sie noch ganz kindlich, ohne jede Erfahrung mit der zivilisierten Welt außerhalb der Barriere. Aber sie hatte ungehinderten Zugang zur Bibliothek eines wissenschaftlichen Denkers gehabt. MacKinnon wurde von ihrem immensen Wissen immer wieder überrascht – es übertraf sein eigenes bei weitem. Manchmal kam es ihm vor, als spreche er mit einer alten, weisen Frau, bis sie irgend etwas Naives über die Außenwelt erzählte, was ihm klarmachte – daß sie in Wirklichkeit noch ein Kind war.

Ein paar Tage später kam sie aufgeregt zu ihm.

»Was ist denn los?« fragte er besorgt.

Er brachte es langsam aus ihr heraus, daß sie ein Gespräch zwischen Magee und dem Doktor belauscht und zum erstenmal von dem bevorstehenden militärischen Unternehmen gegen die Vereinigten Staaten gehört hatte. Er tätschelte ihre Hand.

»Wenn das alles ist«, meinte er erleichtert. »Ich dachte, mit dir wäre etwas nicht in Ordnung.«

»Dave, willst du mir wirklich weismachen, du hättest das die ganze Zeit gewußt und dir keine Sorgen gemacht?«

»Ich? Warum denn? Und was könnte ich schon dagegen tun?«

»Was du tun könntest? Du könntest hinausgehen und sie warnen – . . . du bist wirklich unmöglich.« Sie brach in Tränen aus und rannte hinaus.

Er starrte ihr mit offenem Mund nach, dann sagte er sich, daß die Frauen eben schwer zu verstehen waren.

Beim Mittagessen fehlte sie. MacKinnon fragte den Doktor nach ihr.

»Sie hat schon gegessen«, sagte der Doktor. »Sie ist auf dem Weg zum Tor.«

»Was? Und Sie lassen das zu?«

»Sie ist ihr eigener Herr. Übrigens hätte sie sowieso nicht auf mich gehört. Sie kommt schon durch.«

Dave hörte die letzten Worte nicht mehr, weil er schon im Freien war. Er fand sie, als sie ihr kleines Monorad aus der Garage zog.

»Persephone!«

»Was willst du?« fragte sie würdevoll.

»Das darfst du nicht tun! Fader hat es schon nicht geschafft!«

»Ich gehe. Laß mich durch.«

»Dann gehe ich mit.«

»Warum?«

»Weil ich auf dich aufpassen muß.«

Sie schnaubte verächtlich. »Als würde jemand wagen, mich anzurühren!«

Sie hatte in gewisser Weise recht. Der Doktor, und alle Angehörigen seines Haushalts, genossen eine Immunität, die keinem anderen Menschen in Coventry zuteil wurde. In natürlicher Konsequenz der Umstände verfügte Coventry kaum über fähige Mediziner. Die Zahl der Ärzte, die der Gesellschaft Schaden zufügten, war gering. Der Doktor stand über dem Gesetz. Im Freistaat brauchte ihn der Befreier, um sich mit Insulin vor dem Tod zu bewahren. In Neu-Amerika waren seine Kunden ebenso mächtig. Selbst unter den Engeln des Herrn akzeptierte der Prophet die Anweisungen des Doktors ohne Murren.

Aber MacKinnon war nicht beruhigt. Irgendein unwissender Narr mochte dem Kind Schaden zufügen, ohne sich über ihre Sonderprivilegien Gedanken zu machen Er hatte keine Gelegenheit mehr, zu protestieren. Sie ließ den Motor an und zwang ihn, zur Seite zu springen. Als er sich von seinem Schrecken erholt hatte, war sie schon weit entfernt. Er konnte sie nicht mehr einholen.

Nach vier Stunden kam sie zurück. Damit hatte er gerechnet. Wenn es einem so klugen Mann wie Fader nicht gelungen war, nachts das Tor zu erreichen, hatte ein junges Mädchen bei Tag erst recht keine Chance.

Er hoffte, sie werde ihn um Hilfe bitten. Bis sie zurückgekehrt war, hatte er sich das sogar fest eingeredet. Er würde zustimmend nicken und sich für sie in den Kampf stürzen, vielleicht, um verwundet oder getötet zu werden, eine heroische Gestalt, auch wenn er sein Ziel nicht erreichte.

Er sah sich als eine Mischung aus König Artus und D'Artagnan.

Aber sie fragte ihn nicht – sie gab ihm nicht einmal Gelegenheit, mit ihr zu sprechen.

Zum Essen erschien sie nicht. Nachher schloß sie sich mit dem Doktor in dessen Arbeitszimmer ein. Als sie herauskam, ging sie sofort auf ihr Zimmer. Schließlich entschied er sich auch dazu, ins Bett zu gehen.

Ins Bett, schlafen, und morgen frisch an die Arbeit – aber so einfach war das nicht. Die unfreundlichen Wände starrten ihn an, und die andere, kritische Hälfte seines Verstandes beschloß, sich die Nacht um die Ohren zu schlagen. Narr! Sie will deine Hilfe nicht! Warum auch? Was kannst du vorweisen, das der Fader nicht hätte? Für sie bist du nur einer der vielen Verrückten, die sie ihr ganzes Leben hier gesehen hat.

Aber ich bin nicht verrückt! – nur weil ich mich nicht dem Diktat anderer Leute beugen will, bin ich doch nicht verrückt. Wirklich nicht? Alle Leute hier sind nicht ganz richtig im Kopf. Und was unterscheidet dich von ihnen? Nicht alle – was ist mit dem Doktor? –, und täusch dich nicht, der Doktor und Mother Johnston sind aus guten Gründen hier. Sie wurden nicht verurteilt. Und Persephone ist hier geboren.

Magee? Er war sicherlich vernünftig – oder schien es jedenfalls zu sein. Mit unlogischer Bitterkeit neidete er Magee die scheinbare Stabilität. Warum ist er anders als wir?

Wir? Er hatte sich mit den anderen Bewohnern Coventrys eingestuft. Na gut, gib es schon zu, du Narr – du bist wie die anderen auch, hinausgeworfen, weil die anständigen Leute dich nicht haben wollen

– und zu eigensinnig, um zuzugeben, daß du Behandlung brauchst.

Aber der Gedanke an die Behandlung jagte ihm Schauer über den Rücken. Er schaltete das Licht an und versuchte zu lesen. Es hatte keinen Zweck. Warum sorgte sich Persephone um das Schicksal der Menschen draußen – sie kannte sie doch gar nicht. Sie hatte keine Freunde dort. Wenn er ihnen nichts schuldig war, warum zerbrach sie sich den Kopf? Keine Verpflichtungen? Du hast viele Jahre ein angenehmes Leben geführt – und man verlangte nur, daß du dich benimmst. Wo wärst du denn jetzt, wenn der Doktor gefragt hätte, ob er dir etwas schuldet oder nicht?

Er war immer noch auf dem steinigen Weg der Selbsterkenntnis, als das kalte, farblose Morgenlicht hereinschimmerte. Er stand auf, zog einen Mantel an und schlich den Korridor entlang zu Magees Zimmer. Die Tür stand offen. Er steckte den Kopf hinein und flüsterte: »Fader – sind Sie wach?«

»Komm 'rein«, erwiderte Magee. »Was gibt es denn? Kannst du nicht schlafen?«

»Nein –«

»Ich auch nicht. Setz dich.«

»Fader, ich gehe nach draußen.«

»Was? Wann?«

»Sofort.«

»Sehr riskant. Warte ein paar Tage, dann versuchen wir es gemeinsam.«

»Nein, ich kann nicht auf Sie warten. Ich muß hinaus und die Vereinigten Staaten warnen.«

Magees Augen weiteten sich ein wenig, aber seine Stimme klang unverändert. »Du hast dich doch von der mageren Kleinen nicht einseifen lassen, Dave?«

»Nein. Eigentlich nicht. Ich tu das für mich selbst – ich muß es tun. Hören Sie, Fader, wie ist das mit dieser Waffe? Haben sie wirklich etwas, das die Vereinigten Staaten gefährden könnte?«

»Ich fürchte, ja«, gab Magee zu. »Ich weiß nicht sehr viel darüber, aber Strahler sind harmlos dagegen. Größere Reichweite – ich weiß nicht, was man mit der Barriere anfangen will, aber bevor ich erwischt wurde, sah ich, daß man Hochspannungsleitungen legte. Wenn du hinauskommst, könntest du dich an einen bestimmten Mann wenden. Du solltest es unbedingt tun. Er hat Einfluß.« Magee kritzelte etwas auf einen Fetzen Papier, faltete ihn zusammen und gab ihn Dave, der ihn geistesabwesend einsteckte und fortfuhr: »Wie scharf wird das Tor bewacht, Fader?«

»Du kannst nicht durchs Tor hinaus, das ist ausgeschlossen. Du mußt folgendes tun –« Er riß ein Blatt Papier vom Block und begann zu zeichnen und zu erklären.

Dave drückte Magee die Hand, bevor er ging. »Sie sagen Lebewohl für mich, nicht wahr? Und bedanken sich beim Doktor? Ich möchte lieber weg sein, bevor die anderen aufstehen.«

»Selbstverständlich«, versicherte ihm Fader.

MacKinnon kauerte hinter dem Gebüsch und äugte vorsichtig auf die Reihe von ›Engeln‹, die in die häßliche Kirche traten. Er schauderte, halb vor Angst, halb wegen der eisigen Morgenluft. Aber seine Not war größer als seine Angst. Diese Frömmlinge hatten Nahrung – und er brauchte sie.

Die ersten beiden Tage, nachdem er das Haus des Doktors verlassen hatte, waren erträglich gewesen. Gewiß, er hatte sich durch das Schlafen auf dem Erdboden erkältet. Die Erkältung setzte sich in der Lunge fest und behinderte ihn. Aber das machte ihm nichts aus, wenn er nur das Husten und Niesen unterdrücken konnte, bis die Gruppe von Gläubigen im Tempel verschwunden war, er sah sie vorbeigehen – säuerlich wirkende Männer, Frauen in bodenlangen Röcken, mit verhärmten Gesichtern unter den Kopftüchern und viele Kinder. Ihre Gesichter leuchteten nicht. Auch die Kinder wirkten ernst.

Der letzte betrat das Gebäude, nur der Küster stand noch im Hof und tat irgend etwas. Nach einer Ewigkeit ging er auch in die Kirche und schloß die Türen.

MacKinnon kroch aus seinem Versteck und eilte zu dem Haus, das er sich vorher ausgesucht hatte, am Rande der Lichtung.

Der Hund war argwöhnisch, aber er beruhigte ihn. Das Haus war versperrt. Die Hintertür ließ sich aufsprengen. Er war ein wenig schwindlig, als er Nahrung fand – hartes Brot und kräftige, ungesalzene Butter aus Geißenmilch. Durch einen Fehltritt vor zwei Tagen war er in einem Bergfluß gelandet. Er hatte das Mißgeschick nicht tragisch genommen, bis er entdeckte, daß seine Nahrungstabletten aufgequollen waren. Bald zeigte sich Schimmel, und er mußte sie wegwerfen.

Das Brot reichte für drei Tage, aber die Butter schmolz, und er konnte sie nicht mitnehmen. Er aß den Rest auf, wovon er sehr durstig wurde. Ein paar Stunden, nachdem die letzte Rinde gegessen war, erreichte er sein erstes Ziel – den Strom, den alle anderen Flüsse in Coventry speisten. Irgendwo stromabwärts tauchte er unter dem schwarzen Vorhang der Barriere hindurch und floß meerwärts. Bei geschlossenem und bewachtem Tor bot dieser Strom den einzigen Fluchtweg nach draußen.

Der Durst überfiel ihn, und die Erkältung verschlimmerte sich. Zwar gab es genug Wasser hier, aber bevor er trinken durfte, mußte er warten, bis es dunkel wurde; dort unten am Ufer sah er Gestalten – einige in Uniform, wie ihm schien. Einer davon machte ein kleines Boot am Steg fest. Er beobachtete es mit eifersüchtigem Blick. Es war noch da, als die Sonne unterging.

Die Strahlen der Morgensonne trafen seine Nase, und er nieste. Er wurde hellwach, hob den Kopf und sah sich um. Das kleine Boot trieb mitten auf dem Strom dahin. Ruder gab es nicht. Er konnte sich nicht erinnern, ob Ruder vorhanden gewesen waren oder nicht. Die Strömung war ziemlich stark; es schien ihm, als hätte er in der Nacht die Barriere erreichen müssen. Vielleicht war er schon unter ihr durchgetrieben – nein, das war albern.

Dann sah er sie, kaum eineinhalb Kilometer entfernt, schwarz und unheimlich – aber der herrlichste Anblick seit Tagen. Er war zu schwach und fiebrig, um sich freuen zu können, aber seine Entschlossenheit wuchs.

Das kleine Boot scharrte am Grund entlang. Er sah, daß es die Fluten in einer Biegung an das Ufer getragen hatten. Er hüpfte unsicher hinaus, mit schmerzenden Gelenken, zerrte den Bug auf Sand. Dann überlegte er es sich anders, schob das Boot wieder hinaus, gab ihm einen heftigen Stoß und sah es um den nächsten Mäander verschwinden. Er wollte nicht verraten, wo er gelandet war.

Fast den ganzen Tag hindurch schlief er, nur einmal raffte er sich auf, um aus der Sonne zu gehen. Aber die Wärme hatte den Frost aus seinen Knochen fast ganz vertrieben, und als die Nacht hereinbrach, fühlte er sich viel besser.

Obwohl die Barriere nur eineinhalb Kilometer entfernt war, brauchte er fast die ganze Nacht dazu, sie entlang dem Flußufer zu erreichen. Er wußte sich am Ziel, als er Dampf vom Wasser aufsteigen sah. Als die Sonne heraufkam, prüfte er seine Lage. Die Barriere erstreckte sich über das Wasser, aber die Stelle, wo sich Sperre und

Wasser berührten, war durch quellende Wogen verdeckt. Irgendwo unter der Oberfläche – er wußte nicht, wie tief, irgendwo dort unten hörte die Barriere auf, und ihr Rand verwandelte das Wasser zu Dampf.

Widerwillig und höchst unheroisch begann er sich auszuziehen. Es war soweit, und er hatte Angst. Er fand den Fetzen Papier, den ihm Magee gegeben hatte, versuchte die Worte zu entziffern. Durch den Sturz in den Bergfluß waren sie unleserlich geworden. Er warf den Zettel weg. Es schien nicht wichtig zu sein.

Zögernd und frierend stand er am Ufer, obwohl die Sonne schien. Dann wurde ihm die Entscheidung aufgezwungen; am anderen Ufer tauchte eine Patrouille auf.

Vielleicht hatte man ihn gesehen, vielleicht auch nicht. Er sprang.

Hinab, hinab, so weit seine Kraft reichte. Hinab bis zum Grund, um der sengenden, tödlichen Barriere zu entgehen. Er spürte Schlamm an den Händen. Vielleicht bedeutete es den Tod, die Barriere zu untertauchen. Er würde es bald wissen. Aber wo war sie? Hier unten gab es keine Richtung.

Er blieb unten, bis seine entzündete Lunge streikte. Dann ließ er sich emportreiben, spürte kochendheißes Wasser im Gesicht. Für eine Ewigkeit wurde ihm klar, daß er zwischen Hitze und Wasser in der Falle saß – unrettbar verloren unter der Barriere.

Zwei Soldaten unterhielten sich gelangweilt auf einem kleinen Dock, das unter der Barriere lag. Der Fluß, der von unten heranströmte, interessierte sie nicht, sie hatten ihn zu oft angestarrt. Hinter ihnen schrillte eine Alarmglocke.

»Welcher Sektor, Jack?«

»Hier. Da kommt er – schau!«

Sie fischten ihn heraus und legten ihn auf das Dock, bis der Sergeant erschien.

»Lebendig oder tot?« fragte er.

»Tot, glaube ich«, erwiderte der Mann, der nicht mit der künstlichen Atmung beschäftigt war.

Der Sergeant schnalzte bedauernd mit der Zunge und meinte: »Schade. Ich habe den Krankenwagen bestellt. Schickt ihn trotzdem ins Lazarett.«

*

Die Schwester versuchte ihn zu beruhigen, aber MacKinnon machte ein solches Getöse, daß sie den Stationsarzt holen mußte.

»Na, na! Was soll denn der Unsinn?« rügte der Arzt, während er nach seinem Puls griff. Dave vermochte ihn zu überzeugen, daß er sich weder beruhigen noch eine Spritze akzeptieren würde, bis er seine Geschichte erzählt hatte. Sie einigten sich darauf, daß MacKinnon berichten durfte. »Aber ganz kurz, verstanden?« Der Arzt würde das Ganze an seinen nächsten Vorgesetzten weitergeben, wofür Dave dann eine Spritze hinnehmen sollte.

Am nächsten Morgen wurden zwei Männer zu MacKinnon gebracht. Sie hörten sich seine Geschichte an und stellten viele Fragen. Am Nachmittag wurde er mit dem Krankenwagen zum Hauptquartier verlegt. Dort vernahm man ihn wieder. Er gewann schnell seine Kraft zurück; aber das ganze Theater widerte ihn an; er verlangte eine Zusicherung, daß man seine Warnung ernst nahm. Der Beamte beruhigte ihn. »Nehmen Sie sich zusammen«, sagte er zu Dave, »Sie sollen heute nachmittag zum Kommandeur kommen.«

Der Korpskommandeur, ein netter, kleiner Mann mit hastigen Gesten und einer äußerst unmilitärischen Erscheinung, lauschte ernst, als Dave zum, wie ihm schien, fünfzigstenmal seine Geschichte darlegte. Am Ende nickte er zustimmend.

»Sie dürfen versichert sein, Mr. MacKinnon, daß alle notwendigen Schritte eingeleitet sind.«

»Aber was ist mit dieser Waffe?«

»Auch darum kümmern wir uns – und was die Barriere angeht, so dürfte sie nicht so leicht zu durchbrechen sein, wie unsere Nachbarn glauben. Aber wir wissen Ihre Bemühungen zu schätzen. Kann ich Ihnen irgendwie behilflich sein?«

»N-nein, mir persönlich nicht, aber zwei meiner Freunde sind noch dort –« Er bat, man möge Magee zu retten versuchen, und Persephone gestatten, hierherzukommen, falls sie das wünschte.

»Über das Mädchen weiß ich Bescheid«, meinte der General. »Wir werden uns in Verbindung setzen. Sie kann jederzeit Bürgerin werden. Was Magee betrifft, so ist das eine andere Sache.« Er drückte auf eine Taste. »Schicken Sie Captain Randall herein.«

Eine schlanke, wohlgebaute Gestalt in der Uniform eines Captains der US-Armee trat leichtfüßig ein. MacKinnon sah den Mann mit höflichem Interesse an, dann sprang er auf. »Fader!«

Die Begrüßung paßte nicht ganz in das Privatbüro eines Kommandeurs, aber dem General schien das nichts auszumachen. Als sie sich beruhigt hatten, mußte MacKinnon jene Frage stellen, die ihn am stärksten bewegte. »Aber, das verstehe ich einfach alles nicht, Fader.« Er verstummte, dann zeigte er anklagend mit dem Finger auf ihn: »Ich weiß Bescheid! Sie sind im Geheimdienst!«

Fader grinste fröhlich. »Haben Sie gedacht, daß die US-Armee einen solchen Unruheherd nicht beobachtet?« meinte er. Der General räusperte sich. »Was haben Sie jetzt vor, Mr. MacKinnon?«

»Ich? Tja, ich habe überhaupt keine Pläne –« Er überlegte einen Augenblick, dann wandte er sich seinem Freund zu. »Wissen Sie, Fader, ich werde mich wohl doch lieber der psychologischen Behandlung unterziehen. Hier –«

»Ich glaube nicht, daß das nötig sein wird«, unterbrach ihn der General.

»Nein? Warum nicht, Sir?«

»Sie haben sich selbst geheilt. Vielleicht wissen Sie das gar nicht, aber Sie sind von vier Psychotechnikern vernommen worden. Ihre Berichte stimmen überein. Ich bin berechtigt, Ihnen mitzuteilen, daß Ihr Status als freier Bürger wiederhergestellt ist.«

Der General und Captain ›Fader‹ Randall beendeten taktvoll das Gespräch. Randall begleitete seinen Freund zum Lazarett. Dave wollte tausend Fragen zugleich beantwortet haben.

»Sie müssen ja vor mir herausgekommen sein, Fader«, sagte er.

»Ein, zwei Tage.«

»Dann war meine Mühe ganz umsonst!«

»Das möchte ich nicht sagen«, widersprach Randall. »Ich hätte ja auch hängenbleiben können. In Wirklichkeit war aber schon vor meinem Eintreffen alles Wichtige bekannt. Es gibt andere – na ja«, er wechselte das Thema, »was werden Sie jetzt anfangen?«

»Ich? Das kann ich noch nicht sagen ... Mit klassischer Literatur beschäftige ich mich jedenfalls nicht mehr. Wenn ich in Mathematik nicht so schlecht wäre, würde ich mich am liebsten als Raumfahrer melden.«

»Na, wir können uns heute abend weiter unterhalten«, meinte Fader und schaute auf den Chrono. »Ich muß jetzt weg, komme aber später wieder vorbei, dann gehen wir zum Essen ins Kasino.«

Er verschwand mit verdächtiger Eile. Dave sah ihm nach, dann sagte er: »He! Fader! Warum kann ich denn nicht zum Geheimd –« Aber Fader war fort – er mußte sich das selbst fragen.

# *Raumstation E-M 3*

»Rührt euch!« Die Kommandostimme eines Feldwebels der Raummarine durchschnitt Nebel und Nieselregen eines häßlichen New-Jersey-Morgens. »Beim Aufruf meldet sich jeder mit ›hier‹, dann tritt er mit seinem Gepäck vor und geht an Bord. Atkins!«

»Hier!«

»Austin!«

»Hier!«

»Ayres!«

»Hier!«

Einer nach dem anderen traten sie aus der Reihe, schulterten die hundertzwanzig Pfund persönlicher Habe, die sie mitnehmen durften, und stapften die Gangway hinauf. Sie waren jung – keiner älter als zweiundzwanzig – in manchen Fällen wog das Gepäck mehr als der Besitzer.

»Kapplan!«

»Hier!«

»Keith!«

»Hier!«

»Libby!«

»Hier!« Ein schlaksiger, blonder junger Mann hatte sich aus der Reihe gelöst und seine Habe ergriffen. Er warf einen dicken Segeltuchsack über die Schulter und hob mit der freien Hand einen Koffer hoch. In unsicherem Trab steuerte er auf die Gangway zu. Als er sie betrat, prallte der Koffer gegen seine Knie. Er taumelte gegen einen kleinen, drahtigen Mann im Dunkelblau der Raummarine. Kräftige Hände bewahrten ihn vor einem Sturz.

»Vorsichtig. Nur mit der Ruhe.« Die andere Hand richtete den Segeltuchsack gerade.

»Oh – entschuldigen Sie – äh« – automatisch zählte der verlegene junge Mann die vier silbernen Streifen unter der Sternschnuppe – »Captain. Ich bin nicht –«

»Los, an Bord.«

»Jawohl, Sir.«

Der ins Innere führende Korridor war nur schwach beleuchtet. Als sich die Augen des jungen Mannes an die Düsternis gewöhnt hatten, sah er einen Obermaat mit dem Kettenschild eines Schiffsprofos, der mit dem Daumen auf eine offene Schleusentür wies.

»Da 'rein. Suchen Sie Ihren Spind und warten Sie dort.« Libby beeilte sich. Innen stieß er in einem breiten niedrigen Abteil auf ein Durcheinander von Gepäck und Menschen. Eine Reihe von Glühröhren verlief über Schotts und Decks; das sanfte Brummen der Gebläse untermalte die Stimmen seiner Kameraden. Er stieg über Koffer und Säcke und fand seinen Spind an der Außenwand. Er löste das Siegel am Kombischloß, warf einen Blick auf die Kombination und öffnete. Der Spind war sehr klein, der mittlere in einer Reihe von dreien. Er überlegte sich, was er dort aufbewahren sollte. Ein Lautsprecher übertönte die Stimmen.

»Achtung! Alle Stationen besetzen, erste Sektion. Start in zwölf Minuten. Schleusentüren schließen. Gebläse bei minus zwei Minuten abschalten. Sonderanweisung für Passagiere: alles Gepäck auf Deck legen und beim Aufleuchten des roten Signallichtes hinlegen. Der Profos wird Ausführung überwachen.«

Der Obermaat kam herein, sah sich um und ordnete sofort die Umverteilung des Gepäcks an. Schwere Stücke wurden festgezurrt. Die Spindtüren mußten geschlossen werden. Bis alle einen Platz an Deck gefunden und der Obermaat die Polster unter ihren Köpfen überprüft hatte, glühten die Röhren rot auf, und der Lautsprecher brüllte:

»Achtung – Start! Beschleunigung.« Der Obermaat lehnte sich hastig an zwei Säcke und behielt den Raum im Auge. Das Gebläse verstummte flüsternd. Zwei Minuten lang blieb es totenstill. Libby spürte, wie sein Herz schlug. Die zwei Minuten dehnten sich endlos. Dann begann das Deck zu erzittern, und ein Grollen, wie entweichender Hochdruckdampf, knallte gegen seine Trommelfelle. Er war plötzlich sehr schwer, und ein gewaltiges Gewicht lag auf seiner Brust. Geraume Zeit danach blinkten die Glühröhren weiß auf, und der Sprecher verkündete:

»Alle Fahrstationen bemannen; reguläre Wache, erste Sektion.«

Die Gebläse begannen wieder zu summen. Der Obermaat stand auf, rieb sich den Rücken und beklopfte seine Arme, dann sagte er: »Okay, Jungs.« Er stieg über die Gepäckstücke und öffnete die Schleusentür zum Korridor. Libby erhob sich und taumelte gegen einen Schott. Arme und Beine waren eingeschlafen, außerdem fühlte er sich alarmierend leicht, als hätte er die Hälfte seines schon geringen Körpergewichts abgelegt.

Die nächsten beiden Stunden war er zu beschäftigt, um Zeit zum Nachdenken zu finden oder Heimweh zu spüren. Koffer, Kisten und Säcke mußten in den unteren Frachtraum weitergereicht und festgezurrt werden. Er fand die für ihn bestimmte Koje und erfuhr, daß sie ihm nur für acht von vierundzwanzig Stunden gehörte; zwei andere junge Männer teilten sie sich mit ihm. Die drei Abteilungen aßen in drei Schichten – nein, Schichten im ganzen –, vierundzwanzig junge Männer und ein Profos an einem langen Tisch, der ein schmales Abteil neben der Kombüse ausfüllte.

Nach dem Essen verstaute Libby seine Sachen im Spind. Er stand davor und betrachtete ein Foto, das er an der Innenseite der Tür anbringen wollte, als ein Kommando durch das Abteil schallte: »Achtung!«

In der Tür stand der Kapitän, neben ihm der Obermaat. Der Kapitän begann zu sprechen.

»Rühren. Setzt euch. McCoy, sagen Sie der Kontrolle Bescheid, daß dieses Abteil auf Rauchfilter geschaltet werden soll.« Der Obermaat hastete zum Sprechgerät am Schott und murmelte hinein. Beinahe augenblicklich wurde das Summen der Gebläse schriller. »Ihr könnt euch jetzt eine anzünden, wenn ihr wollt. Ich muß mit euch reden.

Ihr seid unterwegs zum größten Unternehmen, das es bisher gegeben hat. Von jetzt an seid ihr Männer und habt eine der schwierigsten Aufgaben vor euch, die dem Menschen gestellt worden sind. Was wir tun, ist Teil eines größeren Plans. Ihr und hunderttausend andere wie ihr zieht als Pioniere hinaus, um das Sonnensystem für den Menschen bequemer einzurichten.

Ebenso wichtig ist, daß man euch eine Chance gibt, euch zu nützlichen und glücklichen Bürgern der Föderation zu entwickeln. Aus dem oder jenem Grund seid ihr auf der Erde nicht ganz glücklich gewesen. Manche von euch mußten zusehen, wie die Berufe, für die man sie ausbildete, von neuen Erfindungen beseitigt wurden. Manche von euch kamen in Schwierigkeiten, weil sie nicht wußten, was sie mit ihrer Freizeit anfangen sollten. Ihr konntet euch nicht anpassen. Vielleicht hat man euch Halbstarke genannt und euch allerhand vorgeworfen.

Aber jeder von euch fängt heute neu an. Die einzige Vergangenheit, die ihr hier habt, ist euer Name auf einem leeren Blatt Papier.

Es hängt von euch allein ab, was auf dieses Blatt geschrieben wird.

Nun zu eurer Aufgabe: Wir haben nicht einen der einfachen Reparaturjobs auf dem Mond vor uns – mit angenehmen Wochenenden in Luna City und allen Bequemlichkeiten. Wir haben auch keinen Planeten mit hoher Schwerkraft zugewiesen bekommen, wo man richtig essen kann und erwarten darf, daß die Nahrung auch unten bleibt. Statt dessen fliegen wir hinaus zum Asteroid HS-5388 und verwandeln ihn in die Raumstation E-M 3. Er besitzt keinerlei Atmosphäre und nur zwei Prozent der Erdschwerkraft. Wir müssen mindestens sechs Monate menschliche Fliegen auf ihm spielen, ohne Mädchen, ohne Fernsehen, ohne Vergnügungen, die ihr euch nicht selbst schafft, und jeden Tag muß hart gearbeitet werden. Ihr werdet raumkrank und heimwehkrank werden und Raumangst – Agoraphobie – bekommen. Wenn ihr nicht vorsichtig seid, verbrennt euch die Strahlung. Euer Magen wird sich beschweren, und ihr werdet wünschen, euch nie gemeldet zu haben.

Aber wenn ihr euch gut führt und die Ratschläge erfahrener Leute befolgt, werdet ihr stark und gesund daraus hervorgehen, mit Kredit auf der Bank und sehr viel Wissen und Erfahrung, die ihr in vierzig Jahren auf der Erde nicht erlangen könntet. Ihr werdet Männer sein und es auch wissen.

Noch ein letztes Wort. Es wird für die, die es nicht gewöhnt sind, ziemlich unangenehm werden. Denkt auch ein bißchen an den Nebenmann, dann klappt es. Wenn ihr irgendwelche Beschwerden habt und auf keine andere Weise das Unerwünschte abstellen könnt, dann meldet euch bei mir. Das wäre alles. Irgendwelche Fragen?«

Einer der Männer hob die Hand. »Captain?« fragte er schüchtern.

»Nur 'raus mit der Sprache. Wie heißen Sie?«

»Rogers, Sir. Können wir von zu Hause Briefe bekommen?«

»Ja, aber nicht sehr oft. Vielleicht jeden Monat einmal. Der Pfarrer wird Post mitbringen, außerdem jedes Inspektions- und Versorgungsschiff.«

Der Schiffslautsprecher plärrte: »Achtung, an alle! Freier Flug in zehn Minuten.« Der Obermaat überwachte die Anbringung von Sicherheitstauen. Das lose Gepäck wurde festgemacht, jeder Mann erhielt eine kleine Tüte. Das war kaum geschehen, als Libby spürte, wie er gewichtslos wurde – ein Gefühl wie in einem Expreßlift, der auf dem Weg nach oben plötzlich zum Stillstand kommt, nur wurde es immer schlimmer. Zuerst empfand man es als erfreuliche Neuheit, dann wurde es unangenehm. Das Blut pochte in seinen Schläfen, und die Beine wurden kalt. Er versuchte zu schlucken, bekam keine Luft mehr, begann zu husten. Sein Magen verkrampfte sich, dann wurde ihm schlecht. Nach dem ersten Anfall hörte er McCoy rufen: »He! Nehmt doch eure Tüten. Das Zeug darf nicht ins Gebläse kommen.« Libby begriff erstaunt, daß diese Mahnung auch ihm galt. Er suchte nach seiner Tüte, während ihn ein zweiter Anfall erschütterte, aber er konnte sie rechtzeitig an den Mund bringen. Plötzlich bemerkte er, daß er über dem Schott schwebte. Der Chefmaat kam herein und sprach mit McCoy. »Wie klappt es?«

»Ganz gut. Ein paar haben die Tüten verfehlt.«

»Okay. Lassen Sie's wegputzen.« Er schwebte hinaus.

McCoy berührte Libby am Arm. »Na, fang schon an.« Er gab ihm eine Handvoll Watte, nahm selbst eine große Portion und begann die im Abteil herumschwebenden Klumpen zu beseitigen.

»Sorgen Sie dafür, daß die Tüte richtig sitzt. Wenn Ihnen schlecht wird, hören Sie einfach auf und warten, bis es vorbei ist.«

Libby machte es ihm nach, so gut er konnte. Nach wenigen Minuten war der Raum ziemlich sauber.

»Zieht das schmutzige Zeug aus und wechselt die Tüten. Drei oder vier Mann bringen alles an die Steuerbordschleuse.«

Dort legte man zuerst die Tüten hinein, schloß die Innen- und öffnete die Außentür. Als die Innentür wieder geöffnet wurde, waren die Tüten verschwunden – durch die entweichende Luft in den Weltraum hinausgeblasen.

»Müssen wir unsere Kleidung auch wegwerfen?« fragte Libby.

»Nein, wir tun sie nur kurz ins Vakuum. Legen Sie das Zeug in die Schleuse und machen Sie es an den Haken fest.«

Diesmal wurde die Schleuse fünf Minuten geschlossen gehalten. Als man wieder aufmachte, waren die Sachen knochentrocken – das Vakuum hatte jeden Rest an Feuchtigkeit herausgekocht.

»Geht schon wieder«, meinte McCoy. »Nehmt sie mit. Aber abbürsten – vor dem Gebläse.«

Die nächsten Tage waren eine endlose Qual. Der Kapitän gestand für jede der neun Essenszeiten fünfzehn Minuten leichter Beschleunigung zu, aber die Ruheperiode verstärkte die Krankheit nur; Libby schleppte sich schwach und heißhungrig zum Essen. Die Nahrung blieb unten, bis wieder freier Fall eintrat, dann ging alles wieder von vorne los.

Am vierten Tag saß er an einem Schott und genoß die letzten Minuten der Schwerkraft, als McCoy hereinkam und sich zu ihm setzte. Der Obermaat stülpte sich einen Rauchfilter übers Gesicht und zündete sich eine Zigarette an. Er sog den Rauch tief ein und begann zu plaudern.

»Wie geht es denn?«

»Na ja, einigermaßen. Diese Raumkrankheit – sagen Sie, McCoy, wie gewöhnt man sich denn daran?«

»Man überwindet sie nach einer Weile. Der Körper lernt neue Reflexe. Sobald man schlucken kann, ohne einen Erstickungsanfall zu bekommen, hat man es geschafft. Es gefällt einem sogar. Es beruhigt und entspannt. Vier Stunden Schlaf wirken wie zehn.«

Libby schüttelte bedrückt den Kopf. »Ich glaube nicht, daß ich mich jemals daran gewöhne.«

»Doch. Es bleibt Ihnen gar nichts anderes übrig. Der Asteroid besitzt praktisch keine Oberflächenschwerkraft. Der Quartiermeister meint, daß nicht mehr als zwei Prozent der Erdnorm zu erwarten sind. Das reicht nicht, um die Raumkrankheit zu kurieren. Außerdem gibt es dort auch keine Beschleunigung für die Essenszeiten.«

Libby schauderte.

Asteroid HS 5388 – ›Achtundachtzig‹ genannt, war ungefähr 2,2 astronomische Einheiten von der Sonne entfernt, mehr als dreihundertzwanzig Millionen Kilometer.

Am zehnten Tag wurde im Schiff bekannt, daß das Ziel gesichtet worden sei. Libby drängte sich mit seinen aufgeregten Kameraden in das Steuerborddeck und versuchte vom Bullauge aus, ihr künftiges Zuhause zu besichtigen.

»Bis der Felsblock groß genug ist, daß man ihn mit bloßen Augen erkennen kann, müssen wir alle an die Landungsstationen. Er hat nur ungefähr hundertsechzig Kilometer Durchmesser.«

So kam es auch. Viele Stunden später verkündete der Lautsprecher: »Achtung, an alle. Landungsstationen bemannen. Alle Schleusentüren schließen. Gebläse abschalten.«

Während der folgenden zwei Stunden mußten sie liegen. Kurze Beschleunigungsperioden wechselten mit übelkeiterregender Gewichtslosigkeit ab. Dann verstummten die Gebläse. Das Schiff fiel ein paar Sekunden im freien Fall – ein kurzes, abschließendes

Fauchen der Düsen – fünf Sekunden Fall und ein leichter, knirschender Aufprall. Über den Lautsprecher ertönte ein Trompetensignal, und die Gebläse begannen wieder zu laufen.

McCoy schwebte in die Höhe und sagte: »Alles aussteigen – Endstation.«

Ein stämmiger, kleiner Bursche, etwas jünger als die meisten, hüpfte zur Tür und rief: »Los, Leute, nichts wie 'raus!«

Der Obermaat hielt ihn zurück. »Nur nicht so hastig! Abgesehen davon, daß es dort draußen keine Luft gibt, können Sie ruhig 'raus. Sie erfrieren, verbrennen und explodieren wie eine überreife Tomate. Truppführer, sechs Mann zur Verteilung der Raumanzüge. Alle anderen bleiben hier.«

Die sechs Mann kamen kurz danach mit einigen Dutzend großer Pakete zurück. Libby ließ die vier Pakete fallen, die er getragen hatte, und sah sie langsam auf Deck hinabschweben. McCoy nahm die Hülle von einem der Anzüge und hielt einen Vortrag.

»Das ist ein Standardtyp, Modell IV, 2.« Er nahm den Anzug bei den Schultern und schüttelte ihn aus. »Acht Stunden kann man damit draußen bleiben, so lange reicht der Sauerstoff. Außerdem verfügt er über einen Stickstofftank und einen Kohlendioxyd-Wasserdampf-Filter.«

Er leierte die Beschreibung herunter, wie sie auch in der Anleitung stand. »Der Anzug ist aus Glasfaser gewebt, durchsetzt mit Asbest. Das Gewebe ist biegsam und sehr strapazierfähig; es lenkt alle Strahlen ab, die außerhalb der Merkurbahn hier für den Solarraum typisch sind. Man trägt ihn über der Kleidung, aber beachten Sie die Ziehharmonika-Stulpen an den Gelenken. Damit erreicht man, daß der Innendruck des Anzugs nahezu konstant bleibt, wenn Arme oder Beine gebeugt werden. Der Gasdruck würde sonst den Anzug in aufrechte Haltung zwingen, und man könnte sich nicht richtig bewegen.

Der Helm ist aus einem durchsichtigen Silikon gegossen und gegen allzu große Strahlendurchdringung polarisiert. Man kann ihn mit beliebigen Sonnenblenden ausstatten. Mindestens muß ein Braunfilter Nr. 2 getragen werden. Zusätzlich bedeckt eine Bleiplatte das Schädeldach und läuft an der Rückseite des Anzugs entlang, so daß die Wirbelsäule vollkommen geschützt ist.

Der Anzug ist mit Sende- und Empfangsgerät ausgerüstet. Wenn der Funkverkehr unterbrochen ist, was häufig vorkommt, kann man sprechen, indem man die Helme aneinander legt. Irgendwelche Fragen?«

»Wie ißt und trinkt man in diesen acht Stunden?«

»Man trägt ihn keine acht Stunden. In einem kleinen Fach im Helm kann man zwar Zuckertabletten mitführen, aber ihr eßt immer im Stützpunkt. In der Nähe des Mundes befindet sich im Helm ein Sauger, den man erreichen kann, wenn man den Kopf nach links wendet. Der Sauger ist mit einer eingebauten Wasserflasche verbunden. Aber trinkt nicht mehr als unbedingt nötig! Mit sanitären Einrichtungen ist der Raumanzug nicht ausgestattet.«

Jeder junge Mann erhielt einen solchen Anzug, und McCoy zeigte, wie man ihn anzulegen hatte. Man breitete den Anzug auf dem Boden aus, setzte sich in die Öffnung und streifte den unteren Teil über – wie lange Strümpfe. Dann zwängte man sich in die Ärmel und zog die schweren, biegsamen Handschuhe an. Schließlich beugte man sich mit eng zusammengezogenen Schultern weit zurück und konnte dadurch den Helm aufstülpen.

Libby ahmte die Bewegungen McCoys nach und stand auf. Er besichtigte den Reißverschluß, die einzige Öffnung des Anzugs. Er war mit zwei weichen Hanfdichtungen ausgestattet, die vom Verschluß zusammengepreßt und durch den Innendruck versiegelt wurden. Im Helm führte ein Mundstück für Ausatmung zum Filter.

McCoy eilte von einem zum anderen, überprüfte den Sitz, band hier und dort einen Gürtel fester und unterwies sie im Gebrauch der Steuerung. Dann meldete er dem Kontrollraum, daß seine Abteilung von Bord gehen könne. Er erhielt Erlaubnis, sie für dreißig Minuten Akklimatisierung hinauszuführen.

Er begleitete jeweils sechs Mann durch die Luftschleuse hinaus auf die Oberfläche des Asteroiden. Libby blinzelte, als er das ungewohnte Flimmern des Sonnenlichts auf dem Fels sah. Obwohl die Sonne beinahe dreihundertfünfzig Millionen Kilometer entfernt war und den kleinen Planeten nur mit einem Fünftel der Strahlung versorgte, wie sie die Erde empfing, führte das Fehlen einer Atmosphäre zu einer derart grellen Helligkeit, daß er die Augen zusammenkneifen mußte. Er war froh um seine Sonnenblende. Die Sonne, zu Pfenniggröße zusammengeschrumpft, schien von einem totenschwarzen Himmel herab, in dem nichtfunkelnde Sterne einander und der Sonne den Platz streitig machten.

Die Stimme eines Kameraden tönte in Libbys Kopfhörer: »Mensch! Der Horizont ist aber nah. Er kann nicht mehr als zwei Kilometer weg sein.«

Libby schaute auf die Ebene hinaus und rechnete unbewußt nach. »Weniger«, meinte er. »Höchstens fünfhundert Meter.«

»Woher willst du das wissen? Wer hat dich überhaupt gefragt?«

»Ganz genau sind es sogar 509 Meter«, meinte Libby. »Wenn man rechnet, daß meine Augen 1,60 Meter über dem Boden sind.«

»Du willst bloß wieder angeben.«

»Nein, gar nicht«, protestierte Libby. »Wenn dieser Himmelskörper hundertsechzig Kilometer Durchmesser hat und so rund ist wie er aussieht, muß der Horizont eben genausoweit entfernt sein.«

»Wieso?«

»Ruhe!« mischte sich McCoy ein. »Libby hat sicher mehr recht als ihr.«

»Er hat sogar ganz genau recht«, sagte eine fremde Stimme. »Ich mußte für den Navigator nachsehen, bevor ich herauskam.«

»Tatsächlich« – wieder McCoys Stimme –, »wenn der Quartiermeister sagt, daß Sie recht haben, Libby, dann stimmt es. Woher wußten Sie das?«

Libby wurde rot. »Ich – weiß nicht. Es kann einfach nur so sein.«

Obermaat und Quartiermeister starrten ihn an, ließen das Thema aber fallen.

Am Ende des ›Tages‹ – Schiffszeit, denn 88 hatte eine Rotationszeit von acht Stunden und dreizehn Minuten – war die Arbeit gut vorangekommen. Das Raumschiff war neben einer niedrigen Hügelkette gelandet. Der Kapitän wählte eine kleine, schüsselförmige Vertiefung zwischen den Hügeln, dreihundert Meter lang und halb so breit, um dort ein ständiges Lager zu errichten. Es sollte überdacht, abgedichtet und mit Atmosphäre ausgestattet werden.

Im Hügel zwischen Raumschiff und Tal sollten Quartiere gegraben werden: Schlafsäle, Kasinos, Offiziersunterkünfte, Lazarett, Aufenthaltsraum, Büros, Lagerräume und so weiter. Man mußte einen Tunnel durch den Hügel graben, um diese Anlagen miteinander und mit einem luftdichten Metallrohr von drei Meter Durchmesser, das zur Luftschleuse des Schiffes führte, zu verbinden. Sowohl Rohr wie Tunnel sollten mit einem Endlos-Förderband für Fracht und Passagiere versehen werden.

Libby wurde der Dachabteilung zugeteilt. Er half einem Mechaniker, einen tragbaren Atomerhitzer zu schleppen, der wegen seiner Masse von achthundert Pfund schwer zu transportieren war, wenn er hier auch nur sechzehn wog. Die übrigen Leute entfalteten das riesige durchsichtige Zelt, das dem kleinen Tal als ›Himmel‹ dienen sollte.

Der Mechaniker stellte seinen Erhitzer auf und schnitt eine tiefe Horizontalfurche oder -stufe in den Fels. Dabei folgte er einer Kreidemarkierung, Libby fragte ihn, wie es gelungen sei, die Vorarbeiten derart schnell durchzuführen.

»Ganz einfach«, sagte der andere, »zwei von den Leuten kamen mit einem Raumboot her, blieben fünfzehn Meter über dem Talboden und machten einen Scheinwerfer daran fest. Dann rannte einer wie verrückt am Rand entlang und machte Kreidezeichen in der Höhe, wo der Lichtstrahl zu sehen war.«

»Wird das Dach genau fünfzehn Meter hoch sein?«

»Nein, im Durchschnitt vielleicht dreißig. Durch den Innendruck wölbt es sich in der Mitte.«

»Erdnorm?«

»Halbe Erdnorm.«

Libby konzentrierte sich einen Augenblick, dann machte er ein erstauntes Gesicht. »Aber hören Sie mal – das Tal ist dreihundert Meter lang und über hundertfünfzig Meter breit. Bei 680 Gramm pro Quadratzentimeter, die Wölbung eingerechnet, ergibt sich eine Belastung von 3,6 Milliarden Kilo. Welches Gewebe hält denn das aus?«

»Spinnweben.«

»Spinnweben?«

»Ja. Das Ausdauerndste, was es gibt. Stärker als der beste Stahl. Synthetische Spinnweben. Die Faser, die wir für das Dach verwenden, hat eine Dehnfestigkeit von 900 Kilo pro laufenden Zentimeter.«

Libby zögerte eine Sekunde, dann erwiderte er: »Aha. Bei einem Umfang von 2,7 Kilometern wäre die Höchstbelastung an der Verankerung 140 Kilo pro Zentimeter. Das bietet Sicherheit genug.«

Der Mechaniker lehnte sich auf sein Werkzeug und nickte. »So ungefähr. Sie sind im Kopfrechnen ziemlich schnell, was?«

Libby sah ihn verblüfft an. »Ich will nur alles genau wissen.«

Sie arbeiteten schnell, schnitten eine glatte Spur in den Hang, in die man die ›Spinnweben‹ verankern und versiegeln konnte. Weißglühende Lava rann aus dem Abzugsloch und lief langsam den Hang hinunter. Brauner Dampf kochte aus der Oberfläche des geschmolzenen Felsens, stieg hoch und verwandelte sich im Vakuum sofort in weißes Pulver, das auf den Boden schwebte. Der Mechaniker wies auf den Staub.

»Davon bekäme man Silikose, wenn man ihn liegenließe und einatmete.«

»Was macht man damit?«

»Man saugt ihn mit dem Gebläse der Klimaanlage ab.«

Libby benützte diese Bemerkung zu einer neuen Frage. »Mister –«

»Johnson heiße ich. ›Mister‹ ist nicht nötig.«

»Gut, Johnson. Woher bekommen wir die Luft für das ganze Tal, von den Tunnels ganz zu schweigen? Wir brauchen doch mindestens 7 Millionen Kubikmeter oder mehr. Erzeugen wir sie selbst?«

»Nein, das wäre zuviel Mühe. Wir haben sie mitgebracht.«

»Im Raumschiff?«

»Ja, bei fünfzig Atmosphären.«

Libby überlegte. »Ich verstehe – damit könnte man sie in einem Raum von vierundzwanzig Meter Länge unterbringen.«

»Tatsächlich befindet sie sich in drei Speziallagerräumen – riesigen Luftflaschen. Dieses Raumschiff hat auch Luft nach Ganymed gebracht. Ich war damals schon dabei – als Rekrut.«

Nach drei Wochen konnte das Lager bezogen werden. Man entlud das Raumschiff. In den Lagerräumen türmten sich Vorräte und Werkzeug. Kapitän Doyle hatte seine Verwaltungsbüros unter den Boden verlegt, das Kommando seinem Ersten Offizier übergeben und ihm gestattet, mit einer Restmannschaft zur Erde zurückzukehren.

Libby sah sie vom Hügel aus starten. Plötzlich überfiel ihn quälendes Heimweh. Würde er jemals wieder nach Hause kommen? In diesem Augenblick hätte er liebend gerne den Rest seines Lebens gegen je dreißig Minuten mit seiner Mutter und Betty getauscht.

Er stieg den Hügel hinunter zur Tunnelschleuse. Wenigstens trug das Raumschiff Briefe mit nach Hause, und mit ein bißchen Glück mußte der Pfarrer bald mit Post von der Erde eintreffen.

Die nächste Aufgabe, an der auch er beteiligt war, verlangte die Errichtung von Düsenbrennkammern im Fels, damit Kapitän Doyle seine hundertsechzig Kilometer dicke Murmel aus der Bahn schießen und in eine neue Umlaufbahn zwischen Erde und Mars steuern konnte, wo sie als Raumstation dienen sollte – Zuflucht für beschädigte Schiffe, Hafen für Rettungsboote, Tankstelle, Außenposten der Marine.

Libby wurde einem Erhitzer in der Grube H 16 zugeteilt. Er hatte genau berechnete Stücke herauszuschneiden, in die der Sprengtrupp dann die Ladungen einsetzte. Zwei Trupps arbeiteten an H 16, unter der Aufsicht eines älteren Maats. Er saß am Rand der Grube, befaßte sich mit den Plänen und stellte ab und zu Berechnungen mit einem kreisrunden Rechenschieber an, den er um den Hals hängen hatte.

Libby hatte eben ein Stück herausgeschnitten und wartete auf die Sprengexperten, als er im Kopfhörer die Anweisungen des Maats über die Stärke der Ladung vernahm.

Er drückte auf die Sendetaste.

»Mr. Larsen! Sie haben einen Fehler gemacht!«

»Wer sagt das?«

»Hier ist Libby. Sie haben sich verrechnet. Wenn Sie diese Ladung in die Luft jagen, sprengen Sie die ganze Grube hoch und uns dazu.«

Larsen drehte die Skalen an seinem Rechenschieber, bevor er erwiderte: »Sie regen sich umsonst auf. Die Ladung stimmt.«

»Nein, Sir«, drängte Libby. »Sie haben multipliziert, wo Sie dividieren müßten.«

»Haben Sie Erfahrung mit dieser Arbeit?«

»Nein, Sir.«

Larsen wandte sich mit der nächsten Bemerkung an den Sprengmeister. »Ladung fertig machen.« Dieser gehorchte. Libby schluckte und befeuchtete die Lippen mit der Zunge. Er wußte, was er tun mußte, aber er hatte Angst. Zwei ungeschickte Sprünge brachten ihn zu den Sprengladungen. Er zwängte sich zwischen den Männern hindurch und riß die Elektroden aus dem Detonator. Larsen erschien neben ihm. Eine Hand packte seinen Arm.

»Das hätten Sie nicht tun sollen. Das ist glatte Befehlsverweigerung. Ich muß Sie melden.« Er machte sich daran, den Mechanismus wieder zusammenzusetzen.

Libbys Ohren flammten vor Verlegenheit, aber er erwiderte mutig: »Ich mußte es tun, Sir. Sie sind immer noch im Irrtum.«

Larsen richtete sich auf und sah ihn an. »Na – es ist zwar Zeitverschwendung, aber ich möchte Sie nicht neben einer Ladung stehen lassen, vor der Sie sich fürchten. Gehen wir die Berechnung gemeinsam durch.«

Kapitän Doyle starrte Larsen an. »Na, ich bin nur froh, daß es nicht schlimmer gekommen ist.«

»Ich versteh' einfach nicht, wie ich diesen Fehler machen konnte, Chef. Ich habe zweimal nachgerechnet. Bei einem Nitrosprengstoff hätte ich sofort Bescheid gewußt. Wenn der Junge nicht so auf Draht gewesen wäre, hätten wir alles in die Luft gefetzt.«

Doyle schlug ihm auf die Schulter. »Vergessen Sie's, Larsen. Zu Schaden wäre niemand gekommen. Deswegen lasse ich die Gruben auch bei kleinen Sprengladungen räumen. Diese Isotopensprengstoffe sind kompliziert. Aber ich möchte den jungen Mann sehen. Wie heißt er gleich?«

»Libby, A. J.«

Doyle drückte eine Taste auf seinem Schreibtisch. Ein Maat steckte den Kopf herein. »Libby soll sich bei mir melden.«

»Jawohl, Sir.«

Ein paar Minuten später wurde Libby in die Kabine des Kapitäns geführt. Er sah sich nervös um und begegnete Larsens Blick. Mit kaum hörbarer Stimme meldete er sich: »Libby, Sir.«

Der Kapitän sah ihn an. »Nun, Libby, ich höre, daß Sie und Mr. Larsen heute vormittag eine Meinungsverschiedenheit hatten. Erzählen Sie.«

»Ich – ich habe es nicht böse gemeint, Sir.«

»Natürlich nicht. Sie haben uns heute einen großen Dienst erwiesen. Sagen Sie, woher wußten Sie, daß die Berechnung falsch war? Haben Sie so etwas schon früher gemacht?«

»Nein, Sir, ich sah nur, daß er falsch gerechnet hatte.«

»Aber wie denn?«

Libby trat von einem Bein aufs andere. »Es kam mir einfach falsch vor – es paßte nicht.«

»Einen Augenblick, Kapitän. Darf ich dem jungen Mann ein paar Fragen stellen?« mischte sich Navigator Rhodes ein.

»Gewiß.«

»Ich habe schon Gerüchte über ihn gehört.« Rhodes stand auf, ging zu einem Bücherregal und entnahm ihm einen dicken Band. Er blätterte darin, dann begann er Libby Fragen zu stellen.

»Quadratwurzel von 95?«

»9,747.«

»Kubikwurzel davon?«

»4,563.«

»Logarithmus?«

»Was, Sir?«

»Gibt es denn das, daß man in der Schule nichts davon hört?«

Der junge Mann wand sich in Verlegenheit. »Ich bin nicht sehr viel zur Schule gegangen, Sir. Meine Leute akzeptierten die Verfassung nicht, bis Vater starb – dann mußten wir.«

»Aha. Logarithmus ist der Name für eine Potenz, in die man eine bestimmte Zahl, genannt Basis, erhebt, um die Zahl zu bestimmen, deren Logarithmus sie ist. Ist das klar?«

Libby dachte angestrengt nach. »Ich komme nicht ganz mit, Sir.«

»Passen Sie auf. Wenn Sie zehn in die zweite Potenz erheben – also quadrieren, bekommen Sie hundert. Der Logarithmus von hundert zur Basis zehn ist also zwei. In derselben Weise ist der Logarithmus von tausend zur Basis zehn drei. Was ist also der Logarithmus von 952?«

Libby überlegte einen Augenblick. »Ich bekomme keine ganze Zahl heraus – er ist ein Bruch.«

»Schon gut.«

»Dann ist er 1,978, ungefähr.«

Rhodes wandte sich an den Kapitän. »Das ist wohl Beweis genug, Sir.«

Doyle nickte nachdenklich. »Ja, der Junge scheint arithmetische Beziehungen intuitiv zu erfassen. Aber stellen wir fest, was er sonst noch kann.«

»Ich fürchte, daß wir ihn zur Erde zurückschicken müssen, um das herauszubekommen.«

»Sie schicken mich doch nicht nach Hause, Sir?« sagte Libby. »Mutter wäre sehr böse.«

»Nein, nein, keine Angst. Wenn Sie Ihre Zeit abgedient haben, möchte ich Sie in den psychometrischen Labors untersuchen lassen. Ich gebe Sie nicht für ein halbes Jahresgehalt her. Aber wir wollen mal sehen, was Sie noch können.«

In der folgenden Stunde hörten Kapitän und Navigator Libby erstens den Lehrsatz des Pythagoras entwickeln, zweitens Newtons Bewegungsgesetze und Kepplers Ballistikgesetze erklären, drittens

Länge, Fläche und Volumen ohne meßbare Fehler rein mit den Augen bestimmen. Er war auf die Idee der Relativität übergegangen und gab Einfälle schneller von sich, als er sprechen konnte, bis Doyle die Hand hob.

»Das genügt. Sie kriegen mir ja Fieber! Gehen Sie ins Bett und kommen Sie morgen wieder zu mir. Ich nehme Sie aus dem Arbeitstrupp.« »Jawohl, Sir.«

»Wie heißen Sie übrigens mit vollem Namen?«

»Andrew Jackson Libby, Sir.«

»Na, ich kann mir denken, daß Ihre Familie etwas gegen die Verfassung hatte. Gute Nacht.«

»Gute Nacht, Sir.«

Nachdem er gegangen war, besprachen die beiden Männer ihre Entdeckung. »Was meinen Sie dazu, Captain?«

»Na, er ist natürlich ein Genie – eines von jenen ausgefallenen Talenten, die ab und zu auftauchen. Ich setze ihn vor meine Bücher, dann wird sich zeigen, was er kann. Würde mich nicht wundern, wenn er auch eine Seite mit einem einzigen Blick erfassen könnte.«

»Kaum zu glauben, was man unter diesen jungen Leuten oft findet – und auf der Erde taugen sie alle nichts.«

Doyle nickte. »Das war ihr Problem. Sie hatten das Gefühl, daß sie niemand braucht.«

Der Asteroid wurde mit dem Düsenantrieb auf neuen Kurs gebracht. Nach wenigen Wochen raste 88 in einer neuen Bahn auf die Sonne zu.

Sobald sie die gewünschte Position erreichte, wollte man sie mit dem Antrieb in eine Kreisbahn lenken; dann sollte sie den Namen ›E-M 3‹, Erde-Marsstation 3, tragen.

Hunderte von Millionen Kilometer entfernt zwangen weitere Expeditionen zwei andere Planetoiden dazu, sich zwischen Erde und Mars einzureihen, auf derselben Bahn wie 88. Sobald E-M 1, E-M 2 und E-M 3 ihre Position erreicht hatten, würde kein Raumfahrer auf dem Flug von der Erde zum Mars weit von Land oder Rettung entfernt sein.

Während der Wochen, in denen 88 in freiem Fall auf die Sonne zusteuerte, reduzierte Doyle die Arbeitsstunden seiner Leute. Sie hatten ein Hotel zu bauen und das kleine, überdachte Tal in einen Garten zu verwandeln. Der Fels wurde zerbröckelt, mit Düngemitteln vermischt und mit Kulturen von anaeroben Bakterien angereichert. Dann setzte man Pflanzen ein, die durch dreißig Generationen hindurch auf Luna City vorbereitet waren, und pflegte sie. Abgesehen von der niedrigen Schwerkraft begann 88 wie die Heimat auszusehen.

Aber als sie in eine Tangente zur hypothetischen künftigen Umlaufbahn eintraten, wurde wieder strenger Wachdienst eingeführt; Doyle lebte von schwarzem Kaffee und konnte nur ab und zu ein paar Stunden schlafen.

Libby wurde dem Ballistik-Kalkulator zugeteilt, drei Tonnen denkenden Metalls, die den Kursraum beherrschten. Er liebte die große Maschine.

Am letzten Tag der Annäherung wurden die Düsenstöße häufiger. Libby saß im rechten Sattel der Rechenanlage und leierte die Voraussagen für die nächste Salve herunter, während Doyle nervös herumstand und sich gelegentlich über die Schulter des Navigators beugte. Natürlich stimmten die Zahlen, aber wenn es nun doch nicht klappte? Noch niemand hatte eine derartige Masse bewegt. Angenommen, sie raste ungehindert weiter –? Unsinn! Ausgeschlossen. Trotzdem, er wäre froh gewesen, wenn sie die kritische Geschwindigkeit hinter sich gehabt hätten.

Eine Ordonnanz berührte ihn am Ellenbogen. »Meldung vom Flaggschiff, Sir.«

»Lesen Sie vor.«

»Flaggschiff an 88: private Nachricht, Kapitän Doyle. Liegen in der Nähe und beobachten Manöver – Kearny.«

Doyle lächelte. Nett von dem alten Knaben. Sobald sie alles hinter sich hatten, würde er den Admiral zum Essen einladen.

Wieder wurden die Düsen gezündet. Der Raum erzitterte. Kurz danach trafen die Meldungen der Beobachter ein. »Rohr neun klar! Rohr zehn klar!« Aber Libby verstummte plötzlich.

»Was ist los, Libby?« fragte Doyle. »Schlafen Sie? Rufen Sie doch die Polarstation. Ich brauche eine Parallaxe.«

»Kapitän –«, die Stimme des jungen Mannes schwankte.

»Na los, reden Sie schon!«

»Kapitän, das Gerät ist ausgefallen.«

»Spiers!« Der graue Kopf des Chefmechanikers tauchte hinter dem Kalkulator auf.

»Ich bin schon dabei, Sir. Sie bekommen gleich Bescheid.«

Er tauchte wieder hinab. Nach ein paar Minuten erschien er wieder. »Ein Kreiseldefekt. Die Reparatur dauert mindestens zwölf Stunden, Sir.«

Der Kapitän wandte sich ab. Der Navigator verfolgte ihn mit den Augen. Doyle kam zurück, warf einen Blick auf den Chronometer und wandte sich an den Navigator.

»Rhodes, wenn ich die Angaben nicht in sieben Minuten bekomme, sind wir erledigt. Haben Sie Vorschläge?«

Rhodes schüttelte stumm den Kopf.

Libby meldete sich schüchtern zu Wort. »Captain –«

Doyle fuhr herum. »Ja?«

»Die Angaben lauten: Rohr dreizehn, siebenkommasechsdrei, Rohr zwölf, sechskommaneunnull, Rohr vierzehn, sechskommaachtneun.«

Doyle sah ihn scharf an. »Sind Sie ganz sicher?«

»Es gibt keinen Zweifel, Sir.«

Doyle stand regungslos da. Diesmal sah er Rhodes nicht an, sondern starrte ins Leere. Er sog an seiner Zigarette, warf einen Blick auf die Asche und sagte fest: »Daten weitergeben. Zünden nach Kommando.«

Vier Stunden später leierte Libby immer noch Zünddaten herunter, mit aschgrauem Gesicht und geschlossenen Augen. Einmal war er ohnmächtig geworden, aber als man ihn zu sich brachte, murmelte er immer noch Zahlen vor sich hin. Von Zeit zu Zeit lösten Kapitän und Navigator einander ab, aber für ihn gab es keine Ablösung.

Die Salven kamen schnell hintereinander, aber die Wucht nahm ab.

Libby hob plötzlich den Kopf, starrte an die Decke und sagte: »Das ist alles, Captain.«

»Polarstationen rufen.«

Die Berichte kamen wie aus der Pistole geschossen. »Parallaxe konstant, Stern-Sonnen-Achse konstant.«

Der Kapitän ließ sich in einen Sessel fallen. »Na, Rhodes, wir haben es geschafft – dank Libby!« Dann sah er die besorgte Miene Libbys. »Was ist los, Mann? Haben wir einen Fehler gemacht?«

»Captain, Sie sagten doch neulich, daß Sie am liebsten Erdschwere im Park hätten?«

»Ja. Und?«

»Wenn das Buch über Schwerkraftprobleme, das Sie mir gegeben haben, gut ist, wüßte ich einen Weg.«

Der Kapitän sah ihn an, als begegne er ihm zum erstenmal. »Libby, ich kann mich nicht einmal mehr wundern über Sie, könnten Sie für eine Weile damit aufhören und mit dem Admiral essen?«

»Captain, das wäre prima!«

Ein Lautsprecher begann zu krächzen:

»Meldung vom Flaggschiff: »Gut gemacht, 88!«

Doyle grinste übers ganze Gesicht. »Das ist eine erfreuliche Bestätigung.«

Der Lautsprecher tönte wieder: »Meldung vom Flaggschiff: Letzte Nachricht ungültig: Korrektur folgt.«

Doyles Gesicht verfärbte sich – dann sagte der Sprecher: »Meldung vom Flaggschiff: »Gut gemacht, E-M 3.«